天皇の料理番　上

杉森久英

集英社文庫

目次

下巻目次

天皇の料理番　上

胸に燃える火

1

小さいときから、強情な子だった。

何かほしい物があると、手にいれるまであきらめない。あばれる。わめく。しかっても、なだめても、代りに何かほかのものをやろうといっても、どうしても承知しない。望みのものがきまっていて、ほかのものでは駄目なのである。

この子供が、十のとき、坊主になりたいと言いだした。

親たちはびっくりした。次男坊だから、家をつがせる必要はないけれど、坊主とは情ない。坊主は出家といって、ふつうの人の仲間いりできない職業である。むかしの本にも、「法師は木の端」といって、人間の中にかぞえていない。

まさか、十くらいで、世の無情を悟ったとか、発心したとかいうわけでもあるまいと、いろいろ聞いてみても、本人もうまく答えられない。

実は、本人は坊さんのスタイルのよさにあこがれたのであった。小学校の同級に、お寺の小僧をやっているのがいたが、ふだんの立ち居振る舞いがきれいで、上品にみえた。法事か何かで、老師のあとについて、しずしずと町をあるく姿など、画《え》に描いたように気高くて、自分もあんな風にしてみたいというのが、ほんとの動機だった。いったん坊さんにあこがれると、矢も楯《たて》もたまらない。どうしても坊さんになるといって、きかないのである。

両親は困り果てた。家が貧しくて、食《く》い扶持《ぶち》を減らすために寺へやるという話はよく聞くが、何不自由なく暮らしているのに、なにも坊主にすることはない。

そこで父周蔵が菩提寺《ぼだいじ》の住職のところへ相談にゆくと

「それは奇特なことじゃ。そんなに小さいうちから一心に思いつめるのも、仏縁というものじゃろう。聞けば、大変利発なお子じゃということだが、いまに名僧にならんとも限るまい」

修行がつらいぞといって、思い留《とど》まらせてくれるかと思ったら、逆に、火に油をそそぐようなことを言う。

「それでは、よろしくお願いします」

というと

「うちは真宗じゃが、修行には、禅宗の方がいいかも知れん」

といって、懇意にしている禅寺へたのんでくれた。町はずれの山の奥にある由緒深いお寺で、町の人は「山の寺」といっている。

いよいよ坊主になるときまれば、得度式をしなければならない。本尊の釈迦如来像《しゃかにょらいぞう》の前にかしこまって、読経、礼拝ののち、師匠から頭をそってもらうのである。そこではじめて、法名をもらい、袈裟《けさ》をかけて、本物の坊主ということになる。

白衣をつけ、本堂の真ん中にすわって、合掌瞑目《めいもく》していると、金襴《きんらん》の袈裟をつけた住職の唱導で、両側に佇立《ちょりつ》した衆僧の唱和するお経が、腹の底まで沁《し》み入るようである。ゆるやかに流れる香煙は、五色の雲に似て、このまま極楽へ運ばれるかと思われ、甘く悲しい法悦の涙が、あたたかく頬を濡《ぬ》らす。

夢心地のうちに儀式が進んで、いよいよ剃髪《ていはつ》という順序になった。住職のカミソリが頭に加えられると、突然子供がわめきだした。

「痛い痛い。こんな痛いことをするなら、坊主はいやじゃ！」

立ち上ると、本堂を走り出て、山門を抜け、長い参道を駆け通して、家へ帰ってしまった。

あとは大騒ぎである。得度のカミソリが痛いといって逃げ出した小僧なんて、前代未聞である。寺から親の家へ使者が来て、どうしましょう、と相談がはじまった。

周蔵は、はじめは子供の出家に反対だったくせに、ここまで来てやめるといわれては、

あちこちへ義理が立たないと
「和尚さんによくおわびして、早くお寺へ帰らせてもらえ」

といったが
「もう坊主はいやじゃ。あんな痛いことされるのは、かなわん」

と、いっかな承知しない。そこで家じゅう総がかりで押さえつけておいて、周蔵がむりやり頭をそってしまった。

丸坊主になればなったで、さっぱりして、風通しがよく、すがすがしい気分である。もともと坊主姿にあこがれていたのだから、悪い気はしない。急に機嫌を直して寺へ帰った。

法名は篤有といった。本名の篤蔵の「篤」をとったものである。

篤有にとって、寺の生活は、それほど苦しいものではなかった。もともと丈夫な生まれつきで、キビキビ動くことがきらいではないし、一時もじっとしていられないたちだから、仕事の多いのは苦にならない。

朝は四時に起きて、井戸端で顔を洗うと、衣を着て、本堂でお勤めをする。これを朝課という。

朝課のあとは朝飯である。おカユと味噌汁《みそしる》、それに香の物という質素な献立てだが、そのころの日本の食生活は、どこへいってもその程度のもので、それ以上は贅沢《ぜいたく》とされていたから、お寺だけが粗食というわけではなかった。

味噌は自家製で、年に一度、大きな桶《おけ》に仕込むのだが、商売のものとちがって、まぜ物をしたり、手を抜いたりしないから、正真正銘のうまい味噌になる。ほかに何のおかずがなくても、味噌汁だけで満足できる。

朝飯がすむと、弁当を持って学校へゆく。篤有の上には兄弟子が三人いるが、みんな卒業していて、学校へゆくのは篤有だけである。四年までは義務教育だから、やめるわけにはゆかない。義務というより権利だといった方がいいかも知れない。

学校から帰ると、兄弟子がお経の読み方を教えてくれる。「舎利礼文《しゃりらいもん》」とか「般若心経《はんにゃしんぎょう》」とか、いろいろあるけれど、全部漢文の読み下しで、意味もなんにもわからない。わからなくてもなんでも、おぼえなければならないので、必死になっておぼえようとする。はじめのうちは、なかなかおぼえられないが、繰り返しているうちに、だんだんおぼえてくる。篤有は根が頭のいい子だったとみえて、上達は早かった。

お経の稽古がすむと、習字である。坊さんは、字が下手ではいろいろ困ることがある。戒名をたのまれたって、あまりヘタクソの字では、恥ずかしい思いをしなければならない。それで、習字はやかましく仕込まれるのだが、篤有はこの方にも素質があったとみえて、和尚にほめられることが多かった。

夕飯も質素なものだった。朝と同じおカユと味噌汁のほかに、豆腐か油揚げ、芋、コンニャクなどの煮た物が一品よけいにつくだけである。

たのしみは、和尚のお供をして、檀家《だんか》の法事などに招かれたときである。和尚の隣にすわらされて、和尚と同じように、二の膳つきのご馳走《ちそう》を頂戴する。湯葉、タケノコ、飛竜頭《ひりようず》、椎茸《しいたけ》、シメジ、菊ナマス、ゴマ豆腐など、ふだんの惣菜《そうざい》にないものがいろいろとならんでいるのも、たのしみだし、キンカンの甘露煮とか、花ミカン（ミカンを横に切って、断面を菊の花のようにしたもの）やリンゴ、レンコンの甘酢などをにぎやかに盛り合わせた一皿も、食欲を満足させる。

もっとも、和尚はおよばれがしょっちゅうあるけれど、小僧はたびたびご馳走になれるわけではない。和尚がひとりで出かけることもあるし、兄弟子がお供をすることが多く、一番下の小僧にはなかなか順番がまわってこない。

しかし、底辺の人間は底辺なりに、生活の知恵をはたらかせて、けっこう栄養補給の道を発見する。

ときどきお賽銭《さいせん》の中から二銭、三銭と持ち出して、里の駄菓子屋で買い食いをする。飴玉《あめだま》なんか、明治のそのころ、一銭に十個もくるから、けっこう育ち盛りの食欲を満たすことができる。

和尚さんだって、気がついているかも知れないが、知らぬふりをしている。和尚さんだって、小僧時代にやったかも知れないのだ。なにも知らないだろうと思うのは、子供だけである。

「山の寺」という名前の通り、麓から山門までは、崖づたいに八丁（約一キロメートル）の山道がうねうねと続いている。両側は杉の大木が生い茂っていて、昼でも暗く、ひんやりした空気が流れている。

この八丁の崖道に、八十八体の石地蔵が、一定の間隔で立っているが、ある信心深いおばあさんは、参詣のたびに、この地蔵さまの一体ごとに、線香をあげ、コンペイ糖を二、三粒ずつおそなえして、拝みながら、登ってくる。

山の上から、おばあさんの姿が見えると、篤有は
「それっ」

と仲間の小僧といっしょに、裏道づたいに駆けおりて、おばあさんの供えたばかりのコンペイ糖を、片端から頂戴する。二、三粒ずつでも、八十八の地蔵さまから巻き上げるのだから、両手に持ちきれないくらいである。

「仏罰がおそろしいぞ」

と、仲間はすこしおびえ気味だが
「なんの。地蔵さまはおばあさんの気持ちを充分召し上ったあとやから、これはヌケ殻や。ほっといても、キツネかタヌキの腹に入るだけや。わしたち仏弟子の身体《からだ》の養いになるほうが、よっぽど功徳になるわい」

といって平気である。

このおばあさんは、篤有の村の警察署長の家の人である。署長さんは、もと武生《たけふ》藩士で、殿様の武術の御指南役を勤めたとかいうことで、立派な髭《ひげ》をはやした、いかめしい人だが、おばあさんも、もと武士の妻女らしく、人をそばへ寄せつけぬような、凜《りん》とした気品を持っている人である。

このおばあさんの孫娘、つまり署長さんのお嬢さんの八千代さんという人が、篤有と同じ小学校の一年下の級へかよっている。

篤有の村は、いまは武生の市へ編入されてしまったが、もとは日野川《ひのがわ》をへだてた周辺の農村の一部で、住んでいるのは、土地に根をはやした百姓ばかりである。その中で、唯一の外来者である警察署長の倉島権太夫一家だけ、士族らしい威厳のある暮らしぶりをしているので、村人の畏敬の的になっている。

たとえば、村の小学校の生徒は、ふだんつぎはぎだらけの短い着物の着流しに、冷飯草履をつっかけて登校するが、署長さんのお嬢さんは、いつも小ざっぱりした着物に、キチンとひだのついた赤い袴《はかま》をはいている。

髪はオタバコ盆に結い、赤いリボンで結んでいる。うちでは、赤と紫の花模様のチリメンの被布《ひふ》を着ている。東京の雑誌の口絵に描いてある通りの姿で、一面の野菊の中に咲いた一本の白百合《しらゆり》のように、気高く、清らかな風情である。

八千代さんの顔がまたいい。父親の署長さんは、仁王さまにウルシをぶっかけたような、こわい顔をしているのに、どうしてあんな子が生まれたかと、みんなふしぎがるほど、やさしくて奥ゆかしい顔立ちである。

むきたてのウデ卵のように白くて、キメのこまかい皮膚に、すんなりした眉、黒くてつややかな瞳、すっと通った鼻筋、あざやかな血の色の透けてみえる唇……すべてが典型的な美人の相である。

それに、彼女の何よりの魅力は、目もとと口もとにほのかに漂っている、おっとりした微笑である。おそらく本人は意識せず、心の底にたたえられたやさしさ、人なつこさが、自然と外にあふれ出たものであろうが、この微笑に接すると、どんな心のねじけた人も、思わずほほえみを返さないではいられないだろう。

八千代さんは篤有より一級下だから、いっしょに遊んだこともないし、口をきいたこともない。しかし、小さな村の小学校のことだから、日に何度も、休憩時間に廊下の曲り角ですれ違ったり、運動場で会ったりする。

篤有は八千代さんに会うごとに、胸がドキドキして、背筋を電気のようなものが走り、膝がガクガクして、その場へしゃがみこんでしまいたくなる。まさか、そんなみっともないまねはできないから、彼は膝と腰にウンと力をいれて、歯を食いしばり、わざと八千代さんを無視して通り過ぎるのだが、胸の中は火事場のような騒ぎである。

そういう彼の心に気がついてかつかないでか、八千代さんはいつもやさしい笑顔を篤有にむけながら通りすぎるのだが、彼は、もしかしたら八千代さんはわしのことを嫌っていないのではないかという気がしてならない。

しかし、篤有はまだやっと十歳である。十歳の子供が、胸の中でどんな熱い思いを燃やしても、誰もまじめに相手にしてくれないだろうと思うと、彼はますます悲しくなった。

八千代さんのおばあさんが、地蔵様におそなえするコンペイ糖を、横から盗み取る彼の心理は、こういう悲しい気持ちと無関係のものではなかった。子供心にも慕わしいと思う人に縁のあるおばあさんのコンペイ糖だからこそ、盗みたくなるのである。甘いものがほしいとか、いたずらをしてやろうとかいうだけの動機ではなかった。女の人の身体につけるものを盗みたがる変態男の心理とも、どこかで通ずるものがあった。

おばあさんはいつも、一人でお参りに来たが、ある夏の暑い日、珍しく八千代さんをつれて、やって来た。ちょうど夏休みで、八千代さんがうちにいたから、途中の話し相手に、つれて来たのであろう。

山の上から目ざとくみつけた兄弟子が
「篤有、コンペト婆《ばあ》さんが、また上って来るぞ。今日は女の子を連れとるらしい。さあ、早くいって、コンペイ糖を頂戴しよう」

いつもなら、皆まで聞かずに
「よしきた」

と駆け出す篤有が、今日は
「いやや」

といって、動こうとしない。

「どうしてまた、今日はいやなんや？」

「どうしてということもないけれど、今日はいやや」

「長者のいうことを聞かんと、どんなことになるか知っとるか？」

兄弟子は腕まくりして、拳固《げんこ》をつき出した。禅寺は、相撲取りの世界や軍隊と同じで、兄弟子が絶対の権力を持っている。服従しない者には、制裁あるのみである。

兄弟子が拳固を振りかざして、近づこうとすると、篤有は学校へ持ってゆく筆入れの中から、鉛筆削りの切り出し小刀を取り出した。逆手に持って
「やるか？」

身構えたので、兄弟子はひるんで
「これ、刃物はいかん。あぶない……」

「あぶないも糞《くそ》もあるか！　さあ来い」

「これ、あぶないというのに……」

青くなって逃げ出したのを、廊下の隅に追いつめて
「こんどから、わしの言うことを聞くか？　どうや？」
「聞くさかい、かんべんしてくれ」
女性問題がからむと、弱者も逆上して強者になるという、人間心理の機微を知らなかったのが、兄弟子の失敗のもとだった。

2

山の寺の小僧生活は、篤有にとって、それほどつらいものではなかった。

禅寺には女がいないので、一般の家庭で女の仕事とされている炊事、洗濯、裁縫、拭き掃除などのほか、男のやる力仕事もやらなければならないけれど、若くて活力にあふれている篤有にとっては、それほど骨の折れる労働ではなかった。

篤有は気性の激しい子で、いろんなことによく気がつき、素早く反応して、パッと立ち上るので、いつも人の先に立った。一番年下のくせに、万事兄弟子より先に出ようとするので
「出しゃばりめ」

とにくまれたが、コンペイ糖のことで兄弟子を小刀で追い回して以来、主導権を把握したので、無茶ないじめ方をされることはなくなった。

それどころか、兄弟子の方で篤有の顔色をうかがうようになった。何しろ、どんなえらい人のいうことでも、気にいらなければ
「いやや!」
といって、テコでも動かないので、あらかじめ御機嫌を打診してからでないと、物事がはじまらなかった。
学校でも、篤有のいたずらは激しかった。受持ちの先生が、親を呼び出して注意しようとしたが、呼び出し状を篤有に渡しても、うちへ届けるはずがないので、近所から通っている子にたのんだ。
それをかぎつけた篤有は、途中で待ち伏せして、取り上げようとした。子供はこわくなって、道ばたの桑の木へ逃げ登った。篤有は
「ようし、見ておれ!」
というと、近所の肥料溜《だ》めから人糞《じんぷん》をはこんで、桑の根のまわりに積み、幹にも塗りつけた。子供は下りるに下りられず、泣きだした。
こんなことをしているものだから、寺へ帰るのがおそくなる。暗い道をトボトボ辿《たど》りつくと
「今まで、どこで遊んどった?」
と、和尚さんの小言がはじまり、しびれの切れるころ、ようやく皆よりおそい晩飯に

ありつくというわけである。

寺のうしろの崖をのぼったところに、代々の住職の墓が立っている。寺は応永《おうえい》二年(一三九五年)の開基だから、現在にいたるまで三十何代になり、それだけの数のお上人様の墓がならんでいる。この寺でもっとも神聖な区域である。

三十いくつかの墓はみな、篤有の胸の高さで、ラッキョウをさかさに立てたように、上の方が丸くふくらみ、下の方が細くなっているので、頭でっかちに見える。おそらく台座に固定してあるのだろうけれど、ちょっと押せば倒れそうに見える。

篤有は、この墓の形が気になってしようがない。なぜこんな形にしたのだろう? 重心が上にあるのは、自然の理に反している。なんとなく、見る人の心を落ち着かなくさせる。まるで、押したら倒れるかどうか、試してみろといわんばかりではないか。

ある日、篤有は誘惑に抗しきれず、中の一つを手で押してみた。

はじめのうち、墓はビクともしなかったが、何度も押すうちに、かすかな手ごたえが感じられるようになった。

一定のリズムで、反動を利用しながら、たびたび繰り返すうちに、手ごたえはますます大きくなり、やがて気味のわるいほど揺れだした。

最後の一押しで、墓石は台座をはなれると、まっさかさまに落ちていった。

崖の下は竹藪《たけやぶ》である。墓石は竹の幹にぶつかって、カランカランと音を立てた。

――ハハア、どんな重いものでも、反動を利用して、たびたび押せば、動くんやな。篤有は、物理学の偉大な法則を発見したような、愉快な気分になり、もう一つ、また一つと、つぎつぎに倒していった。

このことが、寺の大問題になった。

お賽銭をくすねたとか、コンペイ糖をちょろまかしたとかいうのとは、問題がちがう。寺の神聖がけがされたのである。法難である。

まさしく極悪非道、罪業深重、仏敵の所業である。

さっそく父周蔵のところへ使者が立って
「因縁がなかったものと思いますから、破門します。さっそく身柄を引き取っていただきたい」

と申し入れがあり、未来の名僧智識《ちしき》の夢は、一年あまりで消えた。

寺を追放されて、親の家に帰った篤有は、もとの篤蔵にもどったが、相変らずいたずらを続けていた。

あるお天気のいい日、篤蔵は何かおもしろい事はないかと、いたずらの種をさがしながら、村の道をあるいていた。

道からすこしはなれた藪の中に、人の気配がする。すかして見ると、村はずれの掘っ立て小屋に住む乞食じじいが、野糞を垂れているのだった。青天井を眺めながら、無心の快感にひたっているらしい。両足の間には、このあいだ篤蔵が突き倒した石の墓とよく似た形のものが、ぶら下っている。こんどは重心はたしかに下である。

篤蔵はそれを見ると、突っついてみたくなった。こういう形のものを見ると、突いてみたくなる本能が、彼の内部に潜在しているらしい。

彼はそこいらから竹の棒を探してくると、気づかれないように忍び寄って、エイとばかりに突きだした。

降って湧いた事故に、乞食じじいは、驚いたのなんの

「ひやっ!」

と叫んで、自分の垂れたものの上に尻餅をついた。

次の瞬間、彼は加害者を発見すると、猛然と襲いかかった。

篤蔵は一目散に逃げ、どうやらつかまらずに、自分の家へ飛び込んだ。続いて乞食が飛び込んで

「さあ、この家のあくたれ息子を出してくれ。これから警察へつれてゆく」

とわめいた。周蔵が出て

「じいさん、かんべんしてやって下され。こうして、手をついてあやまるさかいに……」

篤蔵の父は、ふだんからこの男に食い物や金をめぐんでやっている。乞食はちょっと

困った顔をしたが
「旦那さん。ふだんはふだんや、今日は今日や。おらはどうしても勘弁ならん。これまでに貰《もろ》うたものは、みな返すかわりに、息子さんをつれてゆく」

篤蔵は納戸の隅にかくれて、小さくなりながら、乞食のわめき声に耳をすましていた。つれてゆかれたら、警察へ突き出されるだろう。警察はこわくないが、署長さんは、あの女神のような八千代さんのお父さんである。お父さんの前へ突き出されれば、当然八千代さんの耳にも入るだろう。それくらいなら、死んだほうがいい……篤蔵は納戸の隅でふるえていた。

乞食は、その日はあきらめて帰ったが、あくる日もまたやって来て、あくたれ息子を出せとわめいた。よっぽど腹が立ったものとみえる。

この分では、うっかりしてつかまると、どんな目にあわされるかわからないというので、篤蔵は一週間ばかり、武生の町の姉の嫁ぎ先にかくまってもらった。この家は駅前に手広くカラカサ屋をやっていて、奥行きが深かったから、篤蔵は隠れおおせることができた。

十一の春、篤蔵は小学校の尋常科を卒業して、高等科へ入った。そのころは尋常四年までが義務教育で、貧しい家の子は、それから先は家業を手伝ったり、奉公に出されたりしたが、高浜家は村の旧家だから、すぐ働きに出る必要がなかった。

高浜家は旧藩時代、十村《とむら》を勤める家柄だった。十村とは、近隣十ケ村の取り締りをする役で、他藩で大庄屋とか惣庄屋とかいわれるものに当る。ふつうの庄屋より格が一段上で、いかめしい長屋門を構え、白壁の塀にかこまれた屋敷の中で、豊かに暮らしていた。

しかし、篤蔵は次男だった。そのころの相続制度では、どんな大きな財産でも、すべて長男が継ぐ権利を持ち、次男以下はビタ一文ももらえなかった。たとえいくらか分けてもらえるとしても、それは恩恵としてであって、権利としてではなかった。

長男の周太郎は、秀才の評判が高く、東京の大学で法律を勉強している。いまに弁護士にでもなって、郷里へ帰り、開業するつもりだろう。

そうなれば、篤蔵はこの家を出てゆかねばならない。いつまでも厄介者でいられないはて、何をしようか？

学問をして、役人か、会社員にでもなろうか？　学校の教員にでもなろうか？

彼は頭はそう悪くないという自信はあるけれど、じっとして本を読んだり、字を書いたりすることは、大きらいである。

教室で授業を受けていても、窓の外で鳴く鳥の声や、セミの声、犬の鳴き声などが気になってしようがない。

川で魚を釣ったり、泳いだり、トンボやバッタを追っかけまわすことなら、一日じゅうやっていても、あきないが、すわって勉強することはどうも苦手である。

しかし、自分はいまにこの家から出てゆかねばならぬ身の上である。そして、世の中を渡るには、何か技術を身につけねばならないのだということだけは、痛いほどよくわかっていた。彼が以前、坊さんになろうと思ったのも、そのスタイルのよさにあこがれたという理由のほかに、何かで身を立てねばならぬという気持ちもあったからである。

ある日、大阪へ嫁にいった伯母が里帰りに来た。

「大阪て、どんなところや？　伯母さん」

少年の問いに
「そりゃ、にぎやかな処《ところ》や。京の着倒れ、大阪の食い倒れというて、おいしい物が山ほどある。金さえあれば、食い放題や」

「大阪の人は、みんな金持ちかいね？」

「みんな金持ちとはかぎらんけれど、金持ちはぎょうさんおるわね」

「どうして金もうけするのやろう？」

「堂島《どうじま》ちゅうところに、米相場が立つが、そこで相場を張って、裸一貫から百万長者になった人が、たくさんおるちゅう話や」

少年の心に、大阪へのあこがれが点火された。大阪へいって相場をやり、百万長者になる夢が、寝てもさめても忘れられない。

父親に大阪へ行きたいといっても、相手にしてくれない。相場なんかやっても、損するばかりだというのである。

しかし、彼はあきらめない。いったん思いこんだら、テコでも動かぬ強情さは、坊さんになるといってきかなかったときと、全く同じである。

父親からみれば、こんな無鉄砲な話はない。相場で成功するのは、何万人に一人である。彼の考えでは、息子にとって一番安全な道は、しかるべき家の養子になるか、娘がいるなら婿にでもなって、その家の商売をつぐことである。これならば、資本はいらないし、危険もすくない。

どうしても大阪ゆきをあきらめ切れない篤蔵は、とうとう脱走をくわだてた。彼は家に書き置きを残して、汽車に乗ったが、いち早く気がついた父親の手配で、武生の次の駅で追手につかまり、つれもどされた。

しかし、彼はそれくらいのことで初一念を放棄する男ではなかった。こんどは慎重に考えを練って、いったん大阪とは反対の方向へゆく汽車に乗り、二、三駅先でおりると、逆方向の汽車に乗り替えて、無事大阪へ着いた。

大阪では、伯母の家に一月ばかり厄介になっていたが、父親が迎えに来て、つれもどされた。

そのときは、相場をやる夢もさめていた。大阪でしばらくブラブラしているうちに、彼はまだ自分が、相場師になるには、年も若すぎるし、経験もすくないし、そう簡単に誰でも相場師になれるものではないということが、うすうすわかってきたのである。

大阪から帰ると、べつの運命が篤蔵を待ち受けていた。ある家から、彼を養子にもらいたいという申し入れがあったのである。

先方は武生の町のなかのある料理屋である。料理屋といっても、座敷で飲み食いさせるのでなく、婚礼や法事や、その他の宴会の料理、折詰めなどを請け負って届けたり、出張して調理したりする、仕出し料理屋である。

屋号は八百勝といった。もとは八百屋で、片手間にはじめた料理のほうが、本業になったものであろう。

八百勝は人数と金額の多少によらず、どんな注文でも引き受けたが、おもな得意先は、定期的に大口の注文をしてくれる役所や学校や会社であった。得意先のひとつに、鯖江《さばえ》の連隊があった。鯖江は武生の隣にある古い城下町で、ここに歩兵第三十六連隊があったが、八百勝への注文は、兵隊たちの食べる物ではなかった。兵隊の食事は、連隊の炊事場で、兵隊たちが作った。八百勝への注文は、将校集会所の宴会や会食のためのもので、いわば高級料理である。

八百勝の養子になってから一週間ばかり後のある日、篤蔵は注文の品をおさめるため、奉公人の梅吉をつれて、連隊へ出かけた。

胸から膝まであるような、大きな前掛けをかけた兵隊が出て来て、歯切れのいい東京弁で

「八百勝の者か？　ついぞ見なれぬ人だが、お前は誰だね？」

付き添いの梅吉が

「若主人です。こんど養子に入らはりました……」

といってから

「田辺軍曹さんです。ここの主任さんです」

と篤蔵に教えた。田辺軍曹は

「おお、若大将か。まだチビっこいようだが、料理の腕は大丈夫かな？」

「へえ。まだ素人ですが、せっかくやりますさかい、どうぞ、いたらぬことは教えてくだんせ」

まだ高等小学生としてはマセた口上だが、八百勝の跡つぎとしては、これくらいのことは言えねばというので、教えこまれたものである。

篤蔵はさっきから、気になってならないことがある。すばらしい匂いが、あたりじゅうに立ちこめているのである。

――なんの匂いだろうか？

いくら考えても、わからない。これまで嗅いだことのない、香ばしい匂いである。何

かの焦げた匂いだが、それが何だかわからない。彼はとうとう我慢できず、田辺軍曹に
「えらくいい匂いがしていますけれど……」

といった。

「ああ、ちょうどカツレツを揚げたところだから、その匂いだろう」

「カツレツて、何ですか?」

「お前はカツレツを知らないのか?　お前は料理屋の息子だろう」

田辺軍曹は、びっくりした声を出したが
「無理もないな。このへんの田舎で、カツレツを食う習慣があるはずがないからな」

「西洋料理ですか?」

「そうだ。お前さんのうちは日本料理専門だから、知らないのも無理はないが……どうだ、ひとつ食ってみるかい?」

「はい。ひとつ食べさせてください」

田辺軍曹は調理場の隅にならんでいる皿の一つを取りあげると、その上の油揚げに似たものに、ドロリとした茶色の汁をかけて、篤蔵の前のテーブルの上にのせた。

「これはナイフとフォークで食うのが本式なんだが、お前さんはうまく使えないだろうから、箸で食ったほうがいいだろう。どれ、おれが切ってやろう」

田辺軍曹は大きな庖丁《ほうちょう》でカツレツを手際よくいくつかに切ると、箸をそえてくれた。

篤蔵は一口食べてみて
「うわっ……こりゃうまいもんやなあ。わしはこんなうまいもん、これまでに食うたことがないわい」
と嘆声をあげた。

3

篤蔵は鯖江の連隊で食べたカツレツという料理の味が忘れられなかった。

もともと武生は、食い物のうまいところである。

福井県を柄杓《ひしやく》の形にたとえると、柄にあたるところが若狭《わかさ》で、胴にあたるところが越《えち》前《ぜん》になるが、その胴の真ん中にある武生は、すぐそばを日野川が流れていて、夏はこの川の鮎《あゆ》が日本一だと、町の人は信じている。

その理由は、この川は九頭竜《くずりゆう》川《がわ》の上流にあたり、春先に河口の三国《みくに》港からさかのぼりはじめた鮎が、途中いろんな栄養をとって肥えふとり、福井を過ぎて武生のあたりへ来たころ、最高のコンディションになっているからだというのである。

そのほか、海のものでは、若狭湾の小ダイ、グジ（甘ダイ）、ウニ、それに、越前ガニなど、うまい物がいろいろある。

篤蔵は生まれつき健康で、食欲が旺盛なところへ、子供のころからこういうおいしい物をたべて、味覚を養っているので、八百勝へ養子に来ても、商売がおもしろくてたまらず、一日じゅう台所へ出て、魚を切ったり、野菜をきざんだり、煮たり焼いたりして、工夫をこらしていた。

しかし、彼はこれまで、カツレツほどおいしい物をたべたことがなかった。

なんと香ばしい匂いだろう！　天ぷらに似ているが、比較にならないほど濃厚で、強烈だ。

豚肉の味もすばらしい。西洋料理というものは、みなあんなにとろりとして、こってりした味のものだろうか？

これは新しい時代の味だ。料理の世界に、新しい分野がひらけたのだ。

これからは、西洋料理の時代だ……。

篤蔵は二、三日後に、また鯖江連隊の将校集会所に出かけた。田辺軍曹は彼の顔を見ると、目尻にやさしい笑みを浮かべて
「おお、この間の坊やか。今日は何の用かね？」

といった。

「カツレツの作り方を教えてください」

「どうしてまた、急にそんなことを言うんだい？　お客から注文でもあったのかね？」

「いえ、わしがおぼえたいのです」

「注文もないのに、そんなものおぼえて、どうする？」

「わしが食べたいのです。世の中に、あんなうまいものがあると、知りませんでした。作り方を教えて下さい」

「おれが作ったカツレツを、そんなにうまいといってくれるのは、ありがたいが、お前さんが食うだけなら、なにも作り方をおぼえなくても、おれのところに来れば、いつでも食わせてやるよ」

「いえ、やっぱり自分で作ってみたいです」

「よし、それなら、教えてやろう。だけどね、坊や、おれはいま、いそがしいのだ。注文のものを二つ三つ片づけなきゃならないが、その間、待ってるか？」

「はい」

田辺軍曹は篤蔵を部屋の隅の椅子に掛けさせたまま、出ていったが、小一時間もたったころ、また現われて
「さあ、手があいたから、こっちへ来な」

といって、炊事場へつれていった。

炊事場の中は、きれいに掃除ができていて、ピカピカに磨き立てられた大小の鍋や、フライパン、ポットなどの道具類が、キチンと並んでいる。田辺軍曹はなかなかきれい好きな人らしい。

軍曹は大きな庖丁を片手に持つと、豚肉のかたまりから、三十匁《もんめ》ばかりの肉片を二きれ切り取った。

つぎに彼は、柄のついたコテと金槌《かなづち》の合の子のような道具で、肉をたたきはじめた。

「なぜ、そんなことをするんですか？」

篤蔵が聞くと
「これは肉たたきといってね、こうしてたたくと、肉がのびて、やわらかくなるんだ。固いとまずいからな」

それから彼は、二きれの肉の表と裏に庖丁で切り目をいれ、器用な手つきで、こまかな粉をふりかけた。白いのと、灰色のと、二種類ある。

「こうして、ところどころに切り目をいれるのは、筋を切るためだ。筋がつながっていると、揚がったとき、縮むからな」

「魚を焼くときとか、イカの松カサ焼きを作るとき、皮に切り目をいれるのと同じ理屈ですね」

「そうだ。坊やはなかなか頭がいいぞ」

「その粉は、なんですか？」

「塩とコショウだ。味をととのえるためだな」

田辺軍曹は親切に教えてくれた。コショウなんて、篤蔵は見たこともなければ、聞いたこともない。

「ちょっと手を出しな」

田辺軍曹は篤蔵のてのひらにコショウをすこしのせ
「かいでみな」

いわれた通りにすると、鼻の奥に強い刺戟《しげき》を感じて、猛烈なクシャミが出た。軍曹は笑って
「コショウというものは、まあ、そんなものだ。西洋料理には、しょっちゅう使うから、おぼえておくといい」

つぎに田辺軍曹は、二つの肉片に、白い粉をまぶした。

「それは何ですか?」

「メリケン粉だ」

「ちょっと、女の人がおしろいをつけたという感じですね」

「マセた子供だね、お前は……」

「深い考えがあって、いうたわけではないのです」

「深い考えでいわれて、たまるもんか」

田辺軍曹は笑いながら、ボウルの中へ卵を割り入れると、ザッとかきまわして、おしろいをつけた肉片をくぐらせた。

ついで彼は、卵の汁のタラタラたれる奴《やつ》を引き上げると、ザラザラした茶色の粉の上にのせて、丹念にまぶした。

「それは何の粉ですか？」

「パン粉だ」

「パン粉はメリケン粉じゃないですか？」

「パンをつくる粉はメリケン粉だが、これはちがう。一度パンになったものを、こなごなにしたのだ。見てごらん、粒が荒くて、ザラザラしてるだろう？」

田辺軍曹は肉片にパン粉を満遍なくまぶし終ると
「さあ、こんどは油だ」

といって、揚げ鍋の中の油へ塩をほうりこんで、温度をたしかめると、肉片をそっとすべりこませた。

「さあ、出来あがるまで、一服するか……」

田辺軍曹はそばの椅子に腰をおろすと、タバコに火をつけて、うまそうに吸いながら
「お前さんはさっき、自分で食いたいから、カツレツの作り方を教えろといったけれど、ほんとはやはり、料理人として、うまく作れるようになりたいのだろう」

「それはまあ、そうです。うちが料理屋ですから、おいしい料理を出して、お客によろこばれたいという気持ちもあります。しかし、自分でたべたいからというのも、うそで

はないです。まず、二にして一、一にして二というところです」

「なんだい、その一とか二とかいうのは？」

「禅宗の坊主は、よくそんなことを言います」

「なるほど、お前は禅寺で小僧をしていたとかいうことだったな。道理で、理屈っぽいことを言うと思った」

「すんまへん」

「べつに、すまんこともないが……お前が玄人の料理人として西洋料理をおぼえようという気があるなら、おれもそのつもりで、知っているだけのことは教えてやろうじゃないか。おれも今こそ、こんな田舎の連隊で、しがねえコック暮らしをしているが、もとは東京の料理人仲間で、すこしは名前を知られた男だ。ちゃんとした料理を作るコツくれえは、教えてあげられるよ」

「へえ。田辺さんは東京の人ですか？」

「そうよ。人形町《にんぎょうちょう》の泰西軒というレストランで働いていたのだが、わけがあって、こちらへ流れて来たんだ」

「兵隊にとられたから、来たんじゃないんですか？」

「形の上では、そうさ。たしかにおれは兵隊だよ。だけど、裏にはいろんな事情があってね、おれは東京へ帰れねえんだよ」

いわれて、篤蔵は田辺軍曹をつくづくと見た。イガ栗頭《ぐりあたま》に兵隊シャツ、大きな前掛けという野暮な姿だけれど、眉の濃い、鼻筋の通った、いい男で、身体のこなしに、いかにも江戸っ子らしい、粋でキビキビしたところが見える。

「ハハア、女だね」

篤蔵が真顔で言ったので、田辺軍曹は
「なんだと?」

「田辺さんが東京におられなくなった原因は、女性関係でしょうが」

「子供のくせに、生意気いうんじゃない!」

「でも、図星でしょうが」

田辺軍曹は苦笑して
「まあ、当らずといえども遠からずだが……。しかし、それはお前の知ったことじゃない。お前は、よけいなことを考えないで、おれから西洋料理を教わることに集中したらいい……さあ、そろそろカツレツの出来あがりかな」

軍曹は短くなったタバコを灰皿に捨てると、キャベツを手早くきざんで、二枚の平たい皿の隅に盛り、鍋の中からきれいな狐色《きつねいろ》に揚がったカツレツを引き上げて、キャベツのそばに置いた。

彼は一枚の皿を篤蔵の前に、もう一枚を自分の前におくと

「今日は、おれもお相伴しようかな。……はい、これがナイフとフォーク。これから西洋料理を勉強しようと思ったら、ナイフとフォークの使い方もおぼえておいたほうがいいだろう」

軍曹はナイフとフォークを器用に使って、食べ方の手本を見せた。篤蔵は新しい道具にじきに馴《な》れて、自由に使うことができるようになった。

カツレツはちょうどいい工合《ぐあい》に揚がっていた。焦げ過ぎてもいず、生揚がりでもなかった。篤蔵は

「ああ、うまいなあ。やっぱり、日本料理とはちがう味ですね。これからは西洋料理の時代ですね」

田辺軍曹は首をかしげて

「お前はこの間はじめてカツレツをたべて、今日は二度めだから、まだそんなことを言ってるけれど、これで毎日食わせられると、倦《あ》きてしまうよ。西洋にながい間いた人はかならず、油っこい料理にうんざりして、日本へ帰ってお茶づけが食いたいというそうだからな」

「それはそうかも知れませんけれど、毎日でなくて、ときたまなら食べたいという人も多いでしょう。何しろ、これは日本人がこれまで知らなかった味です。宣伝すれば、どんどん広がるのではないでしょうか」

田辺軍曹は篤蔵の顔をまじまじと見つめて
「お前さんは、ほんとに西洋料理がすきらしいね」

「はい」

「おれはこれまでに、いろんな人にカツレツを食わせたけれど、お前ほど、うまいうまいとやかましく言う男を見たことがない。ひとつには、お前の家が料理屋で、商売にしようという気があるからだろうけれど……」

「それはまあ、そうですが……」

「また、一だとか二だとか講釈をならべようというんだろう。だが、お前が本職の料理人として西洋料理を習おうというんだったら、ぜひいっておきたいことがあるんだ」

「何でしょうか？」

「まず第一に、チャンとした料理人になろうと思ったら、東京なり横浜なり、大きな都会の一流のホテルか料理店へ住み込んで、下っ端から修業しなければならん。武生なんかにいて、仕出し料理屋の若旦那でいながら、片手間にカツレツの揚げ方を習おうという根性では、ろくな料理はできない」

「わしは、田辺さんに教えていただこうと思うとるんですが」

「おれは、知ってるだけのことは教えてやるよ。だけど、どんな料理人でも、親切に教えてくれるものと思ったら、大まちがいだよ。料理人というものは、自分の技術を人に教えるのをいやがるものだ」

「なぜです？」

「わかりきったことじゃないか。ある技術の秘密を知っているのが自分だけなら、お山の大将でいばっていられる。知っているのがもう一人いれば、大将でもなんでもなくなるじゃないか」

「そういうものですか」

「料理人にかぎらず、職人というものは、みな、技術を人に教えたがらないものだ。教わった奴は、かならずそれを武器にして、自分の領分を広め、やがて先輩を追い越して、見くだすようになる。世の中はそんなようにできているのだ。後輩に親切にしてやって、あとで仇《あだ》をされるという例は、数えきれないくらいだ」

「それを知っていながら、田辺さんはどうして、わしにいろんなことを教えてくださろうというんですか？」

「それはだね……」

田辺軍曹は笑いながら
「おれはこの町で、料理人として身を立てようという気がないからさ」

「現に、料理人をしているじゃないですか」

「おれはいま、この将校集会所で働いているけれど、ここはレストランではないから、おれがどんなに働いても、どんなにサボっても、お客の数に変りはない。連隊の将校の四、五十人だけが相手だから、腕にヨリをかけて、うまい物を作ったって、手をぬいて、まずい物を作ったって、店が繁昌《はんじよう》するわけでもなければ、さびれるわけでもない。だから、たとえば、お前に料理を教えて、お前がこの町のどこかでレストランを開業したとしても、おれの競争相手になりはしないかという心配をする必要はない。お前の店がどんなに繁昌しても、おれの方がさびれるという心配はない。だからおれは安心して、お前にいろんなことを教えてやることができるというわけさ」

「それじゃ、田辺さんはどうしてわしに、東京か横浜へ出て、修業しろというんですか？」

「それはだね、東京や横浜には、西洋人もたくさんいれば、外国で生活した経験のある人もたくさんいて、ほんとの西洋料理がどんなものだか知っているから、注文がやかましくて、いい加減なものじゃ承知しないのだ。いきおい、料理人も気をつけて、最高のものをこしらえようとする。そういう中で苦労しないと、一流の料理が作れないのだ」

「そういうわけですか」

「それにだね、ここいらでは、材料をそろえるのに、骨が折れる。お前はさっき、おれの作ったカツレツを、うまいうまいといって食ったが、あれだって、もっといい肉を使って、もっといい油で揚げれば、もっとうまいのが作れるのだ。だけど、そういう肉や油は、日本じゅうのどこでも手に入るというわけではない。やはり東京でなければだめなんだ」
彼はしばらく黙っていたが、突然溜息《ためいき》をつくと
「あーあ、東京へ帰りてえなあ」
といった。

4

篤蔵が八百勝へ養子に来てから、三ケ月ばかりたった。
ある日、主人の勝五郎が篤蔵に
「あす、国高村へいってくれるか?」
といった。国高村は篤蔵の実家高浜家のあるところである。篤蔵は八百勝へ来てから、一度も実家を訪ねていないので、うれしくなった。勝五郎は
「高浜のおとっつぁんに、すこし頼みたいことがあって、手紙を書いたから、持っていってくれ。なんなら泊って来てもいいぞ」
といった。片道は一里そこそこで、充分日帰りできるところだが、ゆっくり骨休めをしろという意味だろう。篤蔵は気の強いたちで、あまり人の顔色を見ない方だから、養子に来ても、まわりに気兼ねせず、自由に振る舞っていたが、それでも自分の家へ帰っ

てのびのびできるのが楽しくて、あくる日は、いつもより早く起きると、田辺軍曹に教わったやり方で、卵のサンドイッチを作り、それを土産に、国高村へ出かけた。ハムのサンドイッチもこしらえようかと思ったが、国高村の連中はハムを食べたことがないので、気味悪がるといけないと思って、やめにした。

実家の父周蔵は、次男の里帰りを迎えて、上機嫌だったが、勝五郎からの手紙を読むと、眉をしかめた。

「お前、この手紙の用向きを知っとるか？」

「いえ」

「どんなことを書いてあるか、聞かされなんだね？」

「はい。ただ、なにか頼みたいことがあるというとりましたが……」

「その頼みたいことというのは、金を貸してくれということや」

「へえ？　どれくらい？」

「それが大金や。百五十円貸せというのや。百五十円というと、米十石買える値やが、何に遣うのやろう？　篤蔵は何か聞かされなんだか？」

「なんにも聞いていません。手紙の中に書いてないですか？」

「ただ、当場の入用のためと書いてあるばかりや。五円とか十円とかいうなら、当場の入用ということも、わからんではない。しかし、百円、二百円とまとまった金の行く先が、当場の用では、説明になっとらんと思わんか？」

「はい」

「これが、営業を拡張するため、店舗を改装するとか、料理場をひろげて、設備を改良するとかいうのなら、話がわからんでもない。そんな話でも、聞いたことはないか？」

「さあ……別に……」

「わしも、お前が養子にいったからは、いずれはあの家を継いで、主人になる身やから、多少の財産分けはしてやってもいいという腹やった。丸裸で養子にいったというのでは肩身が狭いさかいなあ。しかし、むこうから先に貸してくれといわれると、なんやら、いやぁな気がするなあ……お前は、どう思う？」

「わしには、ようわかりませんが」

「いずれは、それくらいの金は……いや、もっとたくさんでも、お前に渡すつもりやったけれど、それが待ち切れんで、先方から申し込まれると、どうも、あんまり感心せんなあ。それも、お前が知らんというのは、どういうもんかなあ……まあ、まだ子供で、いうてもわからんということかも知れんが……いずれにしろ、お前を養子に取ってやったかわりに、金を出せといわれたような気がして、どうもいい気持ちがせんなあ」

「いわれてみると、わしもそんなような気がしてきた……そういえば、おやじさんは、ときどき外で酒をのんで、おそく帰りなさることがありますけれど……」

「酒だけなら、いくら飲んでも、そんなに金のかかるもんではない。女でもおるのかな」

「さあ……」

「どうも、ようわからん……なんとなく、うちの財産をあてにされとるようで、気持ちがわるいなあ」

周蔵はしばらく黙っていたが、突然

「お前、うちへ帰る気はないか？」

「帰るというと？」

「八百勝から暇もろうて、うちの息子にもどるのや」

「わしはかまわんけれど、うちへ帰ったら、厄介者になるのでないかね。このうちは周太郎兄さんのものやさかい、わしはいつまでもおられんわけや。分家するなり、またどこかの養子になるなりせねばなるまいが、めんどうな事や」

「また、養子に出ればいい。分家してもよかろう。ただ、たった三ケ月で、金を貸してくれというような家とは、縁を切った方がいいような気がするぞ」

「おとっつぁんがそういう考えなら、わしは家へ帰ってもいい。料理屋という商売を、わしはきらいではないけれど、あの家を出ても、できんことはないもの」

簡単に話がきまって、八百勝からの借金の申し込みはことわり、篤蔵はそのまま養家先へ帰らず、離縁になった。

しばらく家でぶらぶらしていると、また養子の話が持ち上った。相手は武生の海産物商で、松前屋といったが、主人の坂口喜兵衛夫婦の間に子供がないので、篤蔵をもらいたいといって来たのである。坂口の家はもともと何代か前に高浜家から分れたのだが、大分むかしのことで、血のつながりが淡くなっているので、改めて本家から人を迎えて、関係を深くしたいというのであった。いずれ、ちゃんとした家から嫁をとり、その間にできた子に家をつがせるつもりだというのである。

松前屋は武生でも名の通った家だし、篤蔵の好きな料理とも関係がないわけでもないので、本人も両親も異存がなく、正式に養子縁組をした。

まもなく、同じ町内の呉服屋春山清十郎の娘ふじと縁談が起り、見合いの結果、篤蔵も気に入ったので、嫁にもらうことになった。このとき篤蔵は数え年で十七歳。いまの常識では若すぎるが、一般に早婚だった明治のころとしては、それほど不自然でもなかった。

ふじは界隈《かいわい》で評判のきりょう好《よ》しで、色白で目もとが涼しく、どこか国高村の警察署長のお嬢さんの八千代さんと面影が似かよっているのが、篤蔵の気にいったのである。ただ八千代さんは、士族の娘らしく、やさしい中に凜とした気品があるが、ふじは町育ちで、愛くるしく、陽気なところが、違っていた。

ところが、ふじが嫁に来て半年もたたぬころから、老夫婦が浮かぬ顔をしはじめた。わざわざ望んで来てもらった養子とその嫁なのに、なにか隔てを置いた、よそよそしい態度である。口に出しては言わないが、この家を出ていってほしいと思っているのではないかという気さえする。すくなくも、この家を譲って、老後の面倒まで見てもらうつもりの人に対する態度ではない。

ある夜、篤蔵は寝物語に

「ふじ、おかしいと思わんかね、このごろのおとっつぁんとおっかさんの様子……」

「ええ、わたしも、おかしいと思うとるの」

「わしたちを、憎んどるとまではいわんが、なにか、邪魔にしとるのではないかという気がして、しようがないなあ」

「実は、わたしはそれについて、ちょっと思い当ることがあるんやけど……」

「それ、どういうことや？」

ふじは

「うっかりいうて、間違いやったら、おっかさんに悪いし……」

篤蔵はせきこんで

「わしらだけの間や、かまわんがな。誰にいうわけでもなし……」

「そんなら言おうか。おっかさん、もしかしたら、お腹大きうなったのでないかしらん」

「ハハア、そりゃ、気がつかなんだわい。なんぞ、それらしい兆候があるか？」

「ええ、おっかさんの食べ物の好みが変って、やたらにすっぱい物を食べたがりなさるようになったわ。それに、このごろ、ようく気をつけてみると、おなかがすこしずつふくらんできたようや」

「なるほどねえ。やっぱり女の目やなあ」

「そりゃ、こんなことは男の人にはなかなかわからんことや」

「しかし、あのおっかさんは、もう子供ができんというて、わしたちを迎えたのでなかったか？」

「できんと思うたかて、できたらしようがないわね。おっかさんはまだ四十五やもの、生殖能力は充分あるはずやがね。これまで、諦めが早すぎただけのことや」

「なるほどねえ……それで、わしたちが邪魔になってきたというわけか」

「そうよ。子供ができりゃできたで、その子に家を譲りたいのが人情というもんや。なんで他人のわたしたちに譲りたかろう」

「そりゃそうや」

「かというて、家を譲るつもりで迎えたわたしたちを、用がなくなったからというて追い出すわけにもゆかん。あの人たちも、根は正直で、悪気のない人やもの。それで、どうしていいか、困っておられるんやわ、きっと」

「なるほど、ようわかった。きっとお前のいう通りや。ところで、そうなると、わしたちは、どうしたらいいかねえ」

「ほんと、どうしたらいいかしらん。はじめの約束を楯にとって、どこまでも相続権を主張するか、わたしたちの方で家を出てゆくか……さあ、どっちにしたらいいか……」

次の日から夫婦は、二人きりになると、このことについて話しあった。しかし、話はいつも同じことの繰り返しになって、いい知恵が浮かばない。もともと、一つしかない席に二人、あるいは三人ですわらねばならないような成り行きそのものに問題があるのだから、解決の方法が見出《みいだ》せようはずがないのである。

そのうちに、母親のおなかが、すこしずつ大きくなってきた。誰の目からも隠しおおせなくなる日も、そう遠くないだろう。

若夫婦が母親の異変に気づいたことも、老夫婦に気づかれたらしい。老夫婦の若夫婦に対する態度が、ますますわざとらしくなり、奥歯に物がはさまったようになった。

「おっかさんも、あの年になって、おなかが大きうなったと、なかなか言えないで、困ってるらしいわね」

とふじは笑った。相当な年齢の女が妊娠することを、ひどく恥ずかしいこととした時代なので、母親の困り方は滑稽なほどだった。

ある日、篤蔵はふと思いついた。

――そうや、田辺さんを訪ねてみよう。

彼はしばらく鯖江の田辺軍曹に御無沙汰していた。

八百勝を出て実家へ帰ってからは、将校集会所へゆく用がなくなったので、何となく足が遠くなっていたが、篤蔵は急に田辺軍曹に会ってみたくなったのである。

久しぶりで来る将校集会所は、バターや牛乳や肉類のこげたり、煮えたりする、うまそうな匂いがしていた。

田辺軍曹は篤蔵の顔を見ると、ニコニコして
「よう、しばらくだね。嫁さんもらったんだって？」

「はい。すんまへん、御挨拶にもあがらんで……」

「いや、いいんだよ。嫁さん、なかなか美人だというじゃないか」

「いえ、お多福です」

「うそ言え。目尻が下がってるぞ！　すっかりしかれてるくせに！」

「ところが、ちょっと弱ったことができたのです」

篤蔵からくわしい話を聞いた田辺は
「なるほどねえ。世の中は皮肉にできてるねえ」

「わしは、養子はもう、コリゴリです」

「そういえば、君は八百勝も追ん出たんだってね。何かあったのかい？」

「ちょっとしたことがありましたけれど、いえば先方の悪口になりますから……」

「それじゃ、聞くまい。しかし、君も御苦労だったね。これからどうするつもりだ？」

「実は、それについて。田辺さんの御意見を聞きに来たのです」

「さあ、そいつは困った。人の身の上というものは、本人でなければわからない事情が多いもんだ。はたからああしろこうしろと言っても、本人には実行不可能のことが多いのじゃないかな」

「それなら、こんなふうに聞かれたら、どう答えますか……こういうとき、あんたやったらどうしますか、と」

田辺軍曹は言下に
「おれだったら、料理の修業に東京へ出るな……」

「あっ、そうか！　女房は？」

「それは知らん。おれには、いまのところ女はいないから、考える必要はない。だから、君の質問には答えられないというのだ」

「東京へつれてゆくか、この町に置いてゆくか、二つに一つしかないですね」

「知らん。それは、君が自分で考えろ」

「わかりました。なるほど、東京へ出るか。いい機会かも知れんぞ」

「おれはね、ほかの男にならこんなことをいわないかも知れない。しかし、君ほど料理が好きで、熱心な男を見たことがない。いろいろ教えてやりたいけれど、この町には、いい材料もなければ、設備もない。精魂こめて、いい物をこしらえても、味わってくれる人があるかどうか、わからない。つまり、いい料理を作る条件がそろっていないのだ。東京へゆけば、それらが全部そろってる上に、腕のいい料理人がたくさんいるぞ。そういう人たちについて、みっちり修業を積めば、立派な料理人になれるんだがね」

「わかりました。いままで、どうして気がつかなんだのだろう。うちへ帰って、ゆっくり考えてみます」

「よろしい、あとは君自身の決意の問題だ。ところで、今日は、君はいいところへ来た。珍しいものを御馳走してやろう」

田辺軍曹は戸棚から、直径二センチくらいの丸いものをいくつか取り出すと、焼き皿にならべて、オーヴンにいれた。

「これはうちの連隊長の注文で、ときどき作るんだがね、フランスではオツな食べ物ということになっているらしい。連隊長は、以前にパリの公使館で駐在武官をしておられたころ、しょっちゅう食った味が忘れられないといって、ときどき注文なさるんだ」

「なんというものですか？」

「エスカルゴといってね、別名リムツタカともいうそうだ」

篤蔵はふところから手帳を出して書き留めながら
「貝みたいに見えますね」

「うん、まあ、貝だな。バイ貝だとか、螺《にし》だとかいったものと同じ種類なんだろう。もっとも、この貝は陸上に棲《す》んでるそうだが」

「変った貝ですね」

「所変れば品変るといって、地球は広いやね……さあ、そろそろ出来あがりかな」

エスカルゴは、バターやニンニクや、そのほか篤蔵の知らない調味料のほどよくまざりあった、いい匂いがしていた。

「こいつは、熱いうちに食べなきゃ……」

田辺軍曹にいわれて、篤蔵は一つ口にいれたが、

「これは、すばらしい。これは珍味ですね」

といった。

家へ帰る道々、篤蔵は
「わしは東京へ出よう。そして、りっぱな料理人になろう」

と、心の中で繰り返していた。

ふと道端のムクゲの垣根を見ると、いま食べた貝とまったく同じ形のものが、はい回っている。

「はてな」

彼は手帳を出してみた。

「なんや、リムツタカやと？　こりゃ、反対に読むとカタツムリや。田辺さん、わしをかついだな。ああ、気持ちが悪い！」

急に胸がムカムカして、吐きそうになった。

天まであがれ

1

田辺軍曹の一言で、篤蔵は東京へ出て、料理人になろうと決心した。

しかし、養家の父母に相談しても、二人は反対するだろう。内心はともかく、彼等は親戚や知人の手前、篤蔵を邪魔にして、追い出したかのように思われることをおそれるだろう。

妻も反対するだろう。いっしょにつれてゆくといえば、知らぬ土地へいって、新しい生活をはじめることを不安がるだろうし、置いてゆくといえば、そのまま忘れられるのかと、心細がるだろう。

実家の父母に相談しても、養家への義理などを考えて、反対しないとも限らない。

そこで彼は、無断で家出することに決心した。家出なら、前に一度やったことがある。株をやって大金持ちになるつもりで、大阪の伯母をたよっていったことがある。

しかもあれは、一度は次の駅でつかまり、もう一度試みたのだから、合計二度やったことになる。

こんどやれば三度目である。家出技術にかけてはベテランだから、失敗の心配もないし、特別の不安も感じない。

残される妻がかわいそうだが、成功のあとで呼び寄せてもいいし、待ち切れなかったら、どこかへ再婚するのもいいだろう……薄情なようだが、いまは自分のことで頭がいっぱいだ。いずれにしろ、篤蔵は新しい世界への期待に胸を躍らせて、古い世界のことは忘れがちだった。


明治三十七年四月のある朝、高浜篤蔵を乗せた汽車は新橋《しんばし》駅へついた。前日の午後、武生を出た篤蔵は、米原《まいばら》で東海道線に乗り換え、三等車の堅い板の座席で揺られながら、寝苦しい一夜を明かしたばかりである。

ずっしり重い信玄袋をさげた篤蔵は、駅前の広場へ出ると、客待ちしていた人力車に「神田《かんだ》三崎《みさき》町《ちよう》へいってください」

といった。車夫に「ください」は、すこし丁寧すぎるような気もしたが、はじめて東京へ出て、田舎者と見くびられはしないかと、オドオドしているので、高飛車な言い方ができないのである。

車夫は篤蔵を乗せると、両足を開かせて、その間に信玄袋を置き、キビキビした動作で膝掛けをかけて、隙間のないように、あちこち押さえると、梶棒《かじぼう》をあげて、走りだした。

篤蔵ははじめて見る東京の町の風景に、目を輝かせた。

あらゆる種類の商店が、軒をならべ、どこまで行っても、町並みの尽きるということがない。

どんな町にも、行き来の人の影が絶えず、店先は客で賑《にぎ》わっている。都会の繁華とは、こういうことなのだろう。

この年の二月から、ロシアとの間に戦争がはじまって、新聞は毎日、旅順《りよじゆん》の戦況や、広瀬《ひろせ》中佐の戦死などの記事をのせているけれど、町の様子には、別に変ったこともなく、市民はふだんと同じ生活の営みを続けているようである。

神田錦町《にしきちよう》……神保町《じんぼうちよう》……。

「三崎町は、もうそこですが、どこへ着けますか」

車夫が聞いた。

「○○番地に竜雲館という下宿屋があるから、そこへいってください」

竜雲館はすぐわかった。木造三階建ての大きな真四角の建て物で、片側に十くらいずつ部屋があるらしく、白い障子のはまった窓が、規則的にならんでいる。

門柱には木の札がかかっていて

「高等下宿　竜雲館」

と書いてある。

「ごめん下さい。高浜周太郎はおりますか？」

篤蔵は、なんとなく気おくれする自分を励ましながら、わざと大きな声を出した。

黒っぽい縞《しま》の着物に角帯を締め、鳥打帽をかぶり、信玄袋をさげた篤蔵は、そのへんの書生の風体とすこしちがっているので、なまいきそうな女中はジロジロ見ながら

「いらっしゃいますけれど、あなたは？」

「弟です」

「まあ、そう。さあどうぞ」

急に愛想よくなって、信玄袋を奪い取り、先に立つと、二階の角の一室へ案内した。

「高浜さん。弟さんがいらっしゃいました」

「なに？」

おどろいた声がして、障子があくと

「どうしてまた、急に？……一人か？　おふじさんは？」

いろんな質問を一度にしかけたが

「まあ、ともかく入れ。ゆっくり話を聞こう」

と、中へ案内して、座布団を出した。何の飾りもない六畳間だが、壁ぎわの本棚には、法律書がギッシリつまっている。

篤蔵の上京の動機や将来の志望を、ときどきうなずきながら聞いた周太郎は、話が終ると

「お前は子供のときから、学校が嫌いだったな」

「はい。本を読んだり、字を書いたりすることは、わしの性に合わんようです」

「それで、料理の道へ進みたいというわけか？」

「そうです」

「わしは、学問をすることだけが立派なことだとは思わん。しかし、日本にはむかしから、ふしぎな伝統があって、学問や知識で身を立てる人を尊敬し、身体を使ったり、手先の仕事をする人を低く見る傾向がある。お前のやろうとしている料理人の道も、本人は好きでやるのだから、どうでもいいようなもんだが、社会的にはあまり高く評価されないと思わねばならん……」

「それは、充分に承知しとります。料理人に対するそういう偏見をなくするように、世間の人の考えを正すのも、わしの仕事の一つと思うとるのですが」

「そこまで考えとるなら、わしは、なんにも言うことはない」

篤蔵はむかしから、この兄を尊敬している。いかにも村の旧家の長男らしく、いつも

机にむかって本ばかり読み、学校の成績もよかったこの兄は、中学を出てから、上京して、日本法律学校へ入ったが、この学校は、昨年から日本大学という名に変った。兄はいろんな点で、弟と対蹠的《たいしょてき》だった。弟はズングリして背が低いかわりに、肩幅が張っていて、負けん気が身体じゅうに溢《あふ》れているが、兄はスラリとした長身で、人と争うより、一歩譲る方を選ぶような、おっとりした性質である。どこか高雅な雰囲気を、身辺に漂わせていて、弟の讃嘆と憧憬の的だが、胸が薄くて、風邪《かぜ》をひきやすく、激しい勉学に堪えられるかどうか、親たちの心配の種である。

もしかしたら、兄は弟にも学問の道へ進んでもらいたいと思っているのかも知れないと、篤蔵は思った。兄は自分の健康に自信が持てず、万一ということを考えているのかも知れない。そのときは篤蔵に高浜家を継いでもらわねばならないが、それには、やはり、それ相当の学校でも出て、世間で紳士とか旦那とかいわれるような地位についていてもらった方がいい……そんなことを考えているのかも知れない。しかし、兄はおとなしい性質から、それが言い出せないのだろう。

——しかし、わしはいやや……。

篤蔵は考える。

——わしは、学問は性に合わん。うまい物のことを考えたり、野菜や魚や肉を、刻んだり、煮たり焼いたりすることが、一番好きや。人は、ほんとに好きなことをして、一生を過ごすのが正しいのではあるまいか？　わしには、料理の道に進むことしか、考えられん……。

彼は十のとき坊主になろうと思いつめたように、いまは料理人になろうと思いつめている。そのほかのことは、頭にうかばないのである。兄も、篤蔵のそういう性質を知っているから、よけいな口出しをしない。

「まあ、当分この下宿にぶらぶらして、東京見物でもしながら、将来のことを考えたらよかろう。ちょうど、これからはお花見の時節や。上野《うえの》や浅草《あさくさ》の花も、こんどの日曜が満開やろう。案内してやろうか」

それから二人は、郷里の両親や親戚の誰かれの噂《うわさ》を、聞いたり答えたりしているうちに、時間のたつのを忘れたが、突然どこかで

ドン！

と、何かの爆発したような、大きな音がした。

「あれは？」

篤蔵がおびえた顔で兄を見あげると

「お昼を知らせる大砲の音だ。ドンというてね」

「ああ、あれがドンか」

ドンのことなら、篤蔵は田舎で聞いて知っていた。「午砲」と書いて「ドン」と読む。

どこか宮城のあたりの連隊で大砲を撃って、東京じゅうに正午を知らせるというのである。しかし、あんな大きな音がするものとは、知らなかった。

「物すごい音ですね」

「うん。近いからね。ここから表通りへ出ると、すぐそこが九段坂《くだんざか》で、連隊はその上にあるからね。あれで東京じゅうに聞こえるそうだから、このへんの者は、毎日、キモのつぶれるほど大きな音を聞かされるわけだ。ところで、ドンを聞いたら、急に腹がすいた。そこいらへ昼飯を食べにいこうか？」

「このうちでは、食べさせてくれんのですか？」

「下宿屋は、ふつう朝夕二食つきで、昼はめいめい、そこいらで勝手に食べることになっている。わしがいつもゆく食堂へいってみようか」

周太郎は先に立って、玄関を出ると、門札の「高等下宿」という字を指さして
「何と読むか、知っとるか？」

と聞いた。

「高等下宿でしょう」

「ところが、これは漢文でね、返り点をつけて、こう読むのだ」

兄は一字一字の間へ指で「レ」を書いて「高レ等レ下レ宿」となるようにしながら
「いいかね……宿下等ニシテ高シ、と読む。アハハハハ」

この洒落《しゃれ》は、——そのころ東京の学生の間では常識になっていて、いまさら笑う者はいないのだが、はじめて東京へ出た、いわゆる「おのぼりさん」の篤蔵を感心させるには充分だった。

表通りは、人と車で雑沓《ざっとう》していた。どこへいっても、人通りが多く、にぎやかなのが、東京の特徴である。

人が多いということは、購買力が高く、金がさかんに動いているということである。どんな上等品、高級品でも、高価な品でも、買う人がいるということである。

「やっぱり、東京でなければ……」

篤蔵は、鯖江連隊の田辺軍曹が、あんなにも東京へ帰りたがった気持ちがわかると思った。

ペンキで「ニコ来《ライ》食堂」と書いた看板の出ている店の前まで来ると、兄は先に立ってノレンをくぐった。

「お客がニコニコ顔で来るようにと、縁起をかついでつけた屋号だろうが、ニコライ堂をもじったところが、おもしろいじゃないか」

兄はいった。ニコライ堂は駿河台《するがだい》にそびえるロシア風の大伽藍《だいがらん》で、神田の名物になっていた。

食堂は満員で、兄弟はしばらく立って待たなければならなかったが、やがて奥の方の席があいたので、すわることができた。

壁には、黒く塗った板に白墨で書いた品名と値段が、ずらりと並んでいる。

白飯（大）　二銭
（小）　一銭五厘
みそ汁　二銭
煮しめ　二銭
お新香　五厘

その他、蛤《はま》つゆ、あじ塩焼き、精進あげ、肉どうふ、イカの煮つけなど、いろいろの惣菜料理がならんでいる。すべて、三銭、四銭の銭単位である。

「何を食うかね？」

と兄が聞いたが、はじめて聞くような名の食べ物が、ごちゃごちゃならんでいて、何と何をえらんでいいかわからない。

「何でもいい。兄さんと同じ物を……」

というと、兄は

「おーい」

小女を呼んで
「ショウテイ二つ」

といった。

「ショウテイて、何です？」

「小定食ということだ。定食に大と小とあって、大の方を略して大定という。小は小定だ。おかずは同じだが、飯の分量に差がある。どうや、小でいいか？」

「ええ」

といったが、朝早く御殿場《ごてんば》で買った汽車弁を車中で食べたきりで、大分空《す》き腹《はら》の篤蔵は、小ではすこしたりないかも知れないと思った。

たすき掛けのキビキビした小女の運んで来た膳には、飯とみそ汁と香の物のほかに、カレイの煮つけと、すこしばかりの煮豆がのっていて、味つけはそれほど悪くないが、飯はやはりたりなかった。

篤蔵は自分の分をペロリとたいらげたあと、兄の膳を見ると、大分飯を食い残してある。三寸ばかりのカレイも、背中の身をすこしほじくっただけだし、煮豆には、まったく箸をつけていない。

——あまり食欲がないとみえる。こんなわずかな飯が食べきれないで、残すようでは、健康状態がいいとはいえないな。じっと坐《すわ》って、本ばかり読んでいると、腹がすかないのだろうけれど、これでは、ちょっと食が細すぎる……。

篤蔵は兄のやせて尖《とが》った頬や、肉の薄い肩や、細い手首のあたりをそっとながめながら、この兄はこれから先、こんな身体で、きびしい生存競争に堪えてゆけるのだろうかと、心配になるのだった。

食堂を出ると、兄は

「そこいらを散歩してみるか」

といった。

神田は学生の町である。ちょうど昼休みで、このあたりにあるいろんな官立、私立の学生たちが、本の包みをかかえたり、ペンを耳に挟み、インク壺《つぼ》をぶらさげたり、和服のふところに、本やノートを二、三冊ねじこんだりした姿で、あるきまわっている。

兄は先に立って、歩きながら

「これが、わしのかよっている日本大学や」

「これが明治大学」

「これが中央大学」

「これが専修大学」

と、いちいち説明してくれる。そのほか、外国語学校、高等商業学校など、いろいろあって、なるほど、神田は日本の学問の中心だと思う。篤蔵は、はじめのうち、一つ一つおぼえたつもりだったが、しまいにはごちゃごちゃになって、どこにどういう学校があったか、わからなくなってしまった。

2

東京の桜は満開だった。

上野、飛鳥山《あすかやま》、向島《むこうじま》……どこへ行っても、花見の人でいっぱいだった。田舎では想像もできないような人出で、それがみな、酒を飲んで、歌ったり、踊ったりしている。

篤蔵は毎日、見物に出かけた。

東京の交通機関は、名物の鉄道馬車から市内電車に切り換えられる時期で、前年すでに新橋、品川《しながわ》間に電車が走るようになり、評判を呼んでいた。

篤蔵も話の種に、一度だけ乗ってみたが、あとは、どこへゆくにも歩くことにした。田舎に生まれて、子供のころから長い道を歩くのは苦にならなかったし、地図を見て、方角を考えながら歩く方が、町をおぼえるのに都合がよかった。

兄の周太郎は

「案内してやりたいけれど、講義を休むわけにいかんのでね」

といって、毎日、学校へ出かけた。兄を尊敬しながら、前へ出ると窮屈な気分になる篤蔵は、いっそ一人の方が気楽でいいとも思うのだけれど、ああして学問に夢中になっていては、ますます身体を悪くするのではないかと、気になってならない。

毎日出あるいているうちに、広い東京も、大体篤蔵の頭に入るようになった。

東京はまだ今日のように、鉄とコンクリートとガラスばかりの町ではなくて、いたるところ山や、森や、畑があり、田圃《たんぼ》があって、その間を縦横に川が流れていた。

今日からは信じられないことだが、お茶《ちゃ》の水《みず》の谷の両側は、国電の線路も、道路もなくて、樹木の鬱蒼《うっそう》と茂った、自然のままの崖で、風流人が舟をうかべて、月見の宴に興ずるところだったという。

建て物は、ほとんど木造で、橋もほとんど木の橋である。それらの間に、浅草の十二階や、日本銀行、万世橋、二重橋のような石の建造物ができると、わざわざ見物にゆく者が絶えなかった。

魚河岸の繁昌も、想像以上だった。

武生にも、魚市場のまね事のような店が二軒あって、大通りをはさんで向きあい、おたがいに客を取り合っていた。

東側の一軒が
「タイじゃ、タイじゃ」

と叫ぶと、近郷近在から集まった何十人という魚屋が、どっと押し寄せて、われ先にと買い入れる。

そのうち、向う側の店へ新しい荷がついて
「カニじゃエ、カニじゃエ」

と呼ぶ声がきこえると、みなそちらの方へ駆けてゆき、先を争って、わめきながら、奪い合う。

道路には、テンビン棒や、荷籠や、荷車が散乱して、足の踏み場もない。

篤蔵は八百勝の養子だったころ、毎日その日の材料の買い出しに出かけて、こういう風景は見馴れており、魚屋というものは威勢のいいものだとは承知していたが、日本橋《にほんばし》は、それが何十軒も集まったような威勢のよさ、気の荒さ、乱暴さである。うかうかしていると、突き飛ばされ、踏み殺されそうである。

――やっぱり東京だなあ……。

篤蔵は腹の底からうめいた。

魚河岸には何十軒という店があるが、どの店も客がいっぱいである。

マグロならマグロだけ、タイならタイだけを商っていながら、どの店もちゃんと商売が成り立っているらしい。

どんな極上の、高価な品でも買い手がついて、飛ぶように売れてゆく。

安い物は安い物で、山のように盛りあげてあって、これがまた、どんどん売れる。

篤蔵は両側の店の賑わいに目を奪われながら、ボンヤリ歩いていると、うしろから、背のあたりに、何かドンとぶつけられた。

「痛い!」

振り向くと、大八車をひいた向う鉢巻の若い男が、篤蔵をにらみつけている。どうやら、車の梶棒をぶっつけたらしい。文句をいおうとすると、先方から
「やい、田舎っぺいの間ぬけ野郎。何をうろうろしてるんだ! そこどけ!」

おそろしい勢いで、たたみかけてきた。かッとなって
「そっちからぶつけて来て、何をいうんや!」

というと
「何を! この野郎、やるか!」

腕まくりして、詰め寄って来た。

「なんだなんだ。留公、どうしたんだ?」

仲間が、何人か集まって来た。

「喧嘩《けんか》だ喧嘩だ」

野次馬も集まって来た。

篤蔵は、こうなればやるしかないと、腹をきめて、下駄《げた》をぬぐと、両手に一つずつ持った。下駄は明治のころ、刃物につぐ喧嘩の有力な武器である。へたをすると相手に血

を流させるが、売られた喧嘩なら、しかたがない。
はだしになって、地面をじかに踏むと、ふしぎに気持ちが冷静になってきた。
ぐるりと取り囲んだ四、五人の、どいつからやろうかと、隙をうかがっていると
「どいたどいた」
落ち着いた声と共に人垣をかきわけて来た、中年の旦那風の男が
「留公。おめえ、また悪い癖を出したな。あれほど言っといたのに、どうして、やめないんだ？」
留公といわれた若者は、肩をすぼめて
「へい。旦那。こいつが悪いんで……」
「嘘《うそ》いえ！　田舎から出てきた素人の方に喧嘩を売っちゃいけないと、あれほど言っといたのに、まだやるつもりか！」
たしなめておいてから、篤蔵の方へむかって
「お若い方。ここは用のない人の来るところではない。みんな気が立っていますから、ウロウロしてると、なぐられますよ。早くお帰りなさい」
いわれて篤蔵は、手に持った下駄を地面におろして履くと、男に礼をのべて、歩きだした。
この時以来、篤蔵の気持ちが大きく変ったことは事実である。

これまでの篤蔵は、この東京という大都会で、田舎者と呼ばれる異分子、よそ者、水に浮かんだゴミのような存在だという意識が抜けなかった。

自分だけの気持ちでは、どんな苦労をしても、石にかじりついても、めざす道でひとかどの者になりたいと思うのだけれど、何百万人という人間がひしめきあっているこの東京が、果して受け入れてくれるかどうかと思うと、心細くなるのだった。

神田の町をあるいてみても、何千、あるいは何万という学生が、行ったり来たりしている。中には、のらくら遊んでいるグウタラ学生もいるようだが、大部分は、何かをめざして、必死に勉強している。

あの中の何人が、志を遂げるのだろうか？

会社員は会社員で、商人は商人で、職人は職人で、それぞれ地面に根を張り、自分の世界を築き、縄張りを守ろうと、血みどろの戦いをしている。

自分も、なんとかして生きる道を切り開こうと、家出までして来たものの、まだ自己の領分というものを持っていない。この東京で生きている人たちからみれば、自分はまだ、田舎っぺいにすぎず、根なし草にすぎない。

彼はときどき、武生が恋しくなることがある。

武生へ帰れば、彼は松前屋の若主人であり、跡取りである。男の子が生まれたとしても、年に開きがあって、当分は自分の天下である。食うに困ることもなく、何かの集まりでは、上座にすわらせてもらえる。

——わしは、気が早すぎたかな……。

当然自分の取る権利のある地位を捨てて、わざわざ苦労をしに、東京へ出ることはなかったのではないかと、迷う気持ちが起きることも、ないではない。

なにかといえば、田舎者といわれ、箸の上げおろしにも、おのぼりさんといわれていると、だんだん気持ちがいじけてきて、尻尾を巻いて国へ帰りたくなる。

国には妻のふじもいる。下宿の粗末な布団にくるまって寝る夜は、ふじの肌が恋しくなることもある。

しかし、魚河岸で若者に喧嘩を売られて以来、篤蔵の「東京」に対する心構えが変った。

——何くそ！　東京も田舎も変りがあるもんか！　東京のあばれ者というても、あの程度のものや。わしが下駄をぬいで、やるぞ、という身構えをしたら、あいつら、困ったような顔をしたではないか。武生の山寺のアバレ者は、東京でも通用するらしいぞ。

篤蔵はもう、これまでのように、田舎っぺいといわれはしないかと、おどおどしたりせず、胸を張って、大いばりで歩くようになった。

日露戦争は、日本に有利に展開した。

地図で見ても、日本を丸呑《まるの》みにしそうな世界最強の陸軍国を相手にするのだというので、国民ことごとく不安と緊張に包まれていたが、鴨緑江《おうりょっこう》の会戦で日本軍が勝利を占め、九連城《くれんじょう》を占領したときは、日本じゅう歓呼に湧き返った。

東京では戦捷《せんしょう》大祝賀会が催された。十万の市民が手に手に提灯《ちょうちん》を持って日比谷《ひびや》公園に集まり、丸《まる》の内《うち》一帯は灯火の海と化した。

篤蔵も兄といっしょに提灯を持って、行列に加わった。

この夜、警視庁の群集整理の不手際で、馬場先門のあたりに人波が集中し、混乱の極み、二十数名の死者を出したが、それさえも大きな問題にならないほど、国民の熱狂は高まった。

そのころ「テキにカツ」という言葉が流行した。ビフテキにカツレツを短くしたものだが、漢字にすると「敵に勝つ」となり、縁起がいいというので、都会地の勤め人などが好んで食べた。

これは同時に、洋食がしだいに普及して、一般人の日常生活の中へも入りこんできたことを物語るものであった。

篤蔵はある日、水天宮へ参詣したついでに、人形町の通りをあるいてみた。たしか、鯖江の将校集会所の田辺軍曹が、人形町のなんとかいうレストランで働いていたとかいうことだったが、どんな店か見たいと思ったのである。

来てみると、この町は思ったより賑やかなところで、人道と車道の別もあり、一帯の盛り場になっているらしかった。行き来の人の風俗も、どこか江戸の名残りを留めて、下町情緒のたちこめている町である。

——さて、何という名の店だったかなあ……なんでも、東とか西とかいう字がついていたような気がするけれどなあ……。

両側を見ながら歩いてゆくと、小ぢんまりした店に、「泰西軒」という看板が上っている。

——そうや、たしか泰西軒やった。なるほど、こういう店か。

それは、あまり大きくないけれど、白いペンキ塗りのシャレた家で、入り口のガラス戸には、ピカピカ光る金色の横文字で、店名が書かれ、窓に草花の鉢が置いてある。

「入ってみようかしら……」

篤蔵はちょっと躊躇《ちゆうちよ》した。彼は毎日東京をあるきまわって、昼どきは、ソバ屋や一膳飯屋へ入り、ドンブリ物などで腹をふくらませることには馴れたけれど、こういうハイカラな店へは、まだ入ったことがないのである。

しかし彼は、こんなことで気おくれしていては、これから先東京で生きてゆくことができないだろうと、自分で自分を励まして、ドアを押した。

思った通り、白い上着のボーイは、自分と同年輩の、鳥打帽に角帯の篤蔵を見て、一

「おや、店をまちがえたね」

という顔をしたが、すぐ表情を改めると、バカ丁寧な物腰で注文を聞きに来て、メニューを差し出した。

篤蔵はできるだけ落ち着いたふりをして、メニューをのぞいてみたが、全部横文字で、何が何だかわからない。しかたがないから
「カツレツ」

というと
「カツレツというものは、うちではできません。コートレットのことでしょうか？」

という。よくわからないけれど
「多分、そうでしょう。それを下さい」

「ブーフでしょうか、ポルでしょうか？」

いよいよもってわからない。

「どちらでもいいです」

「それでは、ポルにいたしましょう……カリギァンでよろしいですか？」

なんだか、馬鹿にされているようだけれど、もうどうでもいい。

「それを下さい」

「かしこまりました。スープはどういたしましょう？」
この家はカツレツだけでも相当値が張りそうなのに、スープまで飲んだら、もっと高くなりそうだと思ったけれど、こういうときはスープも注文しなければならない規則になっているのかも知れないと思って
「ください」
といったら
「いろいろございますが、どれにしましょうか？」
と来た。いよいよ知ったかぶりをしていられなくなったと、カブトをぬいで
「いろいろって、どんなのがありますか？」
と聞くと、ペラペラとまくしたてるのが、何のことかまったくわからない。しかたがないから
「わしにはわからんから、いいようなのをたのみます」
と下手に出た。
「かしこまりました。お飲み物は……」
というから
「あれ、スープも飲み物ではなかったのか」
と思ったが、聞けばまた馬鹿にされるにきまっているし、これ以上、もうなんにもい

らないと思って
「いいです」
といったが、こんなになんにも知らなくて、これでいまに立派な料理人になるつもりで、東京へ出て来たのかと思うと、情なくなってきた。しかし、また思い返して
「なに、これからや、これからや。これからいろんなことを勉強すればいい。知らんことは恥ではない。教わる気がないことと、教わってもできんことが恥なのや」
と自分に言い聞かせた。
コートレットのなんとかかんとかいう皿が運ばれて来た。大体において田辺軍曹のこしらえてくれたカツレツと同じようなものである。なかなかうまい。
——今ごろ田辺さんは、何をしているやろう。
と思うと、胸が熱くなってきた。彼は店の者に
「田辺さんを知っとるか」
と聞いてみようかと思ったが、田辺がどんな事情でやめたのか、その後、どういう関係なのか、わからないので、うっかりしたことは言えないと、黙っていることにした。

3

東京へ出てから、一ケ月すぎた。

桜は散りつくして、東京は青葉にむせ返る季節となった。

花見客の雑沓は、潮の引くように静まり、ひっそりした町並みに、さわやかな風が吹きかよった。

日露の戦況は、決して楽観を許さないけれど、はじめ心配したように、圧倒的に優勢なロシア軍に、蹴散らされるというようなこともなく、体当りでぶつかってゆくと、逆に日本軍のほうがグングン敵を圧迫する形勢になって、国民は緊張のうちにも、前途に光明を見出しはじめた。

篤蔵は、はじめのうち、地図を片手にして、毎日市中見物に出かけたが、半月もすると、おもな名所は見てしまって、あとは前にザッと見たところを、念入りに見直すか、あまり知られていないところを探して、見にゆくかする以外ないようになった。

それに、毎日出かけるのも、なかなか骨の折れるもので、たまには下宿に寝ころんで、ぼんやりしている方がいいと思うこともあった。

外を出歩いていると、昼飯は行き当りばったりに、そのへんの飯屋かソバ屋で食うのだが、竜雲館にいるときは、ドンを聞いてからニコ来食堂へゆくのが習慣になった。

兄の周太郎も、講義の都合で、いっしょに行くこともあった。

三人ばかりいる女中は、まもなく篤蔵が周太郎の弟だということを知って、彼がはいってゆくと、

「いらっしゃい」

と景気よく叫ぶようになった。

だんだん時候が夏めいてくると、壁にかかっている黒い板の品書きもかわって、ふき、たけのこ、そらまめ、かつお、飛び魚などがならぶようになった。

かつおや飛び魚は、日本海でもとれないことはないが、概して小さくて貧弱なのにくらべて、東京のは、種類がちがうのではないかと思うくらい、大ぶりで、肉が厚く、脂がのっていて、トロリとした味である。

品書きのなかに、ひとつわからないものがあった。

「新ジャガって、何や？」

篤蔵は小声で兄に聞いた。一月も東京にいて、大分東京弁に馴れたので、めったにお国なまりは出さなくなったが、兄といっしょのときは、つい元へもどる。兄も東京弁とごちゃまぜで
「新しいジャガ芋のことや。ジャガ芋のいもを省いたのさ。東京の人はおジャガともいう……」

「ああバレイショのことか」

ジャガ芋は西洋から輸入された食品で、ハイカラ風に馬鈴薯《ばれいしよ》と呼ぶ人も多かった。

「食べてみるか？」

「ええ」

新ジャガは粒が小さくて、皮が薄く、つやつやしているのを、丸ごと甘からく煮てある。

ジャガ芋は珍しくないけれど、こんな小粒なのは、はじめてである。歯ざわりもシックリして、普通のイモのように粉っぽくない。

「これはうまい」

ゆくたびに新ジャガを注文するので、女中たちはしまいには、篤蔵の顔を見るやいなや、笑いながら
「今日も新ジャガ？」

というようになった。

女中たちが笑うのは、篤蔵がやたら新ジャガを注文するからというだけでなく、彼の顔が丸く、皮膚が薄くて、下から健康な血の色の透けてみえるところが、掘り立ての新ジャガにそっくりだからだった。いつのまにか、この店では彼に「新ジャガ」というあだ名をつけているらしかった。

東京へ出てから、二ケ月ばかり経《た》った。

もう六月である。

梅雨《つゆ》の前ぶれのような、蒸し暑い日が続き、すこし長い道をあるくと、じっとり汗ばむので、東京見物もあまり楽ではなくなった。

第一、篤蔵は東京の目ぼしいところはあらかた見てしまったので、特にいってみたい場所もなくなった。

——これから、どうしようか？

先のことを考えると、雲をつかむようである。料理の道で一流の人物になろうと、夢のようなことを考えて、東京へ出たものの、ほんとになれるものかどうか。

第一、料理の世界で一流というものがあるのかどうか。

何が一流で、何が二流か？　それは誰がきめるのか？

大きなレストランのコックが一流で、小さなところが二流なのか？　それならば、人形町の泰西軒はあまり大きくなかったが、あれは二流なのか？

第一、一流のところで使ってもらうには、どうしたらいいか？　誰かの紹介が必要なのか？

篤蔵には、わからないことばかりである。

ただ、わかっていることは、うまい料理を作ってみたいということだけである。舌のとろけるような、頰《ほ》っぺたの落ちるような、喉のゴクリというような料理を作って、自分もたのしみ、人にも喜んでもらうようになりたいということだけである。

それ以外には、何もない。

まったく、ない。

それだけが生き甲斐《がい》であり、目的である。

しかし、どうすればそれが達せられるか？　そのてだてが見出せぬまま、篤蔵は毎日思い悩んでいた。

その日も彼は、三階の角の自分の部屋の机に頬杖《ほおづえ》をついて、窓から外をながめていた。目の及ぶかぎり、一面の甍《いらか》の波で、むこうの方は靄《もや》の中へ消えている。東京という大都会の、魔物のような逞《たく》ましさと、華やかさと、魅力と、冷酷さと、醜さとを物語っているかのようである。

――この激しい大河の流れの中で、わしは溺れないで、泳ぎ抜くことができるだろうか？

いつもの不安と疑問が頭をもたげるが、また一方では、その中で男一匹の腕だめしをすることを思うと、壮快な冒険心が湧き起るのであった。

「いるかい？」

障子の外から、兄が声をかけた。

「はい」

兄は学校の帰りらしく、カスリの着物に袴をはいて、手に本の包みを持っている。もう片方の手には、小さなインク壺を、紐《ひも》で指に通して、ぶら下げ、耳には使いさしのペンをはさんでいる。これも明治の書生風俗の一つである。

「珍しく、うちにいるんだね」

「毎日出あるくと、くたびれるので……それに、東京もあらかた見てしもうたし……」

「それで、今日は休養というわけか。どうだ、そろそろお昼ちかいが、飯を食いに出んか？」

「はい。しかし、ニコ来食堂の新ジャガも、すこし飽きてきたな」

「いつまでも新ジャガの季節じゃないよ。そろそろおしまいだ。今日はシナ飯屋へいってみようか」

「シナ料理ですか？」

「料理といえるほどのもんじゃない。もっとも、あれが料理なのかもしれない。ほかへ行ったことがないから、くらべるわけにゆかん。神田に一軒しかないからね」

「ちょっと食べてみたいな」

道々周太郎は

「このごろ神田には、清国《しん》人の学生がめっきり多くなったようだ」

といった。

「どうしてでしょう？」

「日本の実力がわかって、日本をお手本にしようという気になってきたらしいね。日清戦争の前は、日本をまるで馬鹿にしていたが、日本に負けてからは、こんな小さな国のどこに、あんな力がかくれていたのかと、研究しようという気になったようだ。それで、ここ数年来、日本への留学生が、グングンふえているそうだが、今度の戦争で、またふえてきたらしい。これも、はじめのうちは、いくら日本が強くても、ロシアにはかなうまいというので、清国政府は厳正中立を宣言したのだが、予想に反して、戦況が日本に有利なので、考え直しはじめたらしいのだ。このところ急に清国から日本へ留学する学生がふえてきて、清国人相手の下宿屋は大繁昌だとさ」

「そんなもんですかねえ」

「下宿屋が繁昌すれば、飯屋も繁昌する理屈だろう。これからゆくシナ飯屋も、ここしばらくの間に、客がふえて、なかなか席があかないことがあるよ。もっとも、客の国籍は清国人ばかりではないらしい。このごろは日本人の客もずいぶん多くなったようだ」

「それは、どういうことでしょう?」

「つまり、日本人の間に、清国料理の味のわかる者がふえたのだろう。清国料理は、よく豚を使うだろう。ところが日本人は、むかしから豚はきたないとか、臭いとかいって、食わなかった。豚だけじゃない、牛にしろ、羊にしろ、四つ足のものは不浄だとか、殺生戒にそむくとかいって、遠ざけていた。ところが、御一新以来、外国との往来が盛んになって、日本人が洋食を食い馴れると、案外うまいものだということがわかって、四つ足に対する偏見がとれてきた。それにつれて、牛肉や豚肉をたくさん使った清国料理のうまさのわかる者がふえたということだろう」

大げさな前ぶれにもかかわらず、周太郎がつれていったのは、軒の低い、間口のせまい、これかかったような、きたならしい店だった。それでも、店の名前だけは立派で「興華楼」と大きく書いた看板が上っている。

客はたしかに大入り満員だが、これもテーブルが五つ六つしかないから、じき満員になるのにふしぎはない。もっとも、席がなくて、立ったまま空くのを待っている者も何人かいるから、評判がいいのは事実なのだろう。

店の中は、あらゆるうまい店がそうであるように、うまそうな匂いが立ちこめていた。そして、店いっぱいの客がみな、にぎやかにしゃべり、にぎやかに食い、騒音と活気をそこいらじゅうにまき散らしていることも、一風変った場景である。話している言葉の大部分が中国語らしくて、意味はわからないけれど、撥音《はつおん》や促音のやたらに多い、リズミカルで、カン高い響きが、なおさら陽気で騒々しい空気をかもし出している。

「愉快な連中ですね」

篤蔵がいうと、兄は

「この人たちはきっと、飯を食うときは、賑やかにしゃべりながら食うように、習慣づけられているにちがいないね。われわれ日本人は、食事のときは無駄口をきくな、よけいな時間をかけるな、一口一口、嚙《か》みしめて、ありがたく頂け、お行儀をよくしろというようなことばかり言われて育ったが、清国人はできるだけ賑やかに、やかましくしゃべりながら食うのがいいと思っているのかも知れないよ」

篤蔵は、山寺の小僧時代の食事風景を思いだした。味噌汁と香の物だけの食膳にむかって、合掌したり、押し頂いたりしてから、静粛に、静粛に、そして脇目もふらず、さっさと頂かねばならない。すこしでもやかましい音を立てると、兄弟子の目が光る。物を食うということは、楽しむことではなくて、自分を苦しめ、いじめ抜くことである。

それにくらべると、この連中はなんと愉快そうに、笑ったり、しゃべったりしながら食っていることだろう。

見ていると、鶏の骨や、エビの殻など、ポイポイ床へ投げ捨てているし、中には、途中で箸を置いて、横を向くと、チンと手ばなをかんで、そのまま、また箸を持つ男もいる。これは見ている方ですこし気持ちが悪いが、本人は平気のようだし、はたでも気にする者がないようだ。

そのうち、奥の方の席が二つあいたので、兄弟は向いあってすわった。

袖の長い中国服に弁髪《べんぱつ》のボーイが、注文を聞きに来た。兄は

「チントン……」

あと何といったか、はっきり聞きとれなかったが、チントンシャンといったような気がしないでもない。チントンシャンなら三味線の音と同じだが、妙なことをいうものだと思っていると、青い豆と小えびをどろどろに煮たものを一皿持って来た。豆はエンドウである。兄は「菜単」と書いた紙きれの一箇所を指さして

「これは、ここに書いてあるこれだ」

といった。見ると、青豆蝦仁とある。なるほど、これならチントンシャンだと、感心していると、兄はこのチントンシャンを散りレンゲですくって、飯の上にかけ、まぜ合わせながら

「これは、こうして食べるとうまいよ。どうもシナ料理は、どろどろしたものや、ごちゃごちゃしたものが多くて、なんでもかんでも、まぜ合わせて食うとうまいようだ。大ぜいでガヤガヤしゃべったり、笑ったりしながら、にぎやかに食う習慣と、関係があるのかも知れないね」

といった。

しかし兄は、口では元気そうなことを言いながら、あまり食欲がないらしく、せっかくとったチントンシャンも、ほんの一口食べただけで、大部分は篤蔵が平らげることになってしまった。

食後のお茶を飲みながら、兄は

「お前はやはり、料理人になる考えに変りはないのか？」

　といった。

「ええ。ほかには考えられませんが……」

「それなら、実は、こんな話があるんだが……わしの先生で、桐塚尚吾という弁護士がいらっしゃる……」

「どこかで聞いたような名前ですねえ」

「うん。数年前のことだが、司法官ロウカ事件というのがあってね」

「ロウカ？　何のことで？」

「ロウは、もてあそぶ（弄）という字で、カは花だ。花をもてあそぶ、つまり花札を引いたということだ」

「司法官が花を引いたのですか？」

「うん。そのころ桐塚先生は大審院判事でね、わが国の裁判官の中では最高の地位にいらしったわけだ。ところが、同僚の何人かで花を引いて遊ばれたということを密告する者がいて、大騒ぎになったのだ。いっしょに遊んだ同僚というのも、それぞれ判事やなんかで、場所は新橋の待合、人数をそろえるため、芸者なんかも加わったというから、大問題さ。新聞なんか、いやしくも社会風教の取り締りに当る裁判官が、みずから法を破るとは何事ぞと、面白がって書き立てるものだから、大問題になった……」

「それで、どうなりました？」

「結局、花を引いたといったところで、常習的な賭博といったものでなく、遊びにすぎなかったというので、免訴になって落着さ。ところで、今いった桐塚先生も、その弄花事件当事者のお一人だったのだが、わしはこの二、三年、ある人の紹介で、この先生に師事して、いろいろと御指導をいただいている」

「花をですか？」

「じょうだんじゃない。法律学のことだ。それできのうもお訪ねして、いろいろお話をうかがっているうち、家庭のことなどお聞きになったので、お前のことをお話し申し上げたところが、もしお前が、ほんとうに料理の方へ進もうと思っているなら、心当りのところへ世話してもよいとおっしゃるのだ」

「それは、どういうところですか？」

篤蔵は、せきこんで聞いた。

4

青山赤坂《あおやまあかさか》のあたりは、江戸城のうしろに当り、幕府時代から大身の旗本や大名の屋敷がならんで、ひっそりしたところだが、維新のあとは、それらの主がかわって、新政府の高官や、権勢家や、実力者が住むところとなった。

六月の終りといえば、一年じゅうで一番日の長いころで、空にはいつまでもほの明るい光りが漂い、木立ちや建て物の形も、切り紙画のようにぼんやりと浮かんで見えるのだが、このあたりは道を通る人がすくなく、しんと静まり返っているので、夜おそくまで雑沓の絶えないにぎやかな神田あたりから来ると、まるで廃墟《はいきよ》でも歩いているような錯覚におちいる。

しかし、ところどころ、生け垣の隙間などからは、あかるい灯火が洩《も》れて来て、人の笑いさざめく声も聞こえるので、ここにも人々の生活が華やかに営まれているのだということがわかる。

「静かですね」

篤蔵は右手にさげた風呂敷包みを、重そうに左手へ持ちかえながら、言った。兄の周太郎は

「このへんは山の手といって、住宅地だからね。神田、日本橋は下町といって、商業地だけれど、このへんは役人とか勤め人とか、直接生産に従事しない人ばかり住んでいるところだ」

「そういえば、ずいぶん坂の多いところですね」

「うん。この先の坂を稲荷坂《いなりざか》というのだが、ほかにも薬研坂《やげんざか》、紀伊国坂《きのくにざか》、丹後坂《たんござか》、霊南坂《れいなんざか》と、数えきれないくらいある。第一、区の名前からして赤坂というからな」

「住むには静かで、いいところのようだが、出歩くには不便ではないですか」

「このへんの人は、お役所勤めが多いが、お役所はたいてい、宮城のまわりだから、そんなに遠くもないのだ。それに、偉い人はたいてい、人力車か馬車で通うからな。それにこのごろは自動車といって、馬でひかなくても、ひとりで走る車が発明されたが、ボツボツ買う人も出て来たそうだから、ますます便利になるだろう」

「ひとりで走る車なんて、あぶなくないですかね」

「ひとりで走るといったって、人が乗って操縦するから、大丈夫だろう。ただ、操縦する人が下手だと、あぶないだろうね。なんでも、二、三年前に、アメリカにいる日本人の団体から、皇太子殿下に自動車を献上してきたので、試運転をしてみたら、宮城のお濠《ほり》の土手へ乗り上げてしまったので、こんな危険なものは使用しない方がいいということで、どこかへしまいこまれたままになってるということだが。しかし、アメリカあたりでは、便利だというので、実用化されているそうだし、日本でもボツボツ乗り回す人も出て来たようだから、そのうちみんな馴れっこになるだろう」

「これからお訪ねする桐塚さんも、自動車党ですか？」

「さあ……何でも新しいものがお好きな方だけれど、まだ、自動車までは手が出まい。あれは高価だからねえ。よほどの金持ちでないと、買えないよ。この間、新聞で見たが、いま東京じゅうに自動車は三十八台しかないそうだ。しかし、手が出るようになれば、先生はまっ先に買って、乗り回す方だね。何しろ、洋行帰りで、日本はあらゆる点でヨーロッパよりおくれているから、早く改良して、文明国にせねばならぬという考えの方だ。先生はもと武生藩の士族だけれど、大変学問がお出来になるので、全国の秀才から選ばれて、フランスへ留学され、四、五年、法律を研究して来られたという方だ。われわれ武生の――というより福井県全体の誇りとなるような方だ」

兄はまるで、自分のことのように、桐塚のことを自慢する。

「兄さんはどうしてその先生のところへ出入りするようになったんですか？」

「中学で教わった先生が、桐塚先生の幼な友達で、わしが東京へ出てくることになったとき、紹介して下さったのだ。先生の方では、わしの書いたものを二つ三つ読まれて、どこかに見所があるとお考えになったのだろう、ときどき訪ねて来てもいいとおっしゃったのさ」

「それで、そういう偉い先生が、わしの世話をして下さってもいいとおっしゃるのは、どういうわけでしょうか？」

「それは、わしも詳しく聞いたわけではない。ただ、お前が料理人になりたい一心で、家出をして来たと申し上げたら、それは面白い子だ。学問をしたいとか、政治家になりたいとかいって東京へ出てくる若者は珍しくないが、料理をやりたいというのは変っているから、一度顔を見せにつれて来いとおっしゃるのだ」

いのかな」
「顔を見せるだけですか？　顔を見て、気にいらなければそれまで、というわけではな
「そんなこともないだろう。面白い子だと、繰り返しおっしゃったから、多少は何か考
えがおありなんだろう」
言っているうちに、大きな門構えの屋敷についた。
植込みをまわって、暗くてだだっ広い昔風の玄関に立つと、兄は
「お頼み申します」
と、大きな声を出した。中にポッと灯がともると、静かに戸があいて、手燭《てしょく》を持った
女中が、丁寧にお辞儀をした。周太郎は女中と前から顔見知りとみえて、自分の名を言
わず
「弟をつれて参上しましたと申し上げて下さい」
女中はいったん引っ込んだが、すぐまた出て来て
「どうぞお通り下さい」
手燭を持って、先に立った。
案内されたのは、灯火のあかるくかがやいている洋間であった。主人の書斎と応接間
を兼ねているらしく、天井からは大きなシャンデリアが下り、壁に沿った書棚には、革
表紙に金文字の洋書がギッシリと詰まっている。

部屋の一隅には、大きな書き物机があって、雑多な書類や、帳簿や、辞書のようなものがうずたかく積まれている。

反対側の飾り棚には、日本では見馴れない奇妙な形の外国のオモチャや、手回りの道具や、装身具や、人形や、何に使うのかわからない器具めいたもの、骨董品《こっとうひん》らしいものなどが、古道具屋の店先のように、雑然とならんでいる。

壁にかかっている、ほとんど等身大の裸体婦人像の油絵が、篤蔵には異様に見えた。一糸もまとわぬ裸で、大事なところを隠しもせず、両手をぶらんと下げたままで、全身が白く、雪のように輝いている。

篤蔵はこれまで、こんな絵を見たことがない。きまりが悪くて、まともに見られたものではないので、目を伏せているけれど、つい見てしまう。そしてまた、あわてて目をそらす。彼は小声で兄に

「こんな絵を客間にかけて、いいもんでしょうか？」

と聞いた。兄は

「西洋の習慣では、いいことになっているらしいね。人間の裸体は神の最高の作品で、それを写した芸術は、人間の最高の作品だという考えから来ているのだろう」

「裸体がそんなに結構なものなら、なぜみんな、ハダカで表をあるかないのです？　着物を着るのは、はずかしいからでしょう。なぜ西洋人は、ふだんハダカで歩かないで、

絵や彫刻だけハダカで平気なのでしょう?」

「そういう理屈になると、わしにもわからん」

兄は正直にカブトをぬいだ。

さっきの女中とは別の小間使いが、盆に紅茶とケーキをのせて、持って来た。紅茶もケーキも、篤蔵ははじめてである。こんなハイカラなものは、武生にはない。

——やっぱり東京やなあ。

彼はいつもの感嘆をまた繰り返した。

紅茶とケーキを食べ終ったころ、主人の桐塚弁護士が応接間へ現われた。彼は数年前大審院を退官し、弁護士をやりながら、代議士に立候補する準備をしている。

周太郎は椅子から立ち上ると、ボンヤリかけたままの弟を、するどい叱責の目で見て、立てと命じ、両手の先が膝のあたりまで下るほどの深いお辞儀をして
「先生には、いよいよもってお元気のように拝されまして、何より祝着《しゅうちゃく》に存じまする。本日は、御多忙中にもかかわりませず、突然に参上いたしまして、おそれ入りまするが、いつぞやの仰せに従いまして、愚弟をつれて参りました。お見知りおき願わしう存じまする」

篤蔵はそばで聞きながら、この人にはこんな丁寧な口上を述べねばならないのか、わしにはとても出来んが……と、ほとんど絶望的な気分におちいった。

大島紬《おおしまつむぎ》の着流しに、金縁眼鏡をかけた桐塚弁護士は、いい匂いのする葉巻タバコ（これも篤蔵ははじめて見るものだが）をくわえたまま
「ウム、ウム、……イヤ、イヤ……」
と周太郎に相槌《あいづち》を打っていたが、自分用の大きな椅子にかけると
「まあ、掛けたまえ」
と兄弟にすすめた。兄はさっきまで弟に持たせていた風呂敷包みを引き寄せると
「国から小鯛《こだい》の笹《ささ》漬《づ》けとカレイの生干しを送って参りましたので、持って参りました。それに、板ワカメを少々……」
桐塚は相好を崩して
「それはありがたい。わが輩の大好物ばかりだ」
「申しあげるまでもないことと存じまするが、カレイは汽車の時間を考えまして、なるべく新鮮なうちにと、送り出したそうにござりまするが、時節が時節ですから、早いうちに召し上っていただきとう存じまする」
「うむ、わかっておる。さっそく賞味することにしよう。それに、わが輩は国のワカメが大好物でな。この、向うが透けて見えるような薄いのを、軽くあぶって、パリパリするやつを揉《も》んで粉にして、熱い飯にかけて食うのが、大好きだ。これは福井だとか石川だとか、日本海のワカメでないと、できない。こいつを食うときは、つくづくわが輩は

福井人に生まれてしあわせだなあと思うよ」

「先生は、このワカメをあぶって、トウガラシと砂糖で味をつけた味噌をつける食べ方も、ご存じでいらっしゃいますか？」

「もちろん、知っておる。子供のころ、おふくろがよくこしらえてくれたが、味噌とワカメのこげた匂いが、なんともいえんなあ。もしかして、ほかの地方のワカメでもできるかと思って、家内に命じてやらせてみたことがあるが、やはり日本海のワカメでないと、だめなようだ」

それから桐塚弁護士は篤蔵の方へ笑顔を向けて
「弟さんは君とちがって、丈夫そうだな」

「はい。丈夫で、元気のいいことは、誰にも負けませせぬ。手におえぬ乱暴者で、村じゅうの者に持て余されておりまする」

「君のようなおとなしい兄貴を持っていると、くらべられて損をするというわけだろう。しかし、健康だというのは何よりだ。ところで、何かね、料理人になりたいとかいう志望だそうだが……」

兄が
「はい、この弟は学問がきらいでござりまして、親泣かせの奴でございますが、どういうものか、庖丁を持つのが大好きで、将来は料理の方へ進みたいと申しております。まったく、ほかに取り柄のない奴でございます」

「けっこうな事ではないか。フランスあたりでは、腕のいい料理人は一流の芸術家として尊敬され、社会的に表彰されたり、国家から勲章をもらったりするのだ……」

篤蔵は腹の中で、フランス人はハダカの女の絵を見ても芸術だといってありがたがるそうだが、そんな国だったら、料理人が芸術家だといわれても、それほどうれしがることもないかも知れないと思った。桐塚は続けて
「ひとつには、フランス人というやつは、うまい物を食ったり、うまい物をこしらえたりすることに、人生の意義と生き甲斐を見出しているのだろう。つまり、享楽派なんだな。平たくいえば、食いしん坊なのだ」

篤蔵は享楽派という言葉は聞き馴れないが、食いしん坊ならよくわかる。食いしん坊が芸術家だというのも、わからないではない。それなら、ハダカの女の絵を描くのも、人体に対する食いしん坊だからか？

「ところで、君に用というのは、こういうことなのだ……」

桐塚は篤蔵の方をむいて
「君は華族会館というものを知ってるか？」

「聞いたことはございまするが、どんなものか、よく存じませぬ」

「簡単にいえば、皇族方と華族の人たちの団体だ。わが国の華族は、公爵からはじまっ

て、侯、伯、子、男と、爵位のある方がおよそ六百名ちかくあるが、その人たちの親睦のための場所を、華族会館というのだ。日比谷の内山下町《うちやましたちょう》というところにあって、いろんな会議や、講演会、晩餐会《ばんさんかい》、舞踏会などができるようになっている。食堂もあって、なかなかうまい物を食べさせるのだが、最近急に利用者がふえて、人手がたりなくなったから、新しく料理人を雇い入れたいというのだ」
「先生も、会館員でいらっしゃいますか?」
桐塚は笑って
「いや、わが輩は華族ではないから、もちろん館員ではない。ただ、多少法律上の知識を持っているので、顧問のようなことをたのまれているのだ。それで、経営のことにも口を出すのだが、ついこの間立ち寄ったとき、食堂で人手が不足しているから、ふやしたいといっていたので、弟さんのことを思い出したのだ」
兄が
「ありがとうございます。しかし、弟はこれまで、料理の経験がまったくございませんので、お役に立ちまするかどうか……」
「いや、経験はいらないのだ。むしろ、へんに悪い経験なんかない、ズブの素人のほうがいいかも知れない。それよりも大事なのは、人柄と誠実さだ。フランスなんかでは、料理人を志すような男は、素性も育ちもちゃんとして、礼儀作法も心得ていて、どんなところへ出しても恥ずかしくないのが、たくさんいるけれど、日本では、ガラも悪いし、ふだんの行状もかんばしくないという、まるで無頼漢のようなのも、珍しくないのでね。

一方、華族会館というところは、皇族方や外国からの賓客もしょっちゅういらっしゃるので、あまりひどい料理人は困るし、手当り次第に誰でも推薦するというわけにはゆかないのだ。そこで高浜君のことを思い出したのだが、君ならば、実家のこともわかっているし、弟さんの人柄も、大体想像できるので、太鼓判を押して推薦できると思ったが、一応、念のために、君に会ってみた上で、と思ったわけだ。今日はわざわざ御足労で、気の毒だったが、これでよくわかったから、安心して紹介しようと思うが、異存はないかね？」

聞きながら、篤蔵は腹の中で考えていた。

――鯖江連隊の田辺さんは、たしか、東京へいって、いいところのいい料理人について修業しろといった。いいところへ行けば、いい材料を使って、いい料理を作ることができるだろう。場末のこわれかかったような店で、腐りかけたような肉を焼いても、揚げても、料理人にはちがいなかろうが、できれば一流のところで、一流の料理人について、一流の料理を作ってみたい。華族会館というところは、その条件に合うところらしいな。

篤蔵は腹をきめると
「よろしくお願いします」
といった。

負けじ魂

1

華族会館は、日比谷の角から田村町《たむらちょう》の方へあるいた左側であった。帝国ホテルの隣に当り、前は日比谷公園である。

日比谷公園は、もと練兵場だったが、青山に新しい練兵場ができたので、数年がかりで公園に造り替え、篤蔵の上京する前年に完成したばかりだった。噴水や、音楽堂や、花壇など、すべて西洋風のハイカラな設計で、これからの日本の進路を示すような、新興の気分にあふれたものである。

その公園とまるで正反対の、大きな、厳《いか》めしい昔風の長屋門の中が、華族会館である。むかし薩摩《さつま》藩の装束屋敷といって、琉球王《りゆうきゆうおう》の使節が江戸にのぼり、将軍に謁見する前に、装束を改めるために泊った宿舎だったころの門をそのまま残しているので、カミシモを着たり、馬に乗ったりした武士が、今にも出て来そうなところである。

篤蔵は人に道を聞きながら、神田からここまでやって来たが、こんな立派な門を見たこともないし、くぐったこともないので、気おくれがして、しばらく立ったまま、眺めていた。

出入りするのは、たいてい馬車か人力車で、篤蔵のようにてくてく歩いているのは、あまりいない。

篤蔵はこのまま下宿へ帰りたくなったが、せっかく桐塚弁護士が推薦してくれたのに、先方の人に会いもしないで帰ったら、兄にしかられるだろうと思って、勇気をふるい起して入っていった。

正面にそびえているのは、門とはまったく不似合いな、白堊《はくあ》の洋館である。ロンドンかパリの宮殿をそのまま持って来たような、壮麗な建築で、二十年ばかり前、鹿鳴館といって、政府の顕官や上流階級の人たちと外国人との社交の場所として建てられたものだったが、数年前、政府から払い下げられて、華族会館となったものであった。

調理場は、向って右の奥にあった。入り口に「厨房《ちゆうぼう》」と書いた札が下っている。中には、五、六人の若い男が、いそがしそうに働いている。二十歳くらいの、背の高いのに

「宇佐美さんに、お会いしたいのですが」

というと、じろじろながめて

「お前さんは？」

といった。疳《かん》の強そうな顔をしている。

「坂口篤蔵といいます。桐塚先生の御紹介で来たとおっしゃって下さい」

若い男はひっこんだが、まもなく白服にコック帽をかぶった、四十すぎくらいの男が、前垂れで手をふきながら出て来た。画に描いた布袋《ほてい》和尚のように、でっぷり肥《ふと》っていて、目尻と口もとにゆったりした微笑が漂っている。気むずかしそうな、なんとなく恐《こわ》い親方を想像していた篤蔵は、ホッとして、この人の下なら、あまりつらい思いをしないで働けそうだと思った。

「お前さんのことは、桐塚先生から聞いている。一人前のコックになるのは、なかなかラクではないが、まあ、辛抱してやるんだね。国におかみさんを置いて来たということだが、どうするつもりだね。東京へ呼んで、世帯を持つつもりかい？」

篤蔵は返事に困った。おふじのことを忘れたわけではないが、当分考えないことにしている。考えたくないのだ。十七やそこいらで、家や女房に縛りつけられ、自由に飛び立つこともできなければ、空高く舞い上ることもできないのは、みじめすぎるという気がしてならない。

もうすこし、好きなことをやらせてほしい。

自由にさせてほしい。

男の身勝手というだろうか?

無責任というだろうか?

——いわれてもいい。しばらく、おれをうっちゃっておいてほしい。やりたいことをやらせてほしい……。

そんなことを考えながら

「女房は当分、国においとくつもりです」

宇佐美は

「その方がいいかも知れないね。第一、はじめのうち、かみさんや子供を養えるだけの給金は出せないよ」

「お給金はいりません。まだ駆け出しで、お役に立つような仕事はできませんし、第一、いろんなことを教えていただきに来たのですから、お金をいただいては罰が当ります」

「そんなことを言ったって、人をただで使うわけにもゆかないよ。といって、人並みの贅沢ができるほど支払うこともできないなあ。まあ、見習いのうちは、月に一円五十銭しかやれないが、我慢できるかな」

「いいえ、ほんとにお金はいらないのです。うちから少し持って来てますから……」

篤蔵は松前屋へ婿に来るとき、持参金ともつかず、自分用の小遣銭ともつかぬ金を、親からもらって出て、貯金していたのだが、東京へ飛び出すとき、そっくり持って来たので、当分困らないのであった。
「ところで、見習いはここへ住み込んでもらわねばならんが、いいかね？　どうしてもいやなら、どこかに下宿なり間借りなりして通ってもいいが、朝早いから、通うのは無理だと思うな。それに、住み込みなら下宿代がただになるから、その方がいいだろう」
「はい、住み込ませていただきます」
「よし、それで話はきまった」
宇佐美は大きな声で
「おい、奥村君」
と呼ぶと
「こんど、この子を使うことになった。あまり経験がないそうだから、いろいろ教えてやってくれたまえ。坂口というんだそうだ、名前は何といったっけね？　うん、篤蔵か。篤公だな。篤公、この人はうちのセコンドで、奥村君というのだ。セコンドというのは、二番目ということだ。おれがいないときは、すべて奥村君のいうことを聞いて仕事をしろ」
奥村は瘦《や》せて骨ばった顔に、鼻が大きくて、目のギョロリとした男である。彼は意地悪そうに口をゆがめて
「おめえ、生まれはどこだ？」

「福井県です」

「越前だね」

「ハイ」

「いつ東京へ出た？」

「この四月です」

「まだ二ケ月しかたってないな。赤ゲットのホヤホヤってところだ。しかし、コックはなにも江戸っ子でなくたっていいんだ。まじめに仕事をやる気なら、どこの田舎者だって、かまやしねえ。まあ、せっかくやりな」

「ハイ」

そばから宇佐美が
「それじゃ奥村君、この子を泊りの部屋へ案内してやってくれたまえ」

「へえ、かしこまりました。さあ、坂口といったかな、こっちへ来な」

住み込みの者の部屋は、調理場にくっついた六畳の日本間だった。篤蔵が子供のときかよった村の小学校の小使室に似て、何の飾りもなく、畳の縁はすり切れたままになっている。いまは名前が変っているが、むかし鹿鳴館と呼ばれ、日本じゅうの耳目をそばだたせた華やかな場所に、こういう暗い隅っこがあろうとは、誰にも信じられないだろう。

奥村は
「今ここには、辰吉というのと、新太郎というのと、二人住み込んでいるが、おめえが加わると三人になる。おめえが一番の下っ端だから、二人のいうことを聞いて、仲よくやるんだぞ。あとで引き合わせてやるからな」
「ハイ」
「おめえ、布団なんか持ってるんだろうな」
「ハイ、手ぶらで国を飛び出しましたから、持ってません。下宿で損料を払って、貸布団を借りています」
「そいじゃ、高くついて、たまらないだろう。待て待て、ここに余分のが一人前あるはずだ。大きな宴会なんかで、世帯持ちでも臨時に泊り込んでもらうため、一人分くらい余分の夜具がおいてあるはずだ……」
奥村は押入れの戸をあけてみて
「おや、すこしたりないようだな。二人前くらいしかねえぞ」
首をかしげながら、調理場との間のすりガラスの戸をあけ
「辰吉いるか」
と呼んで
「ちょっと来い」

「へえ」

玉ネギを刻んでいた庖丁をおいて、手をふきふきやって来たのに

「この部屋には、布団が三人前あったはずだが、いま見ると、すこしたりないようだ。あと一人前、どうしたのか、おめえ、知らねえか？」

「へえ」

頭をかいている。

「へえじゃわからない。おめえ、知らねえのか？」

「へえ……」

しばらくして

「入っています」

「なんだと？」

「すぐ出して来ますから……」

「どこから出してくるんだ？」

「蔵です」

「どこの蔵だ？」

「へえ」

また黙っている。

「この野郎、知らねえと思っているのか？　質屋の蔵だろう？」

「へえ、すみません」

「いくらで入れた？」

「八十銭です」

「あんな汚ねえ布団で、よく八十銭借りられたな」

「へえ、質屋も、はじめは、こんなボロの布団は受け取れねえと言いましたが、強引にたのみましたら、まあお得意さんだからといって……」

「おめえ、質屋でお得意さんといわれるほどの顔なのか？　こりゃあ、見そこなったよ」

「へえ、恐れ入ります」

「馬鹿野郎！」

大きな声でどなりつけると、ポカリと一発見舞って
「すぐ出して来い……」

それから、思い出したように、篤蔵を振り返って
「この小僧が、今日からおめえたちの仲間だ。名前は……ええと、何といったかな？」

「坂口篤蔵といいます」

「うん、篤公だ。さっそく住み込むんだが、布団がなくちゃ、しようがねえじゃねえ

か……」

篤蔵がそばから

「なんなら、自分で買ってもいいです。どうせいるものだと思っていたんですから」

奥村がジロリとにらんで

「おめえは、どんな御大家の若様か知らねえが、そんな口をきいちゃいけねえよ。第一、二人の兄貴分がボロ布団をかぶって寝てるのに、おめえ一人、絹のふかふかしたのにくるまっていられるか？」

「そんな上等のを買うつもりじゃ、ありません」

「物のたとえだよ。おめえは、絹じゃなくたって、新しくて、多少は上等のものを買うつもりなんだろう？　しかし、そんなのを持ち込んだって、おめえ、この辰吉に巻き上げられて、おめえは、この野郎のおさがりの、その押入れの中のボロっちいのにくるまって寝るのが落ちというわけだ」

「そんなひどいことは、しません」

辰吉が弁解したが

「おめえが巻き上げなくたって、自然とそういうことになるんだ。アニさんはこの新調の、寝心地のいいのをお使いくださいい、あっしは、この汗とあぶらの匂いのするセンベイ布団で結構ですと、そう言わねえじゃいられねえだろう。つまり巻き上げられるのだ。

それが世の中というものだ」

——なるほど、そういうものか……。

篤蔵はやっと気がついた。ここでは、人より上等の布団が買えても、そんなものを持ち込んではいけないのだし、大体、そんなものが買えそうなふりをしてもいけないのである。人よりたくさんの金を持ち、立派な物が買えるということは、相手の無力と貧しさを自覚させ、競争心と反撥心《はんぱつしん》を刺戟することになる。入りたての駆け出し小僧が、先輩よりいい布団に寝るなどということは、世の中の秩序を乱すもとになる。篤蔵は
「それじゃ、あっしは布団を買うのはよしましょう」

奥村は
「それがいい。現に蔵の中にあって、八十銭出せば受け出せるというのに、なにも新品を買うには及ばねえことだ。ところで辰公、おめえ八十銭持っているか？」

「いえ……持っていません」

「そうだろうと思ったよ」

「あれは新公といっしょに持ち出したのですから、四十銭ずつです」

「しみったれた野郎共だ。割り勘という言葉は、江戸っ子の字引きのどこを探しても、見当らねえはずだぞ」

「もともと江戸っ子には、字引きなんてもの、ないんじゃないでしょうか」

「この野郎、きいた風なことを言いやがって！　おめえも、ふだん新公と同じ部屋に寝起きしているうちに、あいつのへんに理屈っぽい性質にかぶれたのじゃねえのか？　それよりも、布団を受け出す金がねえんだろう？　これを持っていって、早く出して来い」

五十銭銀貨を二個出して、辰吉に渡し

「篤公、お前もいっしょに行って、半分かついで来い。質屋の場所はどこだ？」

「へえ、虎ノ門《とらのもん》の金毘羅《こんぴら》さまの横を入った、伊勢屋という店ですが……」

「えらく遠いところまで持っていったな」

「このあたりは、お役所ばかりで、庶民の日常生活の利便を目的とした施設は、貧困をきわめているのです」

「えらそうなことをいうな。質屋は商売だから、客があって、もうけになると思えば、どこにでも店を開くんだ。このへんに質屋がすくないのは、おめえたちみたいに、みんなの物を勝手に持ち出して、小遣銭のたしにしようという不届きな奴がすくないからというだけのことだ。いったい、おめえはその金を何に遣った？」

「エへ……」

辰公は頭をかいて、ニヤニヤ笑っている。

「どうせ、ろくな遣い方をしちゃいねえだろう。吉原《よしわら》か？　品川か？」

「まず、そのへんで」

「こん畜生、張り倒すぞ。いやな笑い方をしやがって」

「奥村さんなんかも、お若かったころは、あちこちで随分と御発展だったように、いつか伺いましたが……」

「人の機嫌のいいとき、さんざんおだてて、何でもかでもしゃべらせておきやがって、こんなとき逆手に使おうとは、見下げ果てた野郎だ。さあ、早く伊勢屋へいって、受け出して来い」

「もうすこし後では、いけますまいか？」

「どうしてだ？」

「あの品物はどうも、白昼堂々と持ち運ぶには、かさばりすぎて、不体裁なものです。それに、ああいう店は、夜陰にまぎれて出入りするものですし、持っていったのも、夜ふけでしたから」

「なにも、持ち込んだ時間に合わせることもあるめえ。しかし、すきなようにしろ」

この奥村という男は、口は悪いし、見かけも意地悪そうだけれど、案外気のいい、話のわかる人かも知れないと、篤蔵は思った。

2

篤蔵のはじめの考えでは、宇佐美コック長を訪ねたのは、今日の言葉でいえば、面接試験を受けるつもりだった。

つまり、いろいろと細かな質問を受け、適当に答えたのち

「それでは、採用か否かは、追って通知するから……」

といわれて、いったん下宿へ帰り、何日から通勤せよとでもいうような手紙をもらってから、念入りに仕度をして、出かけるつもりだった。

しかし、相手はまったく、そんなことを考えていなかった。というより、その前から彼は見習いとして使われることにきめられていたので、面接も試験もあったものではなかった。

宇佐美は彼を採用することにきめていた。篤蔵の顔を見たときから、

考えてみれば、見習いの小僧ひとり雇うのに、面倒な手続きはいらない。食わせて、コキ使えばいいので、それがいやならやめてゆけばいい。役に立たなければ、クビにするだけである。

「明日から、来なくてもいいよ」

といえば、それまでの話である。

いわれなくても、ある日、突然休んで、そのまま来なくなってしまうのもある。それ

が職人には普通のことで、契約の、保証の、戸籍謄本のというのは、ちがった世界のことである。

——ネコの子をもらうのと、あまり変らないな。

篤蔵は、なんだか情ない気がしてきた。

奥村は、篤蔵を上から下まで見て
「そんな裾の長い着物じゃ、仕事はできねえな。辰、どこかそこいらに、服がなかったか?」

「へえ」

押入れの奥から、ヨレヨレのコック服を出して来た。白の上着と、紺の弁慶縞《べんけいじま》のズボンである。

「ちょっと着てみな」

着物をぬいで、着てみると、すこし寸法が大きくて、手も足もダブダブしている。それに、長い間洗濯もしないで、ほったらかしてあったとみえて、すっぱいような、カビくさいような、変な匂いがする。

匂いの方は、洗濯すれば取れるだろうけれど、ダブダブの方は、すぐにはどうにもならない。篤蔵は生まれつきおしゃれのところがあって、禅寺の小僧スタイルにあこがれた時と同様、料理人を志した動機には、白のコック服とコック帽へのあこがれも大きく働いていたので、コック服も身体にピッタリ合っていないと気にいらないのだが、見習いにやっと採用されたばかりの分際で、なまいきなことを言うわけにもゆくまいと、何もいわないことにした。奥村は

「ちょっと大きいようだな。しかし、ズボンと袖をたくし上げれば、着られないこともあるまい。小さいよりゃいいだろう」

といった。篤蔵は

——まあ、しようがない。当分これを着ていて、そのうち自分の寸法に合ったのをこしらえることにしよう。

と思いながら、脱ごうとすると、奥村は

「ちょい待ち。なにも脱ぐことはねえ。おめえはこのまま、皿洗いを手伝いな」

といった。

——おやおや、のっけから働かせられるのか？　今日はお目見得だけかと思っていたのに。

このまま帰って、兄に採用がきまったことを報告し、荷物（といっても信玄袋一つきりだが）をまとめて、夜は兄とお別れの食事でもするつもりだったのにと、ガッカリしながら、奥村と辰吉につれられて調理場へ出た。

奥村は、そこいらで働いている連中の一人一人に、篤蔵を引き合わせてから、洗い場

へつれていった。

洗い場は、何十人分の皿とナイフとフォーク、スプーン、それに大小さまざまの鍋やフライパンなどの山である。しかし、こういう光景は、武生の八百勝でも、将校集会所でも見馴れていて、篤蔵には珍しくないし、骨の折れる仕事でもない。さっそくヘチマと粉石鹸《こなせっけん》をもらって、皿の山に取っ組みだしたが、生まれつき器用なところへ、洋食器と和食器のちがいはあっても、多少は扱い方を心得ているから、あざやかな手つきである。奥村セコンドはしばらく眺めていたが
「うん。おめえははじめてだというけれど、なかなかやるじゃねえか。よし、その調子だ」

うなずいて、むこうへいってしまった。

篤蔵はほめられて、悪い気はしないけれど、最初の仕事が皿洗いというのが、情なくないこともない。武生へ帰れば、以前は八百勝の若旦那で、奉公人の二、三人も使って、自分で庖丁を握った。もちろん、いそがしい時は皆といっしょに皿も洗ったけれど、皿洗い専門というわけではなかった。しかし、ここはどうやら、二十人以上の大世帯で、宇佐美コック長、奥村セコンド以下、何人かずつの係に別れていて、一番ビリの見習いが皿洗い専門ということになるらしい。

皿洗いは、文字通り皿を洗う役であって、皿を洗うことがすなわち料理することであ

るか否かは、問題の存するところであろう。

スープ係はたしかに、スープを作るのが仕事であって、そこで彼の技術なり、手腕なりが充分に発揮できよう。

魚の係は、魚が専門で、今日のフライなりムニエルなりが、うまいとかまずいとかいえば、その係の名誉なり責任なりになる。客の誰かが

「今晩のマナガツオ・オー・シャンパーギュは、はなはだ結構であった」

といっておられたということが、給仕長を通じて、魚の係に伝えられると、親方はその夜眠られないくらいうれしいということだ。

ことに、この華族会館は、何の宮殿下とか、妃殿下とか、爵位のある方がしょっちゅういらっしゃるが、こういう方々は、外国生活をながくされ、舌の肥えていらっしゃる方も珍しくないので、なかなかおメガネにかなうことはむずかしい。それだけに、何の何様が

「結構であった」

と一言おっしゃることは、料理人にとって感涙を催すほど嬉《うれ》しいことなのである。

しかし、皿を洗うことも、料理のうちに入るだろうか？　どんなにきれいに皿を洗っても、その手つきがどんなによくても、どんなに心をこめて拭いても

「本日の皿は、まことによく洗えていて、余は満足である」

といってくれた殿様があるとは、聞いたことがない。そう思うと、なんだか張り合いのないような気もするが、聞くところによると、大きなレストランやホテルでは、新参者はみんな、たとえ料理人の経験があっても、皿洗いからはじめるそうである。それを思えば、はじめはつまらないと思っても、辛抱して皿洗いをやっているうちに、何かの機会に、腕を認められることがあるかも知れないから、当分不平をいわずに、皿洗いに専念しようと決心した。

しばらく皿洗いに没頭して、何もかも忘れていると、突然、調理場の一隅に、窓のガラスも割れそうなほど、大きなドナリ声が聞こえた。

「馬鹿野郎、あれほど言っといたのに、また忘れたか！　何度言ったら、直るんだ！」

顔じゅう真っ赤にしてどなっているのは、宇佐美コック長である。

その足下に、ボロきれのようにうずくまっているのは、若い男である。上着は白だが、ズボンが篤蔵と同じ弁慶縞のところを見ると、まだ見習いか、下っ端のコックであろう。

コック長は片足をあげると、思い切りの力で、男を蹴飛ばした。手加減もなければ、容赦も仮借もない、全身の力を振りしぼった蹴り方である。篤蔵は、男はほんとに殺されるかも知れぬと思った。本人よりも、見ている方がこわくて、顔から血の気がひいた。

「この野郎、あれほど言っておいたのに、どうして手を洗わないのだ！　いいか。ここは食べる物をあつかっているところだぞ。しかも、恐れ多いことだが、尊いお方だって、いらっしゃるところだ。あれほど手を洗えといっといたのに、なぜ忘れるのだ？　これで二度目だぞ！」

コック長は、どなる合間には、思い切り男を蹴り続けた。ほんとに殺すつもりなのかと思うくらい、力いっぱいの蹴り方である。

篤蔵は、さっきはじめて会ったときは、画に描いた布袋和尚のように福々しい、おだやかな人柄で、慈愛にあふれているように見えたあのコック長の、どこにこういう物すごい殺気がかくれていたのかと、今更のように驚きの目を見はった。

男はどうやら、手水場《ちようずば》へいって、出たあと、手を洗うことを忘れたらしい。それで、やられたのだろう。

篤蔵はひと事でないと、背中が寒くなった。日本の男は、どこでも立小便をする習慣があり、水の便のないところでは、そのまま忘れて、気に留めないのが普通である。

——これはえらい事だ。わしも気をつけなきゃ。

篤蔵はふと、この間兄につれられていった、神田の中国料理屋のことを思い出した。

あのとき彼は、近くの席で飯を食っていた清国人留学生が、食いかけの箸をおいて、チンと手ばなをかみ、そのまま、また食い続けるのを見て、胸の悪くなる思いをしたが、清国人は清国人で、日本人が立小便のあと、手も洗わないで歩きまわり、その手でミカンの皮をむいたり、タバコをすったりするのを見たら、何と思うだろう？　清国人にも、日本人と同じように、立小便の習慣があるだろうか？　もしかして、あるかも知れない。それなら手ばなの分だけ、日本人より清潔感がすくないはずだが……。

いや、待てよ、手ばなの習慣は、日本人にだって、ないわけではないぞ。彼はまだ武生の山寺にいたころ、参詣の老婆たちが、道で立ちながら小便をしているのを見たことを思い出した。老婆だけではない。若い嫁女だってやったし、生きのいい娘たちだってやった。

彼女たちの立小便は、男のように、仁王立ちになり、前を公開してやるのではない。道端に立ち、道の真ん中へ向き、田圃や畑にうしろを向け（うしろが、フナッ子めらやドジョッ子めらの嬉遊《きゆう》する小川であるなら、申し分ない）、上体を三、四十度前へかがめて、ヒップをすこし突き出すのである。いわゆるヘッピリ腰が、その基本体型である。ヒップとヘッピリは、おそらく同じ語源に発するものであろう。

かくしてのち、彼女たちは、片方の手で着物のうしろをちょいとつまみ上げ（篤蔵は後年、国技館の大相撲を見物にゆき、幕内力士の土俵入りの荘厳なる儀式を見ているうちに、彼等が化粧まわしの片端を持ち、ちょいとつまみ上げるところで、ハテむかしどこかで見たことのある風景だったと、しばらく考えたのち、はたと気がついたのは、むかし彼がたびたび実見した農村の老婆、あるいは嫁女、娘たちのうしろをつまみ上げる仕草そのものであった)、そして彼女たちは、しばらく目を半眼に見開き、無念無想の表情をととのえるのだが(老練の者は、隣に同じ姿勢を構える朋輩《ほうばい》と談笑しながら行為することも可能らしい。ことわっておくが、行為という言葉は、なにもアノことばかりを指すわけではない)、やがて機熟するや、一条の淡黄色あるいは濃黄色の水は彼女たちの中央部から垂直に落下して、砂塵《さじん》を上げ、小砂利をハネ飛ばし、あるいは、うしろが小川である場合は、水面に大波瀾《だいはらん》、大波濤《だいはとう》を巻き起して、魚族共を周章狼狽《しゆうしようろうばい》せしめたるのち、やがて水勢衰えて、次第に鎮静に及ぶや、彼女たちは裾をハタとおろし、上体を起すのであった。

その際、下着のぬがれる気配もなく、一枚の紙も使用された形跡がないのが、篤蔵にはふしぎでたまらず、いったい、中はどうなっているのだろうと、考えても考えてもわからず、たびたび不眠の夜をすごしたものであった。

話が思わずワキ道へそれたが、当面の問題は老婆の立小便のことでなく、手ばなのことであった。篤蔵が手ばなのことを思い出すと同時に、立小便の風景を思い出したのは、両者が密接に関連しているからであった。つまり、彼女たちは、道端の排水作用をすませると同時に、たいていは横をむいて、チンと手ばなをかむ習性があったからである。ほとんど大部分の老婆は、申し合わせたように、それをやった。おそらく身体下部に鬱積せる余剰物を放下して、清潔感と解放感で心身脱落の感をおぼえたならば、これを上部にも及ぼしたいというのは、人間通有の心理なのだろう。

ここに思い至ると、篤蔵はたまたま神田の中国料理店で清国人学生が、手ばなをかむ風景を見たからといって、一概に清国人を蔑視することは、はなはだよろしくないと、深刻な反省に到達したわけだが、同時に、あの温厚で慈愛に満ちた宇佐美コック長だって、一旦事ある時は猛獣のような暴力を行使することもあり得るのだし、それを誘発するには、長年習慣になっている排水後の処理不充分という、ごく簡単なことだけで足りるのだと思うと、全身にガクガク慄《ふる》えが来て、しばらくとまらなかった。

調理場の中は、シンと静まり返って、誰も口をきく者もない。篤蔵の皿を洗う音と、誰かが玉ネギを刻む音が聞こえるばかりである。

しばらくして宇佐美コック長は
「おい、わかったか？　わかったら、もういいから、立て。こんどから二度と繰り返すなよ」

といって、男を助け起し、埃《ほこり》をはたいてやった。男は自分で立ち上る気力もなく、泣き出す力もない状態で、水から引き上げられた土左衛門《どざえもん》のようにぐったりして、顔を伏せている。

よく見ると、さっき篤蔵がはじめて会館へ入って来て、宇佐美に会いたいといったとき
「お前さんは？」

と聞き返し、宇佐美に取り次いだ男である。疳が強そうで、背が高いから、篤蔵を見くだすような、エラそうな顔をしていたが、今はその形跡もない。見渡すところ、大勢の料理人の中で、とりわけ若そうで、まだ二十そこそこにしか見えないから、もしかしたら、さっき奥村セコンドがいっていた、新太郎という男かも知れない。なんでも、辰吉と新太郎の二人が住み込みで、篤蔵が加わると、住み込みは三人になるということだったが。

就職の最初の日に、こういうすさまじい風景を見たことは、いい薬になったと、篤蔵は思った。

心臓が凍るほど恐ろしい風景だったから、篤蔵は肝に銘じて、自分では金輪際やらないだろう。ほんとをいえば、彼も農家の出で、そこいらの婆さんたちのことを笑う資格はない。

彼の母親は、十村の奥様という気位とたしなみを持ち、長男を大学へかよわせるくらいだから、自分ではああいう排水の仕方はやらないが、親戚には、それくらい何とも思わない連中がたくさんいる。

彼自身だって、立小便のあと、水がないか、水がないかと探したりしたことはない。あったって、使う気にもならなかった。だから、今日あの風景を見なかったら、ああいう目にあうようなヘマをやらなかったとも限らない。その意味では、見てよかったと思った。もしかしたら、新参の篤蔵への見せしめのつもりで、コック長がわざとやったことかしらとも思ったが、まさか、そんなこともないだろうと、篤蔵は自分で打ち消した。

3

夜になった。通いの連中がみな帰ったあと、辰吉が
「これから、おめえの布団を受け出しにゆくから、ついて来い」

といった。篤蔵は
「わしの寝る布団ですから、わしがいきます」

「おめえ、質屋へいったことがあるのか?」

「いえ、ありません」

「それじゃ、どうして受け出すか、知るめえ」

「教えてくだされば、そのとおりにします」

「まあ、いいから、いっしょに行ってやろう。一人じゃ、ちょっと重いからな」

「すみません」

篤蔵は当分、何があっても、先輩には「すみません」で押し通すことにきめている。

辰吉は、部屋の隅で布団をひっかぶって寝ている新太郎にむかって

「じゃ、新公、おれはちょいと、こいつの寝る布団を出しにいってくるからな」

と声をかけたが、彼は眠っているのか目がさめているのか、返事もしない。しかし、辰吉はそれにはかまわず
「さあ、いこう」

と、先に立って歩きだした。

外は、梅雨があがりかけて、そろそろ本格的な夏がはじまりそうな、むうっと暑い空気がよどんでいる。

二人は門を出ると、そのまま道の向う側の日比谷公園の中へ入った。この公園は、去年、一応完成したとはいうものの、まだベンチだとか、夜間の照明設備などが不充分で、夜は人っ子ひとり通らない。

木立ちの下の叢《くさむら》や葉蔭《はかげ》に、ところどころホタルが明滅し、目の前の闇を、青い光の線が流れる。辰吉が
「ホタルも、そろそろ終りだな。この間じゅうは、まるで豆電気をともしたようにきれいだったが……」

といった。

「東京のまんなかだというのに、そんなにホタルがいるのですか?」

「だっておめえ、宮城のまわりは全部お堀だろう。ホタルにはいい住み家さ。中だって、

入ったことはねえけれど、草ボウボウで、キツネやタヌキが棲んでるっていうじゃねえか。夜だって、会館で寝てると、フクロウの鳴く声が聞こえるよ。あれも宮城の中の森に棲んでるってえ話だが……」
「そうですか。わしはまた、天子様や皇后様や、家来たちが、ギッシリ一杯に住んでらっしゃるのかと思いましたが」
「ギッシリなんてもんじゃないらしいな。もっとも、おれも見たわけじゃねえ」
曲りくねった道をあるいているうちに、公園の反対側へ抜け出たらしい。お役所のならぶ淋《さび》しい通りをいくつか曲ると、急ににぎやかなところへ出た。辰吉が
「虎ノ門の金毘羅さまだ」
といった。
質屋は、もっと先へいった横町にあった。うわべだけは、いやに丁寧な番頭に金をはらって、真岡木綿《もおかもめん》の布団一組を受け出したが、ちょっとかさばっていて、あつかいにくい。重いというほどではないが、むき出しで人通りの多い町を持ち運びするのは、みっともない。辰吉が
「風呂敷かなにか、貸してもらえないかなあ」
と相談しても、ふだん愛想のいい番頭が、急に薄情な顔になって
「さあ」

といって、取り合わない。しかたがないから、篤蔵が敷き布団と掛け布団を一枚ずつ、辰吉はもう一枚の掛け布団を、できるだけ目立たないように、小さく畳んで、脇にかかえ、コソコソと質屋を出た。

さいわい、人通りの多いのは、金毘羅さまのまわりだけで、裏通りへ入ると、あまり人に会わないから、そんなにきまりの悪い思いをしないですんだ。

会館へ帰ると、新太郎は、まだ布団にくるまって、寝ていたが、目はさましていて、辰吉の方を見ると、ニッコリ笑った。辰吉はかかえていた布団をドサリと畳の上へ投げ出すと

「新公、どうだ？　さっきのあと、どこか痛まないか？」

といった。新太郎は元気のない声で

「ありがとう。べつにどうということもないようだ。蹴られるってのは、なぐられるよりも痛くねえもんだなあ」

「負け惜しみ言ってらあ」

「ほんとなんだよ。着物の上からだし、むこうも靴をはいてるから、裏が平らに当るような蹴られ方をすると、やたら大げさな音をたてても、その割には痛くねえんだよ。拳固で頭をなぐられるとか、平手で横面を張られるほうが、よっぽど痛いよ」

「それならよかった」

「ただ、問題は心の打撃だ。あんなにやられると、おれはもう、生きてゆく気力がなくなるよ」

「もともと、おめえは、この仕事に向かねえようなところがあるからな。しかし、それを言い出すと、いつもの議論のむし返しになるが……どうだい、いっぱいやりながら、とっくり話し合おうじゃねえか。おめえの慰労会と、こいつ……おい、おめえ名前はなんといったかな？」

「篤蔵です」

「うん、篤公の歓迎会を兼ねて、というのはどうだい？」

「よかろう。おれの気ばらしになるかどうか知らねえが、篤公の歓迎会はやってやろうや」

「おめえ、まず起きて、布団をしまえ」

のろのろ起きて、布団をたたもうとするのを、篤蔵は
「わしがします」

飛びかかって行って、横合いから奪うように取ると、新太郎に手を出させず、バタバタと畳んで、押入れへしまった。ついでに、質屋から運んで来た布団も、しまいこむと、まだほかにする事はないかという顔で、二人を見くらべた。

「どうしようかな？　外へ出ようか、中でやるか？」

辰吉がいうと、新太郎は
「そうだな。烏森《からすもり》のほうへ出かけるのも、気分が変っていいが、金がかかるなあ。おめえ、持ってるか？」

「実は、あまり持ってない。さっき奥村さんに一円もらって、布団を受け出したおつりと、おれの分と、合わせて、三十銭あるかねえかというところだ」

「それじゃ、三人で飲むには、すこしたりねえな」

「丹波屋へゆけば、ツケで飲ませてくれるが、あすこも大分勘定がかさんでるから、あまりいい顔をしねえしな……」

「お金なら、わしが少々持ってますが……」

篤蔵が口を出した。

「おめえの歓迎会に、おめえに払わせるという法はねえよ」

辰吉が口をとがらせた。

「いえ、今日は、新太郎さんの慰労と、わしの新入りの御挨拶ということにさせて下さい。歓迎会は、日を改めてやっていただきましょう」

十七歳というと、子供と大人の間くらいの年だが、篤蔵は八百勝と松前屋の若主人として、出るところへ出ると、大人の仲間入りさせられてきたので、こんなマセた口がきけるのである。

「それじゃ、今日は篤公におんぶしようか。うちの方が、うめえものがあるけれど、たまには、外の空気に当るのも悪くねえな」

辰吉がいうと、新太郎が
「外の空気には、おめえ、いま当って来たばかりじゃねえか」

「だって、あんなカサばるものを持って、ちょいと縄のれんをくぐるわけにもゆかねえ。実は、帰りにあのへんで一杯と思ったんだが、布団を置くところがなくてね」

「それじゃ、出かけようか」

新太郎と辰吉が肩をならべ、篤蔵が一歩下る形であとに従い、新橋の方へあるきだした。

新橋駅の西口に当る烏森神社の周辺一帯は、今日も繁華なところで、飲食店、酒楼、娯楽場が軒をならべているが、明治のころも絃歌《げんか》の音が絶えず、中で湖月楼は下町でも有名な料亭だった。しかし、いま新太郎、辰吉、篤蔵の三人がゆこうとしているのは、そんな高級な店ではない。神社の鳥居の前を入ったところにゴチャゴチャ軒をならべている腰掛けの飲み屋の一軒である。

新太郎が先に立ち、のれんを分けて入ると、禿《は》げ頭《あたま》に鉢巻をしめた主人が威勢のいい声で

「いらっしゃい！」
といった。辰吉が
「おやじさん、そんないやな顔をするなよ。今日は勘定はチャンと払うからさ」
「あっしが、いついやな顔をしました？　これごらんなさい、こんなにニコニコ笑ってるのに……」
「顔は笑っても、目が笑ってない。それ……それ……」
辰吉が指さすと、おやじは
「それは思いすごしってえもんだ。あんたの方で、何か思い当ることがあるから、そんなことをおっしゃるのだ」
とはいうものの、双方冗談のつもりなのに、問題が問題であるだけに、いくらかは本気で、だんだんしらけてゆくのをどうすることもできない。新太郎が
「なにを二人とも、つまらねえことを言いあってるんだ。おやじさん、さっさと酒をつけてくんねえ。今日は、この新入りのお兄さんが、すっかり持ってくれるそうだから、安心して上酒の方にしてくんねえ。なんなら、もっと上等でもいい。灘《なだ》の蔵出しはねえのか？　一本一円くれえのがねえのか？」
「店を間違えなすったんじゃござんせんか？　そういう極上のを召し上るんでしたら、どうぞ、そこの湖月楼へでもおいでくだせえ。たぼが白魚のような指で、酌をしてくれ

まさあ」

「それは、この次の機会に譲ることとして、本日のところは、この小ぎたない店で、小ぎたないおやじの酌で我慢するといたそう」

「ありがたき幸せに存じ奉りまする。その方が安上りで、御身の為《ため》でもござりまする。……どうも、華族会館は言葉づかいがお上品で、つきあいにくいな」

「苦しうない。万事平民的につきあってつかわす」

さっきまでションボリしていた新太郎も、酒の匂いをかいで、すこし元気づいたようだった。彼は猪口《ちょこ》に二、三杯、たて続けにあおると、篤蔵の方におだやかな目をむけて
「おめえは、入って早々、あんなところを見て、びっくりしたろう?」

「びっくりしましたけれど、そんなに驚いたわけでもありません」

「面白いことをいう小僧だ。びっくりと驚くとは、どうちがうんだ?」

「わしにもわかりませんが、半分くらいしか、びっくりしないということです」

「あとの半分は、どうなんだ?」

「わしは、むかし寺の小坊主をしていましたから、兄弟子たちが、殴ったり殴られたりするところを、イヤというほど見てきました。意地悪で殴ることもありますが、修行のために殴ることもあります……」

もう何年も前のことだが、篤蔵は山寺の和尚のお供をして、京都の本山へ出向いたこ

とがある。なんでも、僧侶の試験のようなものがあって、それを受けるため、日本じゅうから、たくさんの僧たちが集まっていた。僧たちはそれぞれ、公案といって、問題のようなものを与えられ、座禅を組んで、瞑想《めいそう》しているのである。

いよいよ答えを提出する日が来ると、ひとり、ひとり、本堂へいって、大和尚に会って、じかに答えを述べるのである。ところが、どうしても答えの思い浮かばない者は、大和尚の前へ行かなくてもいいという規則になっている。

規則はそうだけれど、実際は、それではすまされない、自分の番になっても本堂へ行かない者があると、係の僧が呼び出しに来る。その係を直日《じきじつ》という。直日は居丈高に

「出ろ」

と命令する。しかし、相手は座禅を組んだまま、じっとしている。直日はいきなり、坐っている僧の腕を取って、引きずって行こうとする。

相手は必死になって、振りほどこうとする。

しかし、直日は特別に腕力の強い、たくましいのが選ばれるので、たいていの僧は、ずるずると引き立てられる。僧は必死で、そこいらの柱にしがみついたまま、離れようとしない。

そうなると、いくら腕力があっても、一人ではむずかしい。直日はいったん諦めて、引き上げてゆくが、しばらくすると、もう一人、加勢をつれてやって来て、こんどは、

しゃにむに柱から引き離し、引きずっていってしまう。僧はまるで、いたずらをして大人にお灸《きゆう》をすえられる腕白小僧のように、じだんだ踏んだり、あばれたりするが、無二《むに》無三《むさん》に引き立てられてゆく。それが、三十をとっくに越え、髭の生えそろった大人なのだから、目も当てられない。

そのほか、禅寺の生活では、暴力沙汰は珍しいことではない。座禅をしていても、心に隙ができると、ピシリと殴られるし、問答で殴り合ったり、組み合ったりするのも、ふつうのことである。

もちろん、修行のためとか、根性を叩《たた》き直すためなどという名目で、兄弟子の個人的な好き嫌いや、鬱憤晴らしのため、弟弟子をなぐることも珍しくない。しかし、それもまったく本人のためにならないかというと、なかなか一概には言いきれない。

「わしは禅寺で、きびしいしつけを受けてきましたから、すこしくらい殴ったり蹴ったりするのは、見るのも平気だし、自分でやられるのも平気です」

「おれは我慢できない……」

新太郎は唸《うな》った。

「なあに……本人のためだなどというけれど、結局は弱い者いじめだ。弱い者は、いたわってやらねばならないのに、抵抗しないのをいいことに、殴ったり、蹴ったりするなんて、野蛮人のすることだ」

辰吉が
「おめえはやっぱり、この世界には向ないのだよ。つまり、水に合わないのだ。心の底では、料理人になることを、それほど望んでもいないし、石にかじりついても、この道で生きようという気もないのだろう？」

「うん。おれも段々、自分の考えがハッキリしてきた。おれは親父《おやじ》の家業を継いで、いい料理人になるのが孝行の道だと思って、自分を殺して、やってきたつもりだけれど、ほんとに好きでないというものは、しようのないもんだ。何をしていても、上の空で、目の前のことがお留守になるんだ。だから、今日みてえなことになる……」

「あれはちょっと、ひどかったな。おめえも二度目だから、しようがねえが、親方のやり方も、すこしひど過ぎたよ」

「親方はあれで、充分考えてやったんだろうと思うよ。というのは、踏んだり蹴ったりするというのは、はたで見るほど、本人にとっては痛くもなんともないのだ。それに、おれは親方にとって、恩人の息子だからね……なんでも親方が若いとき、おれの親父が面倒を見てやったことがあるんだそうだが……そんな関係だから、親方も、とことんまでおれをいじめようと思ってやしないんだよ。むしろ、何とかして、おれにやる気を起させようと思ってるだろうがね」

「それで、おめえはやっぱり、やる気にならねえか？」

「だめだねえ。好きになれねえものはなれねえ。自分の一生を賭けてやる仕事は、ほかにあるという気がして、ならねえ」

「なにをやりてえのだ？」

「画描きになりてえのだよ。だけど親父は、画では食えねえぞといって、許してくれねえ。それで孝行のつもりで、こんなことをしてるが、やっぱり好きでねえってのは、駄目なもんだねえ」

新太郎は急に酔いがまわってきたとみえて、すこしもつれた口調になった。

4

日露戦争は、七十五年ばかり前の出来ごとである。そのころの丸の内は、今日のように帝劇もなければ、第一相互ビルも、東京会館もなく、東京都庁もない、草茫々《ぼうぼう》の荒れ地だった。

丸の内はむかし、江戸城の正面にあって、大名屋敷がならんでいたが、これらは維新のあと、政府に取り上げられて、いろんな官庁になっていた。いま冨山房発行「丸の内今と昔」という書物によると、現在大きなビルディングのあるところは、むかしの次のような屋敷、あるいは官庁のあとである。

（現　在）	（慶応三年）	（明治十一年）
帝劇	松平相模屋敷	陸軍裁判所
商工会議所	松平相模屋敷	兵部省
東京都庁	松平土佐屋敷	陸軍練兵所
明治生命	火消	東京鎮台騎兵営
三菱本社	織田兵部屋敷	東京鎮台輜重《しちょう》兵営
海上ビル	松平周防屋敷	陸軍省用地

諸大名の屋敷は旧式の木造で、維新直後の間に合わせに使用したものの、近代的な事務の処理、運営に適しないので、各官庁はそれぞれ、別に場所を求めて散ってゆき、あとには腐朽した建て物や、崩れ落ちた塀、荒れた庭園だけ残った。政府は、これを三菱社長の岩崎《いわさき》弥《や》太郎《たろう》に払い下げたが、岩崎は、ここに何かの施設をつくるわけでもなければ、土地を整備するわけでもなく、うっちゃっておいたので、土地は荒れ放題で、雑草は伸び放題、子供たちの遊び場所になっていた。

世間では、ここを三菱ケ原といったが、バクチが原という別名もあった。というのは、ところどころ、身のたけを越すような草の生い茂った草むらがあったので、不良の人力車夫がいい隠れ場所にして、バクチにふけっていたのである。

昼はそれでも通行人があったし、掛け茶屋も何軒か店をひらいていたが、夜になると真っ暗で、人っ子ひとり通らなかった。

この草原に妙齢の女の刺殺死体が発見されたのは、日露戦争から五年も後のことである。殺されたのは、職工の妻で、お艶という名前だったところから、お艶殺しといわれて、新聞雑誌で騒がれた。当時の三菱ケ原は、それほど淋しいところだった。

ただ、三菱の本社では、このあたりに近代的な赤煉瓦《あかれんが》の事務所をどんどん建てて、ロンドンを小型にしたような事務所街にしようという計画を進めており、そのうちの何軒かは完成して、草むらのむこうに遠望されたが、それは広大な空き地のごく一部分にすぎず、大部分は荒れるに任されていた。

華族会館のあるところは日比谷で、丸の内には属さないで、三菱ケ原からははなれているが、間に何もないので、一帯を見渡すことができた。

草原のむこうには、堀をへだてて宮城があり、緑の松と白い壁の奥に、現人神《あらひとがみ》と仰がれ給《たま》う天皇が、神秘の帳《とばり》にかこまれておわしますことは、思うだけでも恐れ多いことであった。

見習いコックとして華族会館に住み込んだ篤蔵は、仕事への意欲でいっぱいだった。仕事熱心で、何でも習ってやろう、何でも覚えてやろうと、貪欲な目で、まわりじゅうを睨《にら》んでいた。

住み込みの見習いコックは、早番と遅番があった。早番は朝四時に起きて、調理用のストーブに火をいれ、調理場をきれいに掃除し、俎板《まないた》や鍋を磨いておかねばならない。また、野菜類も、すぐ料理に取りかかれるように、泥を洗い落したり、ケバをむしったりしておかねばならない。

遅番は七時である。若い時はいつまでも眠っていたいもので、誰でも早番をいやがり、遅番になりたがるが、篤蔵は、進んで先輩のかわりに早番を引き受け、よろこばれた。やり方によっては、かえって御機嫌とりと思われ、同輩の反感をそそることになりかねないが、彼の場合、誠心誠意が全身にあふれているので、文句の言いようがなかった。

普通、職場では、すぐ上の先輩が新参者に対して一番意地悪で、何かとつらく当るものだが、篤蔵の場合、最初の日に烏森の一杯飲み屋で辰吉と新太郎の勘定を持ってやったので、二人とも気をよくして、篤蔵に対して当りがやわらかくなったばかりか、あべこべに御機嫌を取るような様子さえ見せはじめたので、篤蔵にとっては与《くみ》しやすい先輩になってしまった。考えてみれば、この日の散財ほど、篤蔵にとって安くついたものはなかった。

もっとも、二人のうち新太郎のほうは、自分でも言っている通り、もともと料理人になる気がないのに、親の言いつけで、しぶしぶやっているにすぎないのだから、自分のやることも万事スキだらけで、手違いや失敗だらけのかわりに、篤蔵がどんなヘマをやろうが、サボろうが、気にしないどころか、叱られる仲間ができて喜ぶというようなところがあって、最初からこわい相手ではなかった。

辰吉は、どこか下町の貧しい職人の息子で、料理人になることに使命を感じたとか、天職と信じたとかいうような、大袈裟なことでこの道に入って来たのでなく、小学校を出て、どこかで働かねばならないというとき、たまたま近所の人の紹介で、華族会館へ雇われて来たのであった。つまり彼にとっては、呉服屋へ奉公しても、床屋の弟子になっても同じことだったのが、たまたま料理人になったということなので、技術がどうの、名人がどうのという、むずかしいことはどうでもよくて、ただ、目の前に出された仕事をキチンとやりとげることだけが大事と心得ている男だった。つまり、彼にとって、料理というものは、高邁《こうまい》な理念の所産でもなければ、芸道の極致でもなく、平凡な日常の業務にすぎないので、そのために夜も寝ずに苦心したり、是が非でも日本一の名人と謳《うた》われねばならないと、歯ギシリしてがんばる必要のあるものではなかった。だから彼は、あとから入って来た篤蔵に対して競争心や嫉妬心をいだくことなど、夢にも思わず、おだやかな気分で親切を尽してくれるのであった。

はじめて他人の中へ出たとき、一番苦労するのは、すぐ近くにいる先輩や同輩に意地悪をされることだが、辰吉と新太郎にまったくそういうことのないのは、篤蔵にとって幸運だったといっていいだろう。

もっとも、すべての先輩がそうだったわけではない。十人いれば顔の形が十種類あるように、気質もまた別々である。篤蔵が先輩たちに喜ばれようと、あちこち気を遣い、油断なく動き回るのを横目で見て、チョコマカ人の顔色をうかがう、小ざかしい男だと、不愉快そうな顔をする先輩もないわけではない。そういうのは、何となく肌で感じられるので、なるべく言い懸りをつけられないように、近よらないことにしているのだが、近よらなければ近よらないで、御機嫌がよくないこともわかるので、そのへんの加減がむずかしい。

料理場では、ちょっとしたヘマや手ぬかりのため、先輩になぐられたり、どやされたりするのは珍しいことではなかった。その最も猛烈なやつを、篤蔵は採用の第一日に実見して、胆《きも》を冷やしたのだが、小型のは、日常茶飯の出来ごとだった。

あるとき、篤蔵がせっせと鍋を洗っていると、突然頭にガーンと衝撃を受け、目の前に火花が飛んで、あたりじゅう黄色になった。

ふらふらと倒れそうになるのを、ようやく踏みこたえていると、こんどは向《む》う脛《こずね》をいやというほど蹴飛ばされた。

立っていられなくて、しゃがみ込み、いたいところをさすっていると、上から怒声が雨アラレと落ちて来た。

「馬鹿野郎！　なんだ、この洗い方は！　水が切れてないじゃないか。水気が残ってると、そいつが腐って、煮たものに、いやな匂いがつくんだ。気をつけろい！」

どなっているのは、レギュム（野菜）のシェフであった。シェフはフランス語で、親方、あるいは係長という意味で、英語ではチーフという。大きなレストランでは、魚（ポアッソン）とか野菜とか、スープとか、いろいろの係があって、それぞれの係長をシェフと呼ぶ。

それらの全体の上にいるのが、グラン・シェフで、直訳すれば「偉大なる親方」とでもいうことになろう。例の細長い、顔の長さの二、三倍もあろうかと思われる帽子をかぶっているのが、この「偉大なる親方」で、つまり、全軍を指揮する総大将、あるいは司令官の名誉ある地位である。

いま篤蔵をなぐり、そして蹴飛ばしたのは、「偉大なる」の方でなく、野菜だけの方の親方だから、かぶっている帽子も、低いペチャンコの方だが、それでも親方で、一方の雄であることはまちがいないから、敬意を失してはならない。篤蔵は向う脛の痛みを忘れて立ち上ると、深いお辞儀をして

「申し訳ございません。以後、気をつけますから、どうぞお許し下さい」

引き続いて、二つ三つ、丁寧に頭を下げた。

実は、鍋の洗い方が悪くて、水気が残っていたのは、篤蔵のやったことでなく、新太

郎のやったことだった。中途まで新太郎が洗って、ほかへ移ったあとを、篤蔵が引き継ぎ、いっしょに並べておいたのである。新太郎は例の、やる気のない、うわの空の仕事ぶりで、水気を充分切っておかなかったのである。篤蔵もそれが気になって、あとで念入りに手直しをするつもりでいたのだが、その前に、野菜のシェフにみつかったのだった。

しかし、篤蔵はそれについて、一言も弁解しなかった。

「これは、わしのしたことではありません」

といえば、彼の罪は晴れるだろう。しかし、そうすれば、野菜のシェフがまちがっていたことを認めさせることになり、シェフは篤蔵にあやまらねばならなくなる。シェフは権威ある存在だから、新参者の見習い風情にあやまるようなことはしないだろうが、すくなくも、バツの悪い思いをしないではいられないだろう。新参者の分際で、シェフともあろう立派なお方に、そういう思いをさせるのは、生意気であり、僭越《せんえつ》であり、不届きであり、無礼である。シェフに事実を知らせることによって、あいつは生意気な奴だと思われるより、何も言わずにあやまっておく方が、素直な若者という印象を与えて、結果は自分に有利になるだろう。

真相を明らかにしないことは、新太郎との友好関係を保つにも役立つだろう。あれは新太郎のしたことですといえば、自分の名誉を救うことはできても、新太郎を不面目な立場に追い込むことになろう。それはただちに、新太郎の自分に対する恨みとなってハネ返ってくるにちがいない。

新太郎はどうせ、この華族会館から早晩いなくなる人物だろう。第一、本人は料理人になる気がなく、そのため、仕事も投げやりにしている。いずれ彼は画描きになる道を求めて、ここを追ん出るか、クビになるかするだろう。どうせクビになる人間なら、憎まれても、そうこわくはないが、まあまあ、今のところは先輩として立てておいた方が無難だろう……。

そんな考えから、彼はとうとう最後まで、新太郎の名を口にせず、自分のやったことにして通した。

篤蔵がなぐられている間、新太郎はスープ係の手伝いをさせられていて、遠くから眺めながら、何もいわなかったが、あとで、誰も見ていないところで

「おめえ、さっきは気の毒だったな。ごめんよ。痛くなかったか?」

と頭を下げた。

梅雨が明けて、本格的な夏になり、カラリと晴れた日が続いた。丸の内あたりのお役所はみな夏休みに入ったが、日露の戦争は続いているので、国民の緊張は解けなかった。

全体として、戦況は日本軍に有利な状態で、ジリジリ押していって、遼陽《りようよう》の占領も

間近いという見通しだけれど、旅順の守りは依然として固く、長い将来にわたって、勝ち抜くことができるかという不安は、国民の胸を重くふさいでいた。

その日も、朝から太陽がジリジリ照りつける暑さだった。日比谷公園の木立ちの中からは、蟬《せみ》の声が湧くように聞こえ、モチ竿《ざお》や虫とりの網を持った子供たちが、何組も歩きまわっていた。

三菱ケ原の中では、神田あたりの学生たちが、キャッチボールをしていた。

古い大名屋敷の庭の泉水のあとと思われる水たまりに、釣り糸を垂れる子供も、何人か見られた。

篤蔵はその日も、朝から何やかやと、料理場の雑用に追いまくられていた。

朝食の跡片づけがすんで、昼の仕度にはちょっと間があるというころ、先輩の一人が

「篤公、お前に会いたいという人が来てるぞ。女の人だ」

と知らせた。

「わしにですか？　誰だろう？」

「名前は聞かなかった。早く行ってやれ」

出てみると、おふじだった。

白の上布の着物に夏帯を締め、手には新しい水色のパラソルを持って、一応キチンとした身なりをしているが、はじめて東京へ出て、馴れないところへ一人でやって来た緊

張と気おくれから、泣きベソをかいたような、真っ赤に上気した顔をしている。

「お前か。いつ出て来た？」

胸の奥から、せつないものがこみ上げてくるのを押さえて、わざと突っけんどんにいうと、すがり付くような、心細げな表情で
「今朝、新橋へ着きました」

目に涙がいっぱいたまっている。

「宿は？」

「停車場の前の越前屋というところに荷物を置いて、一休みしてから、来ました」

「わしが、ここにいるということを、誰に聞いた？」

「兄さんが教えてくださいました」

「何か用か？」

「用かって……」

用があるにきまってるのに、何という聞き方だろうといわんばかりに
「お話が、山ほどあります」

「ここでは、立ち話もできん。わしはまだ新米で、好き勝手に持ち場をはなれて、出あるくわけにもいかん。あとで上の人にことわって、暇をもらって宿まで行くから、それまで待っていろ」

無愛想に言うのを、恨めしそうに見上げて
「それでは、待ってますから、早く来てくださいね」
「早く行けるかどうか、わからん。宿の場所は？」
こまかく聞いて
「それでは、あとで……」
しょんぼりと帰る後姿を、ろくに見送りもせず、中へ入った。

5

夕食の跡片づけがすんで、通いのコックが皆帰ったあと、篤蔵は新太郎と辰吉に
「ちょっと出かけてもいいですか」

といった。新太郎が
「どこへ行くんだ？」

「新橋の停車場の近くです。国から女房が出て来たものですから」

「おめえ、おかみさんがあったのか？　そんな若いくせしやがって」

「はい。親に言われまして、嫁をもらいました」

「それで、そのおかみさんを置いて、東京へ出て来たのか？　喧嘩でもしたのかい？」

「いえ……ただ、置いて来ただけです」

「そのおかみさんが、出て来たというわけだね」

「ああ、あの、昼間訪ねて来た人だな」

辰吉が、そばから言った。

「そうです」

　新太郎が
「そうか、昼間来たのか。なぜ、すぐ行ってやらなかったんだ?」

「仕事の時間でしたから」

「馬鹿!　かわいい女房が訪ねて来たというのに、仕事ぐれえ何だ。どうせ大した仕事をしているわけでもねえ。せいぜい皿洗いじゃねえか。かわいそうに、今までおっぽり出しとくということがあるか」

「あの……あすは早番ですけれど……」

　篤蔵が遠慮がちにいうと
「かまわんかまわん。ゆっくり出て来い。何なら、休んじゃえ」

「さあ……親方にことわりなしに、休みを取っていいかな……」

　辰吉が
「いいってことよ。しょっちゅうあることじゃねえ。代りは、おれが引き受けてやらあ」

「でも、一応、親方に言っとかないと」

辰吉は貧しい家に生まれ、人に気兼ねしながら育ったから、ほかの者にも自分を甘やかすのを許さないところがある。篤蔵は、ここで辰吉に睨まれたら損だと見て取って
「いいんです。明日は出て来ますから。どうせ、そんなに話があるわけじゃありませんから」

「話ばかりしてるわけでもあるめえ」

辰吉が、いやらしい笑い方をした。新太郎が
「まあ、おめえの好きなようにしろ。早番はおれたちが代ってやるから、出るにしても、七時でいいよ。休みたきゃ、休め」

「へえ」

といったが、辰吉が黙っている以上、篤蔵は休む気にならなかった。

おふじの泊っているのは、新橋停車場の前の安っぽい商人宿だった。はじめて東京へ出て、勝手がわからず、客引きのいうままに、いい加減の宿へ入ったものだろう。

いくら待っても篤蔵が来ないので、ションボリしていたおふじは、いそいそと立って迎えた。昼は華族会館の料理場の入り口で、人目を意識して、わざとそっけなくしていた篤蔵も、いじらしさとなつかしさがこみ上げてきて、女中がいなくなると、立ったま

まおふじを胸に抱きよせた。嗅ぎ馴れたおふじの髪の匂いが、鼻を打った。四ケ月ぶりである。

すっかり忘れていた女体のさまざまの記憶が、一度によみがえってきて、官能を酔わせた。

おふじもうっとりとして、なかば忘我の状態で、篤蔵を見つめている。

二人は布団をしく暇もなく、そのまま、そこへ倒れ込んだ。

あわただしい数分ののち、おふじは身体を起し、裾をかき合わせながら、篤蔵を見ると、恥ずかしそうに微笑した。

「ああ、やっとこれで……」

あとは言葉にならず、口の中でつぶやいているのを、篤蔵もやさしく見つめて
「おとっつぁんも、おっかさんも、おたっしゃか？」

「ええ」

「おっかさんのおなかは？」

「だんだん大きうなって、もう誰の目にも隠すことができんようになったので、恥ずかしい恥ずかしいといいながら、袖で隠して歩いていなさるわ」

「しかし、やっぱり嬉しいことも事実やろうな」

「それはそうでしょう」

「それから……」

おふじは言いかけて、言葉を切った。

「なんや？」

「あの……あたしも……」

「なに？　お前も？」

「ええ。できたらしいの」

「なにが？」

「らしいじゃない。事実やわ。お医者さんもハッキリ妊娠とおっしゃるの」

「そうか。それは……」

それは大変、と言いかけて、口ごもった。正直なところ、この若さで、そんなものを背負わされるのは勘弁してくれ、といいたいところである。

一方では、嬉しいような気もしないではない。

その二つが奇妙にまざり合って、自分でもどちらなのか、きめ兼ねる気持ちである。

「おとっつぁんやおっかさんは、どう言ってなさる？」

「そりゃ、めでたいと言うていなさるわ。安心して生めと言うてくださるわ。だって、ほかに言いようがないでしょう」

「そりゃ、そうかも知れん。しかし、本心は？」

「わからんけれど、困ったことになったと思うていなさるのではないかしら？」

「あとつぎが二人になるわけやからな。それがわかったから、わしは東京へ出たわけやけれど」

「あたしには、一言もいわないで……」

おふじは恨めしそうに言った。

「言うたら、留められるにきまっとるもの」

「あたしが嫌いになったんでしょう」

「そんなことはない！　嫌いなもんか、大すきや」

篤蔵は力をこめて言った。事実、嫌いということはなかった。彼女の気さくで、さっぱりした性質は、それなりに魅力があった。

ただ、国高村の警察署長のお嬢さんの八千代さんのように、その人のことを思うだけでも魂が消え入るように、あるいは胸が締めつけられるように、悲しく、甘い、切ない気持ちになるような好き方かというと、そうではなかった。

しかし、だから嫌いかといえば、そうではない。

ただ、彼はどうしても東京へ出たかった。東京へ出て、えらい人になりたかった。そして、それを引き留める力は、おふじにはなかった。

「おとっつぁんは、あんたにぜひ帰ってほしいというてなさるけれど……」

「松前屋は誰に継がせるつもりや？」

「あんたに継いでもろうて、こんどおっかさんに生まれる子は、もし男なら、分家させるというていなさる。本心はどうであろうと……」

それはそれで、誰が聞いても筋道の立った考え方だといっていいだろう。もしかして、篤蔵が家を出る前に、それを聞かされていたら、彼は決心を鈍らされたかも知れない。

「聞けば、料理人の見習いに住み込んで、ずいぶん苦労していなさるということやけれど、武生にいれば、若旦那で、そんな苦労をしないでもすむのにと、みんな言うています……」

それは、本人もそう思わないではない。しかし、いつまでも下っ端でいるわけではないし、コキ使われるのも、しかられるのも、殴られるのも、みんな修業だと思えば、それほど苦にならない。それよりも、あのどんよりとした、溜り水《たまみず》のような生活の方が堪えられない。東京の生き生きした、新鮮な空気を知らないうちならともかく、知った以上、もう一度、あの中へ引き返す気にはなれない。

しかし、それを言えば、おふじはがっかりするだろう。旅馴れない身で、わざわざ上京したものを、失望させるのはかわいそうだ。

「もうすこし考えさせてくれ。わしもせっかく踏み込んだ道やから、もうすこしやってみる。その上で、自活できるようになったら、お前に東京へ来てもろうて、家を持つことにしよう。だめなら、武生へ帰って、家を継いでもいいし、別に商売をはじめてもいい。わしはまだ若い。もうすこし自分の運を試してみたい。しばらく、わしを自由にさせてくれんか？」

「あたしが、そばにいてはいかんかしら？」

「わしはまだ、お前を養う力がない。第一、見習いのうちは住み込みや。世帯を持つわけにいかん。お前は武生へ帰って、おとっつぁんとおっかさんの世話をしながら、待っていてほしい。子供を生むのも、育てるのも、年寄りのそばの方がいいぞ。そのうち、迎えにゆくから」

おふじは黙って、答えようとしない。口には出さないけれど、男の虫のよさと無責任を、直感的に嗅ぎつけているようである。

——要するに、自由にしていたいのやわ。この若さで、重荷を背負わされて、長い道をトボトボ歩くのがいやなのやわ。自分だけの野心と功名心に夢中で、ひとのことなど、かまっている気がないのや……。

篤蔵は相手の気を紛らそうと
「どこか、そのへんを歩いてみたか？」

「いえ」

「朝着いてから、この宿から一歩も外へ出ずか？」

「華族会館へいって来ました……人に道を聞きながら……」

いやみと取れるような言い方である。せっかく東京へ出て来たのに、仕事にかこつけて、冷たく追い返された恨みが、またしても噴き上げてくる。

「あと、この部屋でじっとしとったのか、こんな暑苦しい日に？」

「西も東もわからんもの。どこへ行っていいか、わからんし、案内してくれる人もないし……」

「すまん。わしが案内してやればよかったのに……何しろ、仕事があるもんやから」

またしても、仕事、仕事と、エラそうに……男というものは、それほど仕事が大事なのか？

篤蔵は機嫌を取るように
「ちょっとそのへんへ、夕涼みに出てみようか。夜店が立っとるやろう」

おふじはうなずいて立ち上った。

烏森神社の通りには、篤蔵がはじめて華族会館へ入った後、新太郎、辰吉の両先輩につれられて飲みに来た丹波屋があって、あの晩、篤蔵は二人のたまっていた勘定まで払ったから、いま行けば大歓迎だろうが、現代とちがって明治のむかし、そんな店へ女づれで飲みにゆくのはキザということになっていたから、篤蔵はわざと素通りした。

すこし行くと、夜店が出ていて、黒く煤《すす》を吐くカンテラの光りに、櫛形《くしがた》に割ったスイカや、焼いたトウモロコシ、シンコ細工、カルメ焼き、それにいろいろなオモチャ、小間物、台所用品の店などがならんでいる。

いっしょに歩きながら、篤蔵はそれとなくおふじを観察した。まだ腹は人の目につくほどでなくて、いわれてみれば、そうかしらというくらいだが、本人が妊娠だという以上、まちがいないだろう。

　そして、この身体の中に、まぎれもなく、もう一つの生命が芽生えて、刻々に成長しつつあり、しかもそれが、彼自身と同じ血で結ばれているのだという厳粛な事実に思い至ると、彼は何物かの前に頭《こうべ》を垂れて、敬虔《けいけん》な祈りを捧《ささ》げたい気持ちになるのだった。

　しかし、彼のもう一つの目は、おふじの垢《あか》ぬけしない、ぎこちない身ごなしや、洗練されぬ態度をも見のがしていなかった。

　彼女は娘のころ、近所では美人だとさわがれたし、篤蔵自身も、彼女の目のさめるような美貌に目を奪われた記憶もあるが、いま、東京の盛り場の中に置いてみると、かえって泥くささの方が目立った。

　馴れぬ旅の疲れということもあろう。なじみのない環境に、調子を合わせ兼ねているということもあろう。期待に反する篤蔵の態度に、失望したということもあろう。いずれにしろ、彼女はどこか陰気くさく、鬱々として見え、華やかな都会にはふさわしくなく見えた。

——やはり野に置け蓮華草《れんげそう》か……。

そんな言葉が、篤蔵の頭に浮かんだ。

ヨシズ張りの氷店があった。「氷」と書いた旗が夜風に揺れている。篤蔵が振り返って
おふじがうなずいたので、篤蔵は先に立って入った。床几《しょうぎ》に腰かけて
「冷たいものでも、飲もうか？」

「何にする？」

篤蔵がいうと
「何でも……」

「何でもじゃ、わからない」

「何でもいいの、あんたと同じもの……」

投げやりな調子である。いま大事なことは、そんなことではないといわぬばかりだ。

「それじゃ、イチゴにしようか？」

「ええ」

サジで氷の山を突き崩しながら
「これから、どういう予定だ？」

「予定って、べつにありません」

「あすはどうする？」

「どうしようかしら。あなたは？」

「せっかく来たんだから、東京見物の案内でもしてやりたいが、仕事がすむのは、夜の八時か九時ごろだから、それまではむずかしい」

「男の人って、いそがしいのね。あたし、明日の汽車で帰ろうかしら」

「せっかく来たのに、見物もしないで？」

「でも、あんたは仕事があるのでしょう」

「夜はあいてるよ。昼、地図でも見ながら、ひとりであちこち歩いてみたら？」

「女は、ひとりでそんなことしても、ちっとも面白くないのよ」

「そういうもんかね」

「あんた、そろそろ帰らねばならんのでしょう？」

「いや、今夜は外泊の許可をもらってある。お前のところへ泊めてもらおう。あすの朝は七時だ」

「まあ、早いのね……でも、今夜だけはいっしょにいられるのね。嬉しいわ」

「今夜だけって、あす帰るつもりか？」

「帰ります。昼のうち、つくねんとして、あの部屋であんたを待ってると、気が狂いそうになるから」

「そうか。やむをえん。また出て来ればいいよ」

「これからだんだん動けなくなって、生まれると、また動けないし……今夜だけかも知れないわね」

「そのうち、迎えにゆくよ」

「待ってますわ」

「そろそろ、宿へ帰ろうか」

「ええ」

部屋へ入るやいなや、篤蔵は目をギラギラ光らせて、いどみかかった。

「待って……待って……」

身をよじらせて防ぎながら
「なんて憎らしい男！」

「憎いか？　憎め！　憎め！」

歯ぎしりして襲いかかるのを、女も歯を食いしばりながら、受け入れていた。

6

二人はその夜、ほとんど一睡もしないで話しあった。

話の種は、かぎりなくあった。双方の両親や兄弟のこと、親類縁者のうわさ、これから生まれてくる子供のこと、二人の将来のこと、などである。

「だから、たびたび言うように、一本立ちの生活ができるようになったら、迎えにゆくから、それまで待っていてほしいのだ」

篤蔵がいうと、おふじは
「ほんとに来てくださるなら、どんなに嬉しいか知れないけれど、そのうち、あんたの気持ちがだんだん離れていって、あたしのことなんか、忘れてしまいそうな気がして、ならない……」

「そんなこと、あるもんか！」

篤蔵は力をこめていうのだけれど、ほんとにそうかと聞かれると、どこまでも大丈夫といえる自信はなかった。なにしろ東京というところは、どこへいっても美人がいるし、篤蔵は人一倍惚《ほ》れっぽいところがあって、何かに夢中になると、我を忘れて入れあげてしまう性質だから、その時になってみないと、何ともいえないのである。

おふじも薄々それを感じているのだけれど、目の前で、こんなに真心をこめて将来を誓っているものを、それでもと疑うことはできない。結局はうなずいて、待つことを約束させられるのであった。

夏の夜は明けやすい。四時になると、窓があかるくなり、五時になると、表に牛乳配達の車の音が聞こえる。

続いて、豆腐屋、納豆売りの声が聞こえ、どこかの工場で始業の汽笛が鳴る。

「やはり、今日帰るかね？」

篤蔵が聞くと、おふじは
「ええ。あなたは七時までにいらっしゃらねばならんのでしょう？」

「うん」

「もうすぐね。仕度しなくちゃ」

「仕度はなんにもいらない」

「朝御飯は？」

「むこうへ行ってから、仕事の合間を見て、食うさ。それよりも……」

手をつかんで、引き寄せようとするのを
「まあ、……もう、こんなに明るいのに……」

「かまわん。こんどいつ会えるかわからんもの……」

「そうね」

おふじは抵抗をなくして、どこまでも溺れていった。

七時ちかくなった。篤蔵は立ち上ると、手早く身仕舞いをして
「それじゃ……何時の汽車にする？」

「まだわかりません、これからステーションへいって、時間を見た上で、なるべく早い

のに乗ります」

「送らないけれど、ごめんね」

「ええ、もう……」

玄関を出ると、そのまま振り向きもせず、足早に歩み去った。


おふじが訪ねて来たことは、篤蔵の気持ちに一つの転機をもたらした。これまでの彼は、おふじや両親にことわらずに上京したことが、いつも気にかかっていて、いわば武生につながれた糸の切れない状態だったが、おふじと一晩ゆっくり話し合ったことで、一応の決着がついたような気分になった。実際をいえば、彼はそのうち一本立ちになったら、彼女と赤児を東京へ呼び寄せるという約束をさせられたのだが、気分の上からは、武生の人たちへの負い目を無期延期したような工合になった。

同時に彼は、いま置かれた環境の中で、どのようにして腕を磨き、どのようにして自分の地位を築くかに、心を砕いた。

実をいえば、彼は武生にいたころ、鯖江連隊の田辺軍曹から、ひと通り洋食の初歩の手ほどきを受けていた。しかし、彼は必要のないかぎりそのことを、新太郎や辰吉の前で口に出さなかった。口に出せば、彼は二人の先輩よりも玄人だということをひけらかすことになるだろう。本人にひけらかす気がなくても、相手はひけらかされたと思い、追い越されそうな不安を感ずるだろう。その結果は、二人の先輩としての地位を利用して、彼をいじめ、頭を押さえ、何とかしてはたき落そうとするだろう。

新太郎の方は、料理人として生きてゆくことに意欲を失って、いつやめるかは時期の問題といっていいほど、することなすことに身がいらず、投げやりの状態なのだが、それでも、あとから入って来た新米小僧が自分を追い越すのを、何とも思わずに見すごすほど、寛大ではないだろう。自分より弱いと思うからこそ、目をかけてくれるのだが、強くなりそうな気配がすこしでも見えたら、許さないだろう。

辰吉のほうは、自分の好きで料理人の道をえらんだのでなく、どこかへ奉公しなければならないと思っているところへ、たまたま料理人の口がかかってきただけなのだが、逆にいえば、何の職業へいっても同じことなら、この道で果てるのも宿命だろうと思うような、下積みの者に特有の忍従の哲学めいたものを持っているから、いわば、この世界を死に場所と心得ていて、これまた、あとから来た者に追い越されることには我慢がならない。

いずれにしろ、篤蔵にとって、いま一番大切なことは、この二人の先輩の自尊心を刺戟しないことであった。この二人の前では、どこまでも姿勢を低くして、絶対にさからわぬことが必要であった。

だからといって、料理人としての腕を磨き、知識を高めることまで、遠慮することはない。調理場には、親方の宇佐美さんやセコンドの奥村さんはじめ、その道の名人といわれる人がたくさんいるから、学ぶべきことは数かぎりなくある。

しかし、これらの人がみな、自分の持っている知識をわけてくれるとはかぎらない。むしろ、出し惜しみをして、わけてくれない人ばかりである。

それも当然で、自分の知識を人にわけたが最後、それは自分だけの所有物ではなくなって、自分と肩をならべる者が一人ふえることになる。まさしく、田辺軍曹がいった通り、お山の大将はおれ一人でいいのであって、あとから来る奴は突き落さないと、いまに自分が突き落されることになるだろう。

だから、先輩たちの大部分は、見習いの連中に技術を教えることをいやがって、絶対に手の内を見せようとしない。スープにしろ、煮物にしろ、調味料の合わせ加減など、一番知りたいところだが、決して教えてくれない。むこうがくれないものは、盗むしかない。

「おい、小僧、こっちへ来い」

と呼ばれて、何か手伝いをさせられながら、横目で親方の手もとをうかがっている。親方が塩なりコショウなり、調味料の瓶を取り上げるので、どれくらいの分量いれるのかと、一心に気をつけていても、何やかやぐずぐずしていて、なかなかいれようとしない。

そのうち、こちらが何かのことで、よそへ気を取られて、目をそらした途端に、パッといれて、知らぬ顔をしている。分量だけでなく、そもそも、何を入れたのか、わからないことだってある。

ともかく、料理の世界では、技術の秘密は教えたり教わったりするものでなく、知っている者はこれを隠し、知りたい者は盗み取る、という形で伝わってゆくものである。

もっとも、それればかりではない。先輩と後輩は、いつも対立し、排斥しあっているわけでもなく、おたがいに気が合ったり、相手に惚れこんだりした場合には、うつくしい師弟、親分子分の関係が成り立つことは、ほかの社会と同じである。もっとも、料理人は気が荒いのが多いから

「こら！」

「間ぬけ！」

「馬鹿野郎！」

「こん畜生」

と、怒声、罵声が飛ぶのは普通のことだし、なぐったり、蹴ったりも珍しくないが、これをすぐ野蛮だとか、封建的だとかいって排斥するのは、生産の現場を知らない者のすることであろう。

料理は時間が物を言う。煮るのも焼くのも、瞬間の勝負である。一秒の油断で、煮え

すぎたり、焼きすぎたりすれば、食うことができなくなってしまうし、早すぎれば、これまた食えなくなってしまう。その微妙な瞬間をとらえそこなった者には
「馬鹿！」

「のろま！」

としかいう言葉がないので、なまじっかな手心や気休めは無用である。

むしろ、今にも怒声や罵声が飛んできはしないか、鉄拳に見舞われはしないかと、たえず恐怖と不安にさらされている状態が、全身の緊張を高め、瞬間をとらえる決断力を養うので、それなしには注意が散漫になり、事故や失敗が多くなるばかりだろう。

したがって、荒い言葉や拳固がそのまま虐待とか、残酷とかいうことにならないので、愛情の表現とさえ言っていい場合も、すくなくない。

たとえば、見習いの小僧が珍しく上の者に呼ばれて
「おい、ここへ来て、ジャガ芋の皮をむけ」

といわれる。鍋洗いばかりさせられてウンザリしているところなので、いそいそとやっていると、ポカリと頭に一発見舞われる。

「なんだ、これは！　ダイヤモンドじゃねえか、馬鹿！」

「？」

ダイヤモンドとは、何のことだろう？

しかし、聞く前に、まず

「すみません」

とあやまることが大切である。

「いいか、ジャガ芋はこうしてむくものだ」

庖丁を取り上げると、片手のジャガ芋が、吸い寄せられるように、刃に当る。コマのようにクルクル回りだしたと思うと、黄を帯びた白に輝く一塊の玉に生れ替る。見ると、はじめから終りまで、一度も切れない皮が、下に渦を巻いている。

「いいか、おめえのは、皮をむくんじゃなくて、はつってるだけじゃねえか。みんなきれぎれだ」

なるほど、竹の葉のような切れっ端が、そこいらじゅうに散っている。

「見ろ、むいたあとを！　ダイヤモンドのように、角がついているじゃないか！　はつるから、こんなものができるんだ。気をつけろい！」

言葉は荒いが、いい料理人に育ててやろうという親切がこもっている。

「はい。ありがとうございます」

というしかないのである。

夏もいつしかすぎて、朝夕の風が肌にしみるころになった。むかしから、灯火親しむべきの候といって、夜おそくまで読書するのにいい季節である。

篤蔵は子供のころから、じっとしていることが大きらいで、本を読んだり、字を書いたりするのは、人生最大の業苦としか思えなかったが、このごろは殊勝にも、本を読む習慣がついた。

というのは、料理の道をほんとうに究めるには、親方や兄弟子たちから実地に教わるだけでは駄目で、やはり書物によって理論を学んだり、経験の不足を補ったりしなければならないと、気がついたからである。

夜おそくまで本に目をさらしていると、遠くから
「鍋やきうどーん」

という哀調を帯びた声が聞こえる。屋台のそば屋で、夜泣きそば、あるいは夜泣きうどんともいった。

そろそろ寝る仕度をしていた新太郎が
「おい、篤公、棚から、イチボをおろして来い」

「はい」

イチボというのは、英語のエッジ・ボーンのなまったもので、牛肉の中で最高の部分である。腰の三角肉で、一頭の牛からごく僅かしか取れぬ、それこそダイヤモンドといいたい代物である。

夜泣きうどんが近づくと、新太郎は
「篤公、このイチボを持っていって、おやじに肉うどんを作らせて来い。辰公、おめぇも食うだろう?」

「ああ」

「じゃ、三つ作れといえ。余った肉は、おやじにやるといえ。よろこぶだろう」

「いいんですか? こんな貴重なものを……」

「当りめえさ。おれたちは最高の料理人になるために、最高の肉の味を知っておく必要があるんだ」

篤蔵がひやかすような口調で
「ふだん、料理人の足を洗うといってるくせに」

「余計なことをいうな。洗ってしまうまでは、料理人のうちだ」

「はい」

おやじの作ってきた肉うどんを食いながら、新太郎は
「日本じゅうで、こんな上等の肉うどんを食っている奴はあるめえ」

と鼻をうごめかした。

7

日本でいい料理人になろうと思ったら、どうしてもフランス語を知っていなければならない。

何しろ、世界で最高の料理はフランス料理ということになっていて、メニューはみなフランス語で書いてあるし、料理の入門書、専門書もフランス語のが多い。名人といわれる料理人もフランス人だから、こういう人に指導を受けるにも、フランス語が必要である。

そこで篤蔵は、フランス語の勉強をはじめた。

勉強といっても、現代とちがって、ラジオやテレビの入門講座もなければ、いい参考書があるわけでもない。それに、語学の勉強は出来合いの活字やテープだけでは駄目で、やはり個人と個人が顔をつき合わせた指導が必要である。さいわい築地明石町《つきじあかしちょう》に個人教授をやる先生がいて、ときどき通うことになった。谷川春水といって、どこかの外国商館に勤めている、四十すぎくらいの、おとなしい人である。

華族会館の仕事が終るのは、たいてい夜九時ごろになる。それから築地まで駆けつけるのだが、現在でも日比谷から地下鉄で三駅くらいあるから、三十分以上かかる。

谷川先生のうちへ着くのは九時半すぎになるが、それから授業をはじめると、夜おそくなるので、先生にとっては、あまり楽しい仕事でない。気のいい人だから、口には出さないけれど、なんとなく気が進まず、そのうち折を見て、ことわりたいと思っているようである。

ことわられると、ほかに適当な先生が見当りそうもないから、なんとか御機嫌をとって、つないでおかねばならない。そこで篤蔵は

「先生、ライスカレーお好きですか？」

「大好きです。ときどき、家内に作らせるのですが、なかなか、うまくできません」

「やはり、コツがありますからね」

「華族会館の料理は一流だそうだが、きっとライスカレーなんかも、うまいでしょうねえ」

「こんど、奥さんに作り方をお教えしましょうか？」

「それは、ありがたい」

「それでは、こんどまでに、材料をそろえておいて下さい……まず、鶏肉の骨つき百匁に、玉ネギ、バター、牛乳、ココナッツ……」

「ココナッツって、何ですか？」

「ココ椰子《やし》といって、熱帯産の椰子の実です」

「ああ、そうか、思い出しました。ナッツはピーナッツなんかのナッツですね。小説なんか読んでると、ときどき出てくるのですが、言葉としておぼえてるだけで、実物がどんなものか、考えたこともありませんでした。どこへ行けば手に入りますか？」

「そこいらの輸入食料品店へ行けば、売ってますけれど……一回分に必要なのはわずかの分量ですから、そのために、百匁とか二百匁とか、まとめて買うのは無駄です。こんどあっしが持ってきてあげましょう」

「いいんですか？」

　春水先生は恐縮するが、篤蔵は平気で
「なに、ちょっと持ってくるだけです。ほかに、いろんな香料やカレー粉などが必要ですが、あっしが持って来ます。先生と奥さん、子供さんの分、みな合わせても、知れたものですから」

　次の日、篤蔵は、食品棚から必要なものを持ち出すと、谷川先生のところへ持っていって、授業のあとで、実演してみせた。彼は華族会館では、まだ皿洗いとジャガ芋の皮むき、キャベツ刻みくらいしかやらせてもらえない身分だけれど、見よう見まねで、フライパンの持ち方や、お玉杓子《たまじやくし》のあやつり方くらいは心得ていて、いかにもその道の熟練者らしく、テキパキとやってみせたので、先生夫妻は
「さすが、本職は手つきからして違いますねえ」

　と感嘆の声をあげた。

　ライスカレーが気に入られたのに味をしめて、篤蔵はつぎはオムレツ、つぎはカステラ、つぎはコロッケという風に、いろいろの製法を伝授したので、春水先生はだんだん

面白くなってきて、フランス語と料理の交換教授のようになり、フランス語を教えるのはいやだといわなくなった。

そのかわり、谷川先生の方が料理に熱を入れだして、フランス語そっちのけで、料理の質問ばかりするようになった。

篤蔵は篤蔵で、フランス語に夢中になり、先生のところから帰っても、深夜まで教科書を読みふけった。勉強が大きらいで、いたずらばかりしていた子供のころにくらべれば、別人のようになったわけである。

フランス語の勉強が進むにつれて、篤蔵はフランスへ行ってみたいと思う気持ちが強くなった。本場のフランス料理をたべてもみたいし、レストランの空気も味わってみたい。できれば、料理場の実地を見学したいし、名人といわれるような料理人について、腕を磨いてもみたい。

それだけでなく、フランスの風俗習慣に親しみ、音楽や美術も鑑賞したい。また、パリの空気を吸い、パリの生活がしてみたい。——結局、なんでもかでも、パリへいってみたいということであった。谷川先生は、むかしパリにしばらくいたことがある人で、ときどき思い出話をしてくれたが、話の終りにはきまって

「ああ、世界じゅうであんなにいい町はないなあ。もう一度行ってみたいなあ」

と溜息をつくので、篤蔵のパリへのあこがれは、いっそう掻《か》き立てられるのであった。

三菱ケ原はまったくの荒れ地で、持ち主の三菱が柵をめぐらすでもなく、垣を結ぶでもなく、人の出入りを自由にさせておいたから、空の屋台車の置き場所になっていた。篤蔵たちが日本で一番おいしいイチボの肉うどんをこしらえてもらった夜泣きうどんの屋台も、おそらく、ここに置きっ放しにされているのであろう。

篤蔵はじめ住み込みのコックたちは、朝おきると、まず三菱ケ原へ飛び出して、屋台車の中を調べてみるのを日課にしていた。というのは、ときどき思いがけぬ獲物にありつくからである。

獲物はたいてい、空の財布であった。スリたちが、銀座《ぎんざ》あたりですって来た懐中物の中身を抜き出して、財布だけ、屋台の中へ捨ててゆくのである。盛り場の近くにはよくあることで、地蔵様とか観音様とか、大きな夜店の立つ界隈のゴミ箱にも、よく捨ててあるそうである。

財布なんか、いくつあってもしようのないようなものだが、とにかく金を出さなければ買えないものであり、人のふところの奥深く、秘密めいてしまわれていたというだけで、いかにも貴重品らしい魅力を帯びていて、彼はいつも、期待に胸をドキドキさせた。

あるときの獲物は、上等の革の財布に、名刺と実印が入っていた。名刺には、住所が書き入れてある。実印がなくては困るだろうと、番地を聞きながら、たずねていってみると、浜松町《はままつちょう》の大きな商店で、たいへん喜んで、主人がわざわざ菓子折を持って、礼を言いに来た。

ある日、いつもより早目に起きて、出かけた。

屋台の上げ蓋を取ってみると、何か大きなものが、いっぱいにつまっている。のぞいてみても、よくわからない。まだ早い時間なので、あたりが暗くて、よく見えないのである。

手でさぐってみると、温かくて、ふかふかしている。中まで突っこむと、何かヌルヌルして、グニャリとした物に触れた。

気味がわるくなって、よく見ると、人間である。ワッと叫んで、飛びのくと、一目散に逃げ出した。

あとで考えてみると、そのへんの乞食か浮浪者であった。そろそろ時候が冬に向って、野宿では寒気が身にしみるので、屋台にもぐりこんで、暖を取っているのであった。

篤蔵にとって、気がかりなのは、兄周太郎の健康であった。

秋になると、普通の若者は元気を増し、食欲も増して、たくましくなるものだが、周太郎は勉強が過ぎるのか、だんだん痩せてゆき、顔色が悪くなるばかりである。

声も、立ったりすわったりの動作も、何となく活気が乏しく、弱々しくなってきた。

ある日の午後、周太郎は篤蔵を訪ねてくると

「しばらく武生へ帰って、静養してくる」

といった。

「どうしたのですか？」

「風邪をひいて、熱がなかなか下らないので、医者に見てもらったら、肺尖《はいせん》のへんにすこし炎症を起しているから、田舎へいって、きれいな空気の中でぶらぶらしているといいだろうということだった」

「それは……」

篤蔵は何といっていいかわからない。

「来年は卒業試験でしょう。今、うちへ帰っては……」

「勉強は、うちでもできなくはない。ただ、講義に出られないから、その分が困る。それに、医者がいうには、国へ帰っても、あまり根をつめて勉強してはいけないから、試験のことはすっかり忘れて、一年か二年、のんきに静養していろというのだ。それができればねえ……」

「遊んでいろなんて、そんな結構な話はないじゃないですか。うちは兄さんが働かなくても、暮らしに困るということはないのですから、おとっつぁんやおっかさんは、兄さんが帰ると、かえって喜ぶかも知れん」

「遊んでいるということが、おれにとって、どれほど苦痛か、お前にはわかるか？」

「わからんじゃないです。現にこのわしも、田舎でのんびり暮らすのがいやで、わざわざ苦労を求めて、東京へ出て来たんですから」

「おれは、お前がうらやましいよ。その、どんな重い荷物でも背負って、けわしい道を乗り越えてゆく体力が……」

「しかし、兄さん、世の中には、健康に恵まれなくても、生活のために働かないわけにゆかない人も、たくさんいるんですよ。それにくらべれば、暮らしの心配をしないで、のんびり養生することができるだけでも、恵まれているといわねばならんのではないですか？」

「それもそうだが……」

「ともかく、今の兄さんにとって、一番大切なことは、医者の言うことを素直に聞いて、何もかも忘れて、養生につとめることです。一年や二年のおくれなんか、長い一生にくらべれば、何でもないじゃないですか。充分に健康を取り戻してから、もう一度勉強をはじめても、おそくはないのじゃないですか？」

周太郎は苦笑して

「お前の話を聞いてると、お前の方が年上で、分別があって、おれの方が駄々っ子で、意見をされてるみたいだ……」

篤蔵も笑って

「ふだんから意見されてばかりいるわしが、こんなことを言うなんて、まったく反対みたいだけれど、この問題だけについていえば、兄さんの方がわからず屋だ」

「わかってるんだけどねえ……」

「わかってる癖に、わかろうとしないのは、やはりわからず屋だ。一番タチの悪いわからず屋だ。大わからず屋だ！」

「よし、わかった。お前のいう通り、素直に養生につとめよう。もともと、そのつもりで、国へ帰る決心をして、お前に知らせに来たんだから……」

「わしの顔を見たら、ちょっと駄々をこねたくなったというわけですね」

「まあ、そんなところだ」

周太郎は気がすんだという顔をして、帰っていった。

篤蔵が華族会館で働くようになってから、いつのまにか半年たった。仕事は依然として皿洗いや、ジャガ芋の皮むき、キャベツ刻みなどの下働きだが、上の者に言われたことはキチンとやり、言われないことでも、気のついたことは一歩も二歩も先までやり、キビキビと立ち働くので、意地の悪い先輩たちにあまりにらまれることもなかった。

新太郎は相変らず、コックをやめたい、やめたいと言いながら、どこまで本気なのか、急にやめるつもりもないらしく、ノラリクラリと勤めている。彼は自分で言っているほど、料理というものが嫌いでもなく、勘とかセンスとかいうものも、わりと正確で、鋭敏で、やらせればちゃんとしたことがやれるのに、わざと嫌ってみせているというフシがないでもない。

篤蔵の観察によると、新太郎はもしかしたら、父親が料理人で、本人に相談もなく、頭から料理人の道を歩くことにきめられ、勝手に宇佐美親方に弟子入りさせられたことに不満を持っているだけなのかも知れないという気がする。

新太郎はしきりに、コックはいやだ、画描きになりたいというけれど、コックと画描きは、どこがそんなに違うというのだろうか？

世間では、画描きは芸術家と呼ばれ、尊敬と崇拝の対象となっているが、料理人は、職人の一種という目で見られ、社会的地位もそんなに高いとはいえない。西洋ではともかく、日本ではたしかにそうである。

しかし、篤蔵の考えでは、料理人と画描きとは、本質的にそんなに違わないはずである。ただ、画描きの仕事はキャンバスに残り、美術館に飾られ、いつまでも鑑賞されるのに対して、料理人の作品は瞬間が勝負で、賞味される時がすなわち消え去る時だという違いはある。しかし、消え去る瞬間に賭けられた料理人の情熱と気魄《きはく》と、感覚と美意識は、画描きのそれとまったく同じものであって、両者の間に差はないはずである。

だから、篤蔵にいわせれば、新太郎が料理人をいやがり、画描きにあこがれるのは、なんとなく後者の方が高尚な仕事のように考える世間の常識に従って、いわば、見てくれのよさに惑わされているにすぎないのではないかという気がするのである。

そして、新太郎自身も、どうしても画家にならなければならないとまで思いつめているわけでもなく、一方では、宇佐美親方から、時々ひどくなぐったり蹴ったりされながらも、一面、恩人の息子ということで、なんとなく手心が加えられていると思って、安心しきっているところがありはしないか？

——要するに、甘ったれているんだな。甘ったれている人間は、あまりこわくないものだ。

これが篤蔵の新太郎についての結論である。

一方、辰吉の方は、センスもあまりなければ、自分自身の好みも、考えもハッキリしない男だが、ただ、実直で、自分を殺すことを知っている、という利点があった。平凡だけれど、それはそれで、なかなかまねのできないことである。

篤蔵にとって、さし当り必要なことは、この二人に憎まれず、嫌われないように、調子を取って、うまくやってゆくことであった。

フランス熱

1

ほんとをいえば、フランス語の勉強は、篤蔵にとって、ニガ手だった。

彼のはじめの目的は簡単きわまることで、横文字で書かれたメニューが読め、親方や先輩のコックたちの職場で使うフランス語が聞きわけられればいいのであった。たとえば、先輩の一人に

「おい、このハムをポシェしておけ」

といわれたとする。

「ポシェって、どうするんですか？」

と聞いていい先輩と、よくない先輩がある。

「ポシェというのは、ゆでることだ。湯煮といってもいいかな」

と親切に教えてくれる人もいるが、人によっては

「ポシェも知らねえで、コックが勤まるか、この馬鹿野郎!」

と毒づいて、教えてくれない人もいる。そんな時、マゴマゴしないように、一応の料理用語を心得ておく必要があった。

料理というものは、どうせ生のものに手を加えるのだから、大きくわければ、切るか、つぶすか、焼くか、油で揚げるか、煮るかする以外にないのだが、実地に当ると、その程度によって、さまざまの違いがあって、それぞれ別の言い方がある。

たとえば、同じく切るにしても、大きく切り取るのと、こまかく刻むのとはちがうし、皮をむくのも切るうちで、それぞれに別のフランス語がある。

煮るといっても、蒸し煮と、ゆでるのと、とろ火で煮るのと、煮つめるのとはちがっていて、さらに、おなじゆでるといっても、湯煮のポシェ(pocher)と、さっと表面だけ白くする、ブランシール(blanchir)というのとある。

そんなのは、日本語でいってもよさそうなものだが、はじめてフランス人から料理を教わった日本人コックが、口うつしに教わったことを、そのまま弟子に伝え、弟子はまたその弟子に伝えるという風にしてきたので、どこの調理場でも、フランス語のままで通用するようになったから、その通りにおぼえる必要があった。

そのほか、料理をすこし深く研究しようとすると、どうしてもむこうの専門書をのぞく必要があるので、篤蔵はそれに備えて、勉強をはじめたのだが、彼の個人教授を引き受けた谷川春水の考えは、すこし違っていた。この人は、料理に役立つフランス語だけでなく、フランス語全体、あるいはフランス語そのもの、もっと広く、フランス文化そのものを、教え込もうとした。

だから谷川先生の講義は、料理に直接役に立たない文法や、ちょっとした言い回しの違いをやかましく言ったり、方面ちがいの政治や文学や音楽の話に脱線したりして、篤蔵を閉口させた。

たとえば谷川先生は講義の途中で、ユゴーという人の小説や、ルソーという人の本や、フランス革命の話をはじめる。しかし篤蔵には何のことか、わからない。兄の周太郎や、その先生の桐塚尚吾氏なら、おもしろがるかも知れないが、篤蔵にはちっともわからないし、おもしろくもない。

しかし、谷川先生にとっては、それはどうでもいいことらしい。篤蔵にわかろうがわかるまいが、春水先生は話すこと自体に情熱を持っていて、酔ったように話す。谷川先生にとっては、自分の話していることの内容が楽しいので、それを篤蔵がどの程度に理解し、おもしろがるかは別問題なのだ。ちょうど客に御馳走するといいながら、相手の好き嫌いを考えず、自分の好きなものばかり並べる主人のようなものだ。

しかし、篤蔵は辛抱して聞くことにしている。谷川さんはフランスという国にゾッコン惚れているのだ。そして、女に惚れた男が、何かといえばその女の話をしたがるように、谷川さんは何かといえば、フランスのことを話して、うっとりしていたいのだ。つまり、おのろけなのである。

そして、人のおのろけというものは、辛抱して聞いてやらなければならないものだ。聞いているうちに、相手はふだん言わないようなことまでしゃべり、本心をさらけ出すものである。そして、それが思いがけず、こちらの役に立つこともある。谷川さんの話は高尚すぎて、篤蔵にはわからないことが多いが、聞いているうちに、なるほど、フランスという国はそんな国か、パリという町はそんなところかと思うことも、ないではない。そして、それがどこかで、料理の道と結びついているような気がするのである。

そのうちに、篤蔵はだんだん谷川さんの情熱に巻き込まれていった。乗り移られたといってもいいだろう。谷川さんの腹の底からしぼり出すような

「パリはよかったなあ……もう一度、行きたいなあ……」

という嘆声を聞いていると、篤蔵も行ってみたくてたまらなくなるのだった。

ある日、テキストにエスカルゴ（escargot）という言葉が出て来た。谷川さんは

「これは、カタツムリのことです。デンデン虫ともいう。あの、丸く巻いたやつですね。わが国のカタツムリは、食用にならないが、フランスでは、高級料理に使って、たいへん珍重されます」

篤蔵は

「そうです。とてもおいしいものです。しかし、すこし気味が悪いですね」

「ほう、君はエスカルゴを知ってますか？　さすが料理人の卵だけあるな。しかし、日本では本物の味を味わうことができませんよ。たまにそこいらのレストランで、メニューにのっているから、注文すると、これがたいていカンヅメの輸入品だ。カンヅメのエスカルゴでは、ぐんにゃりしていて、歯ごたえがないし、第一、新鮮な香気がなくって、まったく、なにがエスカルゴだと言いたくなる」

「でも、あっしの食べたエスカルゴは、とてもおいしかったですよ」

「ふしぎだなあ。日本にはエスカルゴはいないはずだがなあ……君はどこで食べました？」

「郷里の福井県です」

「福井県のどこ？」

谷川さんは意地悪そうな目を光らせた。この人は、ふだんはやさしくて、いい人だが、相手のまちがいを追及しようとするときは、急に意地悪な顔になる。

「鯖江の連隊の将校集会所で食べました」

「ハッハッハ……」

谷川さんは勝ち誇ったような笑い声を立てて
「福井くんだりの、しかも連隊の食堂なんぞに、本物のエスカルゴがうようよしていようなんて、考えられないことだ」
こういうときの谷川さんは、いやだなあ！　と篤蔵は腹の中で舌打ちしながら
「でも、うまかったですよ」
といぅと、谷川さんはますます意地悪く
「何をうまいと思い、何をまずいと思うかは、主観の問題ですからね。主観がそう思うことについては、誰も文句を言うわけにはゆかない。しかし、客観的に物をいえば、日本にはフランスのエスカルゴと同じカタツムリがいないという事実は、否定できないのです」
篤蔵は
「そうかも知れません。あっしはそれを食べた帰りに、道ばたの垣根をみたら、いま食べたと同じデンデン虫がうようよしていたので、気持ちが悪くなって、吐きそうになってしまいました」
谷川さんは嬉しそうな笑い声を立てて
「なるほどなるほど。しかし、君は食べるとき、何とも思わなかったのですか？」
「あっしにそれを食べさせてくれた人は、これはフランス特産の貝の一種で、たとえば日本のタニシとか、バイ貝と同じようなものだといいました。だから、平気で食べたんですが……」

「つまり、君はいっぱい食わされたわけだ。文字通り、いっぱいね」
谷川さんは、自分の洒落に自分で機嫌をよくして、ますますにぎやかな笑い声を立てた。それで、篤蔵が
「しかし、食べたときは、ほんとうにうまいと思ったんですよ」
といっても、もう耳に入れようとしなかった。

その後しばらく、谷川春水と篤蔵の間でエスカルゴが話題になることはなかったが、ある夜、例によって篤蔵が、仕事をすませてから、谷川さんのところへ出かけると待ちかまえていたように、切り出した。

「坂口さん、いつかのエスカルゴですが……」

「はあ?」

「日本のカタツムリも、食べられるんだそうですね」

「そうですか?」

「実は僕は、友人のフランス人から聞いたのです。何かのついでに、エスカルゴの話になりましてね。僕が、そこいらをはいまわっている日本のデンデン虫でも、食べられるだろうかと言いましたら、その男が笑って、あたりまえじゃないか、デンデン虫にちがいがあるものか。毒だとでもいうならともかく、食べて食べられないことはないという

のです……」

「やはり、そうでしたか」

「それで僕が、君は食べたことがあるかと聞いたら、しょっちゅう食べてるというんですよ。それで僕が、道理で、このごろの東京では、デンデン虫がすくなくなった。むかしは、雨降りのあとなど、そこいらの木の枝にいっぱいくっついていたものだが、このごろ、あまり見かけなくなったのは、君が食べちまったんだな、といったら、奴《やっこ》さん、いくら僕が大食漢でも、東京じゅうのデンデン虫が食い切れるものではない。きっと、僕のほかにも、好きな男がたくさんいて、食ってしまったんだろうと言いましたよ」

「もしかしたら、そうかも知れませんね」

「その男は、数年前まで陸軍の幼年学校でフランス語の教師をしていたんですが、生徒に、そこいらからデンデン虫を持って来い、たくさん持って来た者には学科の点をよくしてやるというと、休み時間に競争でつかまえて、持って来るので、食べきれないくらいだったそうですよ」

「それじゃ、東京じゅうからデンデン虫が姿を消したのは、やはりその人のせいじゃないですか」

「アッハッハ……そうかも知れませんね。フランス人の書いた本を読むと、エスカルゴはどこの産でなければならないとか、ある種のブドウの木に棲んで、その葉を食べて育ったのが一番おいしいなどと書いてあるけれど、それは日本でも、鯛は瀬戸内海に限るとか、鮎は長良川《ながらがわ》でなければというみたいで、それが最高の品であることは事実だとしても、ほかの土地のものが食用に適しないということにはならないと同じことですね」
「たしかにそうです。日本人はむかしからデンデン虫を食べる習慣がないので、フランス人が食べるというと薄気味わるいような気がするんですけれど、一方では、先進国のフランス人のすることなら、まちがいないと、無条件に模倣しようという気分もあって、そこで、エスカルゴはいいが、日本のデンデン虫は食べられないということになったのでしょうね。だから、フランスからゆでてまずくなってしまったエスカルゴのカンヅメを、わざわざ本場物と称して輸入しながら、目の前にいる新鮮なデンデン虫は、先祖伝来のきたない虫という観念にとらわれて、よけて通ろうとするのでしょう」
　谷川さんは頭を掻いて
「いや、正直いいますと、この間じゅうの僕の考え方も、大体そんなところでしたよ。だから、君がエスカルゴを食べたといっても、信用できないという気がしたんです。何か失礼なことを言ったかも知れませんが、かんべんして下さい」
　相手が年下でも、あやまるべき所はちゃんとあやまるのが、谷川さんのいいところだと思いながら、篤蔵は
「いいえ、何も悪いことはおっしゃいませんでしたよ。ただ、何となく、田舎者のいうこ

とは信用できないという顔をなさいましたけれど……」

「ごめんごめん、それが僕の悪い癖です」

とあやまり続けた。篤蔵は
「しかし、考えてみれば、デンデン虫などというと、虫のように聞こえるけれど、あれはどこから見ても、貝の一種ですからね。あっしは国にいたころ、夜、海岸へサザエを取りにいったことがありますが、海の中から頭を出している岩の、ちょうどさざ波が洗うあたりに、サザエが全身を殻から出して、のび切っているところを見て、デンデン虫と同じだなあと思いました。ふだん、殻の中にひっこんで、蓋をしっかり閉じているところしか知らなかったもんですから、こんなにデンデン虫に似ていると、思いもよらなかったんです、ちゃんと角まで出してますからね。逆に言うと、つまり、デンデン虫は貝の一種なんですね。違うところは、水の中に棲んでいないという点だけで……」

「だから、フランス料理でも、エスカルゴは貝類の中に入っています」

「してみると、鯖江連隊の田辺さんという人が、あっしにエスカルゴを食べさせるとき、タニシやバイ貝のようなものだといったのは、そんなにまちがっていなかったんだなあ」

「しかし、そういう辺鄙《へんぴ》な土地の、しかも軍隊という殺風景なところに、エスカルゴなんてハイカラな料理の心得のある人がいようとは、ちょっと意外ですね」

「なんでも、人形町のレストランで腕を磨いたとかいってました」

「えっ、人形町ですって？　すぐそこじゃないですか。何というレストランです？……いや、聞くまでもない。人形町なら、泰西軒しかないはずだ」

「そうです、泰西軒です。しかし、先生はどうして、泰西軒をご存じです？」

「冗談じゃない。人形町はすぐそこじゃないですか。隣町だもの……」

「それは知りませんでした。あっしはまた、東京の地理がよく頭に入ってないものですから、それぞれ離れた町だと思っていました。泰西軒へも、入ったことがあるんですが、明石町のすぐお隣ということは知りませんでした」

「その兵隊さんは、何という名前でした？」

「田辺さんという人ですけれど、もしかしたら、変名かも知れません。おれはわけがあって、こんなところへ流れて来たので、当分は東京へ帰れないのだと言ってました」

「そうか！　やっぱり繁公にちがいない。顔つきは、どんな風です？」

「そうですね。男ぶりはいい方です。眉が濃くて、鼻筋が通っていて、男らしい、頼もしそうな、女にモテそうな人です」

「それじゃ、やっぱり繁公だ。そうか、あいつ、そんなところに隠れていたのか。女にモテすぎるのも、考えものだな」

「なにかあったのですか？」

「ちょっとね。いずれお話しする機会があるでしょう。しかし、思いがけなかったなあ、君がお知り合いだというのは……」

「あっしが料理人になりたいと思い立ったのも、田辺さんの影響です」

「そうでしたか。いや、まったく奇遇だ」

谷川さんは、繰り返しうなずくばかりである。

2

年が明けて、明治三十八年になった。

篤蔵は十七である。華族会館へ見習いに住み込んでから、まだ半年にしかならないが、生まれつき敏捷《びんしょう》な性質で、キビキビとよく働くので、上の者に気にいられて、いろんな用を言いつけられる。

あっちからもこっちからも、一度に用を言いつけられると、テンテコ舞いをしなければならないが、篤蔵は、これは自分が重宝がられているからだと思って、いやな顔もせず、せっせと働いた。

料理人というものは、人の休むとき一番忙しいもので、年中ほとんど休日がないが、元日はさすがに休みである。

しかし、休みだからといって、部屋でごろごろしてもいられない。宇佐美コック長のところへ年賀にゆかなければならない。篤蔵は新太郎、辰吉の両先輩につれられて、小《こ》石川《いしかわ》の奥にある宇佐美の家へ出かけた。

空は青く晴れ渡って、風もなく、いい日和であった。篤蔵の郷里の北陸では、元日といえば、ほとんど雪に降りこめられて、日の光を見ることはめったにない。たまに晴れた日があっても、道路は一面に雪で覆われているので、一歩一歩用心しながらあるかないと、足をすべらせてしまう。

しかし、東京では、道は茶色に乾いていて、下駄のまま歩けるのが、篤蔵には珍しかった。

宮城前の広場は、ふだんから東京見物の遊覧客でこみあっているところだが、今日は新年の拝賀式に参内する皇族方、外国の大使、公使、内閣の諸大臣、その他の高位高官などの馬車、自動車が何台も入り乱れて、特別の賑わいである。

殊に今年は、国をあげて戦争中なので、金色燦爛《さんらん》とした大礼服に、色とりどりの勲章をさげた陸海軍人の姿が目立った。

「旅順はどうなったかなあ」

新太郎が心配そうにつぶやいた。

「うん……」

辰吉の答えは、答えになっていない。

難攻不落といわれる旅順要塞にむかって、昨年の暮れから最後の猛攻撃が敢行されているということは、新聞などで伝えられているが、それが果して、成功するかどうか、誰にもわからない。

旅順の要塞は、全山ことごとくコンクリートで固められ、いかなる巨砲の弾丸も受け付けないばかりか、敵には機関銃という最新の兵器があって、如露《じょろ》で水をまくように銃弾をまき散らすので、密集隊形で突貫する日本軍は、将棋倒しにバタバタやられてしまうということである。こういう強敵にむかって、すでに何回も強襲を加えているが、そのたびに日本軍は撃退された。

すでに戦死者は何万を越えるという話だが、その数は軍の機密で、発表されていない。しかし、全滅を伝えられる師団もあり、軒並みに戦死者が出て、葬式がカチ合い、寺が混雑をきわめるというような町村もあって、わが方の損害の甚大なことは、まちがいないようである。

こういう中でおこなわれる総攻撃が、どのように残酷なものか、想像もつかないが、目の前で見る文武百官のきらびやかな参賀風景は、それとはまた打って変って、軍国の威武を内外に顕揚するに足る、勇ましくも頼もしいことの極みと思われるのであった。

宇佐美コック長の家は、小石川の伝通院《でんづういん》のうしろの、閑静なところにあった。ヒバの垣根にかこまれ、うしろに菜園のある、小ぢんまりした家で、旧幕時代には中くらいの御家人でも住んでいたろうかと思われるような構えである。
まだ正午前だったが、宇佐美親方は朝から一杯ひっかけていたらしく、ほんのり桜色に染まった顔に、布袋和尚のような人なつっこい笑みをうかべて、玄関へ出てくると
「さあ、上ったり、上ったり。堅苦しい挨拶は抜きにして、ゆっくりくつろいでゆけ」
といって、三人を上へひっぱり上げた。
正月らしくつやつやした大丸髷《おおまるまげ》に、派手な着物を着た、目のさめるような美人のおかみさんが、おせち料理を運び、三人に屠蘇《とそ》をついだ。三人はかしこまって頂戴したが、世間知らずの彼等は、ヘドモドして、おかみさんの顔をまともに見ることもできず、何を聞かれても
「へえ」
「いいえ」
というばかりで、話にならない。宇佐美が
「まあ、いいから、お前はあっちへひっこんでいな」
と、おかみさんを下らせて
「さて、ゆっくり飲もう。今日は正月日和で、よかったな。旅順では大変のようだが、町の景気はどうだった？」
新太郎が

「景気は悪くないようです。しかし、誰の顔を見ても、この戦争はどうなるのだろうと心配しているようで、なんだか冴《さ》えませんね」

「それは、何しろ、日本にとっては乗るかそるかの大戦争だからな。先のことはわからないが、まず、今までのところは勝ちいくさだから、この勢いに乗って、押してゆくよりないな……」

宇佐美は言葉をついで
「時に、今日は正月だから、仕事をはなれて、のんびりした話をするつもりだったが、諺《ことわざ》にも、一年の計は元旦にありというから、すこしは実のある話もしたほうがいいかも知れないな。ひとつ、お前たちについて、おれがどう思っているか、話しておこうか。これからの参考になるかも知れないから……」

思いがけない話になってきたので、三人は居ずまいを直した。

「まず、新太郎だが、お前はいったい、本当に料理人として身を立てる気があるのか、どうなんだ？」

「それが、あっしにもわからないのです」

宇佐美はとがった声で
「自分でわからないとは、どうしたわけだ？」

「あっしは、おやじの言いつけで、親方のところへ弟子入りさせていただきましたけれど、これで末長くやってゆけるかどうか、自分でもわからないのです」

「おれには、それが心配なんだ。お前は料理人として、いい素質を持っている。カンはするどいし、器用で、要領がよくて、腕もたしかなものだ。せっかくやれば、一流の料理人になれるかも知れないというのに、ふだんのやり方を見てると、スキだらけで、何かをおぼえる気もなければ、工夫する気もないとしか思えない。いったい、どういう考えなのだ？　正月早々から小言かと思うかも知れないが、正月だから、とことんまで聞いておきたいのだ」

　新太郎はうつむいて、しばらく黙っていたが、やがて顔をあげて
「あっしにもわからねえのです。あっしは料理人に向かねえのかも知れません」

　宇佐美親方は
「ほんとに向かないと思ったら、こんなことを言いはしない。今も言ったが、お前はいい素質を持っているし、カンも働くのに、それを生かそうという気がまるでない。野菜をきざませれば、不揃《ふぞろ》いだし、煮物の番をさせれば、焦げつかせてしまう。半分眠っているとしか思えない。半身不随というのがあるが、お前は精神の半身不随だ」

「はい」

「こんなことをいうのも、おれがお前のおやじから懇々と頼まれているからだ。もちろん、憎くって言っているのではない。お前もそれを承知してるから、おれの言うことが

身に沁みないのだろうが、困ったものだ」
銚子《ちょうし》の代りを運んで来たおかみさんが
「まあ、あなた。こんなおめでたい日に、何もわざわざ、そんなことをおっしゃらなくともよろしいじゃありませんか。新さん、さあ、お熱いところをおひとつ」
と、新太郎の盃《さかずき》についでやった。親方は
「それもそうだが、おれは、今日だからこそ言っておこうと思ったのだ。しかし、同じことをいくら繰り返しても、聞く耳を持たない者には、馬の耳に念仏だから、これ以上言うのはやめよう。しかし、新太郎、いつまでも今のままではすまないよ。きっぱり了見を入れ替えるか、思い切って、ほかの道をえらぶか、二つに一つだ」
「はい」
新太郎はそのまま黙りこんで、答えようとしない。親方はこんど辰吉にむかうと
「お前は上の者のいうことをよく聞いて、一生懸命働くというので、みんなほめてるぞ」
「へえ、ありがとうございます」
「素直とか、勤勉とかいう点では、三人の中でお前が一番だ。若いうちは知らないことがたくさんあるから、何よりもまず、上の者から教わることが大切だ。ただ、お前はおとなしすぎて、何をいわれても、ハイハイと従ってばかりいて、自分の考えというもの

を表へ出さないのが、欠点といえば欠点だ。右へ向けといわれても、ハイ、左へ向けといわれてもハイでは、いまに困るときが来るぞ」

「ハイ」

「またハイか」

親方は笑って
「つぎに篤蔵だが、お前もよくやってくれる。しかし、お前は辰吉とちがって、一筋縄ではゆかぬ男だ」

「それはどういうことでしょうか？」

「お前は、いまは一番の新米だから、猫をかぶって、おとなしくしているけれど、そのうち、あばれ出すかも知れんな」

「あっしは、そんなこと、まったく考えておりません」

「あばれるといったって、乱暴するとか、反抗するとかいう意味ではない。人がまちがったことを言ったり、したりしたとき、黙っていられない性質のようだ。勝ち気といっていいかも知れないな。お前はその性質で大きく伸びるかも知れないが、そのために損をすることもあるかも知れん。人に憎まれないように、気をつけた方がいいよ」

篤蔵は腹の中で、親方は大勢の男たちを取り締る立場にあって、篤蔵たちのような下っ端の一人一人の性質の長所や欠点にまで、目をつけている暇があるまいと思っていたのに、ちゃんとカナメの所だけは押さえていると思って、舌を巻いた。

そのうち、セコンドの奥村や、その他の上役たちが、つぎつぎと年賀にやって来たので、新太郎、辰吉、篤蔵の三人は、一足先に帰った。


旅順が陥落したのは、その日の夕方だった。

正確にいえば、一月一日午後五時ころ、白旗をかかげたロシア軍の軍使が、水師営南方の日本軍第一線へやって来て、降服の文書を手渡したのである。

その知らせの電報が、大本営に到着したのは、午後十時である。さらにその知らせが宮中に届いたのは、午前一時である。

追っかけて午前三時、開城談判についての先方からの申し入れの詳報が届いたので、参謀次長の長岡外史《ながおかがいし》少将が部下を督励して、大急ぎで暗号を飜訳《ほんやく》させ、出来あがったのを携えて、宮中へ着いたときは、夜は明け放たれて、天皇が朝拝の式に臨もうと、廊下まで歩を進められたところであった。

旅順陥落の知らせは、たちまち各地に打電され、号外の鈴の音は、日本じゅうに鳴り響いた。人々は狂喜して
「万歳！　万歳！」

と叫んだ。

日露の戦いは、これで確実に一つの山を越えたことになる。しかし、まだ楽観は許されない。遼東《りょうとう》半島はこれで、完全に日本によって制圧されたけれど、北方にはまだ四十万と称するロシア軍の精鋭が、奉天《ほうてん》を中心に蟠踞《ばんきょ》している。

彼等は鴨緑江のあたりから退却を続けて、奉天に集結したので、日本は彼等を、逃げ足の早い臆病者だと嘲笑するけれど、決戦を避けて退却したということは、彼等が決定的な打撃を受けていないということで、兵員も、弾薬も、食糧も、まだ豊富に保有しているということを意味している。日本軍の士気がいかに旺盛でも、質量共に三倍といわれる敵を圧倒できるかどうか。甚だ心もとない。旅順の陥落に狂喜する日本人の心の底には、限りない不安と恐怖がわだかまっていた。

篤蔵が働く華族会館は、日比谷公園を前にして、霞ケ関《かすみがせき》、丸の内、銀座の官庁街、商業地域にも近く、堀をへだてて皇居の森を仰ぐというところで、いわば日本の心臓部に位置するわけだから、時々刻々の日本の運命をひしひしと肌に感ずることが多く、国事についてはどうしても熱狂的にならないわけにゆかなかった。

正月が過ぎると、寒さがきびしくなった。篤蔵の郷里の北陸は、冬は雪に埋もれた毎日で、日がさすことはほとんどないけれど、寒さの点では東京もあまり変らなかった。

それどころか、篤蔵は、東京の方が寒さがきびしいのではないかと思うことがあった。

たしかに、空っ風の吹きすさぶ夜などの、全身こごえるような寒さは、郷里では経験しないものだった。ひとつには、北陸は、雪や寒気に対して用心深くなっていて、防ぐ備えができているのに、東京の人は天気のいいのにだまされて、下着や防寒具の用意がおろそかで、ぶるぶる慄えながら薄着をして粋がる風習があるのかも知れない。

しかし、華族会館の住み込みは、恵まれた方であった。もともと火の気がなくては仕事にならない職種なので、調理用のストーブをどんどん燃やし、火を落してからも、余熱で部屋全体が温まっているから、夜がふけてもこごえるようなことはなかった。

また、会館全体が金にあかして作った贅沢で頑丈な建て物だから、住み込みの部屋だって、特別の装飾はなくても、また畳の縁がすり切れた暗い部屋であっても、隙間風が吹き込むような、粗末な作りではなかった。

しかし、料理人として何よりもありがたいことは、材料に費用を惜しまないですむことだった。華族会館は金に困らない人……というより、金の遣い道に困っているような人ばかりの団体だから、料理がまずいといって怒る人はあっても、高いと文句をつける人はなかった。従って料理人は、どんな高価な材料でも、ふんだんに使って、気のすむまでおいしい料理を作ることができたから、職人としての良心を充分に満足させることができた。

一般のレストランでは、なかなかそうはゆかない。あまり高いと、客がよりつかなくなるし、適当な価格で押さえようとすると、肉でも野菜でも、一段も二段も落ちた品を使わねばならない。悪い材料でいい料理を作るのも、名人の腕の見せどころかも知れないが、いい材料で最高のものを作れたら、もっといいだろう。
篤蔵はまだ下働きの見習いコックだから、自分で材料を選んで、料理を作る立場ではないが、先輩たちが、出入りの肉屋や魚屋にあれこれと注文を出して、自分で納得できるような料理を作るのを見るのは、何よりの勉強になった。

3

篤蔵はときどき、仕事が終ると、新太郎、辰吉の両先輩といっしょに、烏森の丹波屋へ一杯飲みにいった。いっしょにといったって
「おい」
といわれて、ついてゆくのだから、対等ではない。お供をするといった方がいいだろう。
もっとも、勘定は篤蔵が持つことが多い。新太郎と辰吉は、年上の威厳を保つため、自分の口から篤蔵に払えとは、決していわないが、彼が出しゃばって
「まあまあ」
といいながら財布を出すと
「しようのねえ奴だ」

と不機嫌な顔はしても、むりやり押さえつけておいて、自分で払おうなどとは、決して言わない。彼等は篤蔵が田舎のちょいとした金持ちの息子で、ふだん小遣い銭に困っていないことを知っているからである。彼は国を出るとき、いくらか金を持って来たばかりでなく、実家から仕送りもあるらしく、ときどき為替が届くことを、二人は知っている。

「おじさん、おいくら?」

「へい、五万三千円」

丹波屋は景気のいい声で答える。

「高いぞ、こんなまずい酒を飲ませやがって! 五十三銭に負けとけ!」

「お兄さん、華族会館じゃあ、この何倍もお取りになるのに、何をおっしゃいます?」

たしかに華族会館には、世界各国の名酒がそろっているから、もし、ほんとうにうまい酒が飲みたかったら、わざわざこんなこわれかかったような店へ来ることはないのである。

しかし、酒というものは、気分で飲むものである。どんな珍品の名酒でも、みんな帰ったあとのガランとしたところで、三人だけで飲んでいると、気がめいってくるし、盗み飲みというのも、誰かに見られているようで、落ちつかず、あまりうまくないものである。

食うものにしたって、会館の調理場には、肉でも魚でも、野菜でも、一流品がそろっているのだが、そんなものには飽き飽きして、この店の湯豆腐や、たこ酢や、いわしの塩焼きのほうが、しみじみうまいと思うことがある。

その夜も三人は、ほろ酔いになって、丹波屋を出たが、新太郎と辰吉は立ちどまって、ひそひそ何か相談をしている。篤蔵は二、三間先で待っていたが、しばらくすると、話がまとまったとみえて、新太郎がつかつかとやってくると

「おい、いくらか持ってねえか？」

「お金ですか？　どれくらい？」

「五円もあれば、充分だが……」

五円なら、持っていた。今夜の勘定も篤蔵の持ちだったが、さっき払うとき、彼等は財布の中身をちゃんと見て取ったかも知れない。篤蔵は五円札を一枚抜きだして渡しながら

「いいところへ、いらっしゃるんでしょう」

新太郎はにやにや笑って

「うん、まあ……」

二人がときどき、どこかへ泊りにゆくことを、篤蔵は知っていた。多分、吉原か品川だろう。会館で二人ひそひそ話し合っているうちに、ふいと出かけることもあれば、丹

波屋で三人で飲んだあと

「おれたちは、これからちょいと回るところがあるからな……お前は一足先に帰れ」

といって、二人で行ってしまう。

そういうときのあくる朝は、二人は通いのコックたちが出勤するすこし前、あるいは二人や三人はもう来ているころに帰ってくると、何くわぬ顔で仕事をはじめるのだが、一日中ねむそうな顔をして、時には仕事の最中にコクリコクリと舟を漕《こ》ぎだすので、ゆうべはどこへ泊って来たか、想像がつくのである。

しかし、二人はこれまで篤蔵を誘ったことはなかった。子供だと思っているからかも知れない。

もっとも、彼等も篤蔵がすでに結婚していて、おふじという女房がこの間わざわざ東京まで出て来たことも、知らないではないはずだから、自分たちの行くところへ誘ってはわるいと思ってのことだったかも知れない。

しかし、篤蔵の考えはちがっていた。

東京へ出てから、しばらくの間彼は女のことなど考えたことはなかった。

はじめのうち、彼はどこへ就職できるだろうか、自分の将来はどうなるだろうか、はたして自分は、この東京で生きてゆけるだろうか、というようなことばかり考えて、何かにぶらさがろうと、必死の思いだった。

華族会館で働くようになっても、必死の思いは変らなかった。すこしでも多く仕事をおぼえよう、上の人にかわいがられよう、役に立つ男と思われようと、まわりじゅうに気をくばって、鵜の目鷹の目《うめたかめ》だった。

だから、おふじが訪ねて来ても、仕事を休みもしなければ、朝おくれもしなかった。無情といわれても、冷酷といわれてもいいから、彼は職場での自分の地位を守りたかった。

しかし、おふじが帰ったあと、心に大きな空洞があいていることに気がついた。彼はおふじの泊っている旅館を出るとき、悲しみをいっぱいにたたえた目で玄関に立っているおふじを、振り返りもしないで立ち去ったことが、いつまでも気になった。あのときの自分のやり方は、溺れようとしてすがりついてくる者を、つき放すようなやり方ではなかったかと、悔恨の思いが、しきりにこみ上げてきた。

仕事に馴れるにしたがって、はじめのころのような、つきつめた気持ちがゆるみ、ほかの事に気がまわるようになった。

そういうとき、彼の頭に浮かぶのは、おふじのことだった。おふじといっしょに過した新婚の日々のことや、たった一夜だったが、新橋駅前の旅館でのあれこれだった。

彼はいままでは、せつないほど、おふじを思うようになった。心だけでなく、身体じゅうでおふじを思うようになった。彼は空想の中で、おふじを抱きしめたり、全身をなめ回したり、しゃぶったりした。

空想の中のおふじは、いつも溺れる者の悲しそうな、消え入りそうな目をして、喘《あえ》いでいた。

そのうち、彼の空想の相手は、かならずしもおふじとは限らなくなった。相手は誰でもよかった。ただ、女の心のやさしさと、身体のやわらかさと、妖しい動きだけが、彼の欲望をそそった。

いってみれば、彼はようやく新しい職業に馴れて、男性としての生活本能を取り戻したというわけのものであろう。

そうなると、彼は新太郎と辰吉がうらやましくなってきた。彼等はときどき、二人だけにわかるような人名や、屋号や、符牒《ふちょう》のような言葉を話の中にまぜて、意味ありげにクスクス笑ったりする。多分、彼等がときどき遊びにゆく場所の相手の名前とか、店の名前とか、そういうところで通用するしきたりや規則の名なんかだろう。

彼等はべつに篤蔵にみせびらかしたり、羨ましがらせたりするつもりもないのだろうが、篤蔵のほうで羨ましくなることは事実である。そういう場所へ自由に出入りする特権を持っている二人が、いかにも大人に見え、自分もそういう人の仲間に入りたいという気持ちを起させられるのである。ちょうど、タバコを吸う大人が、まだタバコを禁じられている青年に羨ましい気分を起させるのと、同じことであろう。

だから、その夜も、篤蔵が五円札を出しながら、新太郎に
「いいところへ、いらっしゃるんでしょう」

といったとき、なんとなく羨ましそうな調子が、言葉つきに出ていたことは否定できない。新太郎が敏感にその調子に気づいて
「うん、吉原へでも行こうかと思うんだが、おめえも来るかい？」

「はい、つれてって下さい」

「おめえは、はじめてじゃねえのか？」

「はじめてです」

「はじめての奴を、つれていっちゃ、悪いな。ことにおめえは、女房持ちだ」

「かまいません。女房といったって、いっしょにいないんですから。それに、一度いってみたいと思ってました」

「それもそうだな。いまおれたちがつれてゆかなくても、おめえはどうせ、そのうち行くようになるだろう。ひとりで行って、いいカモにされたり、ぼられたりするより、おれたちが案内してやった方が安心かも知れないな」

彼は辰吉の方を振り返って
「どうだい、篤蔵のやつが、つれていってくれというんだが、いいかい？」

「悪かろうはずがねえじゃねえか。仲間が多い方が、にぎやかでいい」

「会館に留守番がいなくなるが……」

「事務の方で、宿直がいるから、ガラあきじゃねえ。料理番の泊り込みは、なにも夜警のためのものじゃねえから、夜中までいる必要はねえんだ。もっとも、四時には誰か帰ってなきゃならねえが……」

「それは、あっしがやりますから」

篤蔵は、ここで帰れといわれたら大変だと思って、いそいで申し出た。

吉原の正面口として、江戸時代から有名な大門は、陣屋の門かなにかのように、いかめしいものかと思ったら、西洋風だか清国風だかわからない、鉄製のアーチのようなもので、にぎやかな飾り電灯などがついて、へんに舶来風のバタくさい気分のものだったことは、篤蔵には意外だった。

大門をくぐれば、取っつきの両側は四、五十軒、格子戸のはまった引手茶屋である。二階座敷から三味線や太鼓で、にぎやかに騒ぐ声が聞こえる。新太郎が
「ここは、おれたちに用のねえところだ」

といって足早に通りすぎる。

「用がないって、どういうことですか?」

篤蔵が聞くと

「ここは、身分や金のある人が、芸者や太鼓持ちを呼んで、にぎやかに騒ぐところだ。ここで遊びの気分を盛り上げてから、貸座敷へ乗り込むので、ここには花魁《おいらん》がいるわけではないんだ」

「じゃあ、何のためにあるんですか?」

辰吉が

「まあ、景気づけだね。本番前に、何となく遊びの気分を作り出そうというのだが、贅沢な話で、おれたちのような駆け出しの素寒貧のすることではない」

「つまり、オール・ドゥーブルのようなもんだね。食欲を刺戟するだけで、それで腹がふくれるというわけではないんだ」

新太郎が

「ハッハッハ、オール・ドゥーブルか。辰公、おめえもたまには、面白いことをいうねえ」

「たまにはとはなんだ」

「まあ怒るな。用のないところは素通りして、早く目的のところへ行こう」

「目的のところへ、すぐ行っちまっちゃ、つまらねえから、すこし、そこいらをひやかして歩こうよ」

「そりゃ、いうまでもねえことだ。篤公、よくおぼえておけ。吉原の面白さは、むかしから素見《すけん》ぞめきといって、一目散になじみの女郎のところへ駆けつけたりしねえで、そこいらの店をつぎからつぎとひやかして歩いて、女郎とじょうだんを言いあったり、ふざけたりすることにあるわけだ」

「芝居の助六《すけろく》なんか、それですね」

「まあ、そうだ。おたがい、助六という柄でもねえが、気分だけは、そんなようなもんだ」

「それもオール・ドゥーブルですか？」

「まあ、そういったもんだ。こちらの方は、金のかからねえ、安直なオール・ドゥーブルだ」

吉原は、大門から入ってまっすぐの大通りを仲の町《なかのちょう》といって、百三十間（二百五十メートル）ばかりあり、この両側に漢字の「非」の字の形に横丁が三本ずつあって、それぞれに江戸町《えどちょう》一丁目、二丁目、揚屋町《あげやまち》、角町《すみちょう》、京町《きょうまち》などに分れている。

仲の町はいわば、吉原の中央通りで、背骨に当る部分だが、仲の町という町があるわけでなく、道路の名称にすぎない。

従って、ここに軒をならべる揚げ屋は、それぞれ江戸町、揚屋町、京町などに属しているのだが、大店ばかりで、芝居の舞台にもしょっちゅう出てくるので、仲の町といえば、吉原を代表する名称になっている。吉原のことを「なか」ということがあるのも、仲の町を略したものである。

仲の町は、「非」の字二本の縦棒に当るが、この「非」は横幅が広くて、縦棒の百三十間に対して、百八十間あり、ここに時代によって増減があるが、二百の妓楼《ぎろう》と三千の娼妓《しょうぎ》が密集して、不夜城といわれ、喜見城《きけんじょう》といわれ、晦日《みそか》も月の出る里と誇った。

時刻は十時すぎで、ひやかしの客の出盛るころだった。一月の中旬といえば、正月酒の飲み過ぎと、金の遣い過ぎとで、人の出足のにぶるころだが、このところ寒中には珍しく、春がまちがえて来たのではないかと思われるような、ぽかぽかする陽気にだまされたのか、廓《くるわ》の中は活気づいていた。

仲の町の広い通りには、一見地回りとおぼしきおっかなそうな兄さんが、ところどころ、二人三人、四、五人と、何となく集まって、取っ組み合いのまねをしたり、ふざけて追っかけ合いをしたりしている。

いずれはどこか、いい女のところへ間夫《まぶ》気取りでしけ込むつもりなのだろうが、まだ早いといわれて、時間つぶしをしているのだろう。

どこか、しかるべきお役所のおエラ方とおぼしき、中折れ帽に背広服という男が、むずかしい顔をして通る。

しかし、いくらむずかしい顔をしていたって、目的がなくて、この町へ来るはずがない。

コマ鼠《ねずみ》のようにチョロリと軒下から飛び出した、角刈りに角帯、前垂れに雪駄《せった》ばきという男が

「チョイトチョイト、おヒゲの旦那！」

招き猫のように耳のあたりへ手をあげて、首をすくめて、手招きする。

「わが輩のことか？」

客は重々しく答える。

「へえ、さようで……課長さん」

前垂れの男は、いつのまにかおヒゲの旦那にぴったり寄り添って、背広の裾をしっかり摑《つか》んでいる。

「わしはまだ、課長になっとらん」

「もうじき、おなりになるんだから、いいじゃないですか。それより旦那、いい子がいますぜ。どうです、一発！」

「どの子じゃ？」

「あの、右から三番目の子……どうです、旦那のお好みに、ぴったりじゃ、ござんせんか？」

課長候補は、チラリと女に一瞥《いちべつ》をくれて
「わが輩は、ああいう虚弱なるが如《ごと》くに見ゆるオナゴは、好かんとじゃ」

「そいじゃ、旦那は、どんなのがお好みで？」

「この店には、わが輩の好みのオナゴはおらん！」

「まあ、そうおっしゃらずに……旦那！」

「そこを放せ！」

必死と摑んでいる背広の裾を振り切って、課長候補は悠然と立ち去る。

4

先に書いたように、吉原は漢字の「非」という字の形に、左右三本ずつの町筋で構成されているが、この三本には、さらに何本かの小枝が派生して、全体は網の目のようになっている。

貸座敷は大店、中店、小店と分れ、それぞれ店の構えや女の数、料理などに差があるが、大店は仲の町に多く、網の目の先へゆくに従って、中店、小店になる。

大店で一番格式の高いのは角海老楼《かどえびろう》といって、立派な塀をめぐらし、門から玄関までの間に植込みなんかがあって、外からは中がうかがえないようになっている。

中以下の店では、通りに面して格子があり、中はすぐ畳敷きの見世《みせ》で、ここに女がズラリとならんで、客を呼んでいる。

格子の荒さは、店によっていろいろだが、手が自由に通り、首が通らぬくらいのが普通で、中の女の姿がよく見え、話もできるようになっている。ちょっと動物園の檻《おり》という工合だが、中にいるのは猛獣でなく、芝居で見る花魁と同じように、ごてごてした日本髪に、櫛、簪《かんざし》、笄《こうがい》を何本もさし、帯を前に結んで、重そうな裲襠《しかけ》を羽織った女たちである。

裲襠には、ピカピカ光る赤や紫の、幅広い繻子《しゅす》の襟がかかっていて、なまめかしく見えるのが、吉原独特の風俗である。

女たちは、ひとりひとり黒ぬりのタバコ盆を前に置き、朱の長ぎせるをかまえて、客を待っている。

男たちはぞろぞろ群をなして歩きながら、横目で見て、気にいった顔を物色するのだが、これはと思うのがあると、格子のそばへ寄って、何かと話しかける。話しているうちに、気にいれば登楼という段取りになる。

女の方でも選択権があって、気にいった男なら、キセルに火をつけて、一服すったところでさし出し、気にいらなければ、横を向いて、話に乗らない。

女の方であまり気にいらなくても、男の方が熱心だったら、不承不承という顔で上げる場合もある。

売れ行きの悪い女で、必死で客を取ろうと、格子の間からキセルを突き出し、男の袖にからませると、強引に引きつけて、身動きできないようにして、登楼させてしまうのもある。その素早さは、吉原女郎の特技で、男はどうしてもいやだったら、いくらか茶代を出して、解放してもらわねばならない。

女たちは、かせぎが多いほど抱え主から喜ばれ、仲間内でも大きな顔ができるので、競争で客を呼ぶ。
すわっていられなくて、立って格子につかまりながら
「ちょいとちょいと、メガネの旦那」
とか
「鳥打帽のお兄さん」
とか呼びかける。
相手の顔つきや、身体つきの特徴をうまくとらえて、肥ったのを
「ちょいとちょいと、大福餅の旦那」
とか、やせたのを
「四つ割りの兄さん」
とか呼んで、まわりじゅうをふき出させるのもいる。四つ割りというのは、針金を四つに割ったくらい細く、やせているという意味である。
四、五人づれでゾロゾロ歩いていると
「ヨウ、団体！」

などとひやかす。

こうなると、人を笑わせるのが目的で、客にしようという気がないのが普通である。

あまり本当のことを言われ、プンプン怒る男もあるが

「アハハハハ、おもしろい女だ」

といって、上る客もないではない。

女が格子の中にならんで、客を引くことを、張り見世というが、張り見世をやめて、額代りに女の写真だけならべる店もポツポツ出はじめた。格子のうしろを土間にして、額にはいった女の写真を壁にかけてあるので、客は土足のまま、展覧会を見るように、見てあるくのだが、写真は極度に修整を加えてあるので、見世で見て気にいって

「これを」

といっても、実物は別人のようにちがっていることが多いので、評判はあまりよくない。

新太郎、辰吉、篤蔵の三人は、一時間ちかくあちこちひやかして歩いたが、京町の端の方の一軒の小店の前まで来ると、格子の中から

「あら、新さん……」

と声がかかった。続いて

「まあ、辰さんも！　来てくれたのね」

という声がした。新太郎は

「ああ、今ゆくよ」

と答えておいて、篤蔵に
「おれたちはこの店になじみの女がいるから、ここへ上るが、おめえはどうする？　もっと歩いてみて、気にいった女があったら、そこへ上るか？　それとも、ここへ上って、おれたちといっしょに泊るか？」

「知らない店へいっても、はじめてだから、どうしていいかわかりません。あなた方といっしょに泊ります」

「その方がいいだろう。知らない店でいいカモにされても、しようがねえからな。この店にするなら、敵娼《あいかた》はどうするかな？」

「アイカタって、何ですか？」

「相手の女のことさ。そこにならんでいる中から、気にいったのを選ぶか、それとも、先方へ任せちまうか？」

　篤蔵は格子のむこうへチラリと目を走らせて
「左の端から二番目がいいです」

「それじゃ、上ってから、おばさんにそう言いな」

上り端《はな》で下駄をぬぐと、新太郎と辰吉のなじみの女が、それぞれ待ちかまえていて
「やっと来てくれたのね。ああうれしい！」

口々に言うと、抱きかかえるようにして、もつれながら、正面の広い階段をのぼって

いった。
取っつきの部屋へ入ると、女たちは男を座布団にすわらせ、それぞれ自分の客のそばへ、ピッタリ寄り添ってすわった。
篤蔵だけは、相手がいないから、ひとりつくねんとしている。
五十くらいの、おしろい焼けしてどす黒い顔の遣手婆《やりてばあ》さんがやって来て、新太郎と辰吉に
「まあ、ようこそいらっしゃいました」
とあいさつしたあと
「こちらのお客さまの敵娼は?」
といった。新太郎が
「左の端から二番目の人をお名ざしだ」
「ああ、初花さんですね。気だてのいい、素直な子ですよ」
といって、そこいらにいる小女に
「初花おいらんをこちらへ」
と命じた。
はじめ篤蔵は、自分の敵娼を選べといわれたとき、ざっと見た印象で、口もとがおふじに似ていると思って、初花を名ざしたのだが、しばらくして現われた初花は、思った

ほどおふじに似ていなかった。

彼女はまだ、こういう世界へ入ってから日が浅いとみえて、おずおずと篤蔵のそばへすわると、すこし間をおいて、遠慮深そうにしている。

いかにも内気らしく、すこしさびしい感じだが、そこが素人らしくて、篤蔵にはかえって好もしく思われた。

久しぶりに嗅ぐおしろいとビンツケの濃厚な匂いが、篤蔵の欲情を刺戟した。

遊び馴れた通人の座敷なら、これからまた酒盛りになるところだが、三人はそんな余裕がないので、遣手婆《ばばあ》が席を立つと、女たちも立ち上って、それぞれの相手を部屋の外へつれ出した。

廊下へ出てみて、篤蔵は、この店の造りは半年前にしばらくいた神田の下宿屋によく似ていると思った。狭い敷地にできるだけ沢山の部屋を作ろうとすると、自然とこうなるのだろうが、泉水や築山のある中庭をかこんで、屏風《びょうぶ》を四角に立てめぐらしたような三階建ては、庭に面して廊下が通り、その外側に小さな部屋がならんでいる。

篤蔵はそれらの小部屋の一つに通された。

もっといい部屋もあるのだろうが、新太郎たちは、いつも最低の料金で遊んでいるとみえて、三畳の小部屋である。篤蔵は心の中で、今は両先輩につきあって、最低の遊びをする以外ないが、いまに遊び馴れたら、一人で来て、すこしゆとりのある遊びをしたいものだと思った。

部屋には布団が敷いてあった。初花は
「先にやすんでて下さいね。すぐ来ますから」

といって出ていった。

十分くらいすると、廊下にパタリパタリと上草履の音がして、初花が入って来た。櫛も、簪も、笄もみなはずして、飾りのない頭になり、裲襠もぬいで、先ほどのようなデコデコしたところのない、平凡な娘になった彼女は
「おお寒《さ》む寒む」

といいながら、布団の中へもぐりこむと、篤蔵にしがみつき、顔を寄せて来た。つめたい廊下の空気の中をあるいて来たので、髪がつめたく鼻にふれる。

じっと抱きしめていると、半年ぶりに触れる女体の中から、熱いものが篤蔵の中へ流れこんで、こちらの方にも情欲の火を燃え移らせる。

何もかも、じきにすんで、女は手早く跡始末をすると、便所へいって来て、もう一度布団の中へもぐりこみ
「あんた、ずいぶん若く見えるけれど、はじめてじゃないのね」

といった。

「うん」

「でも、若いことは若いのね。まるで赤ん坊みたいに肌がきれいで、血の色がすけて見えるのね。かわいいわ」

「ありがとう」

ありがとうなんて言って、おかしくなかったかと思ったが、言ったものはしようがないと、篤蔵はすましていた。

「あんた、あたいより若いんじゃない？　いくつ？」

「十七」

「あたいは十九だから、二つも年上だわ。もうお婆さんね」

「十九でお婆さんということはないよ」

「でも、年上だから、やはりお婆さんですわ」

「お前さん、かわいいね」

これはお世辞だけでなく、半分本気で言ったものだった。はじめの印象で、おふじに似ていると思ったのは、それほどではなかったが、ほっそりして、手も足もすんなりしたところが、物事にさからわない、素直な性質をあらわしているように思えて、好感がもてた。

はじめ初花のほうで、篤蔵のことを
「かわいいわ」

といったのも、まんざら口先ばかりとも思えなかった。女郎は手練手管《てれんてくだ》で客を丸めこむと、昔から言い古されているから、いわれたことを本心と思うわけにゆかないことは、百も承知だが、初花の言い方は、どこか表面だけでない、真実らしさがあって、そのまま受け取ってもいいように思われた。

「あんた、どんな商売?」

初花がいった。

「あてて見な」

「さあ……むずかしいわね。手先が器用そうだから、何か、職人さんだろうけれど……何だろうねえ。大工や左官なんてものではなさそうだし……もっとこまかな、ごちゃごちゃ細工をする仕事だろうねえ。指物師かねえ……板前さんかねえ」

「えらい、半分当った」

「半分って、どういうこと?」

「そばまで来てる。コックだよ」

「コックって、何よ」

「西洋料理を作る商売だ」

「西洋料理って、食べたことはないけど、牛や馬で作った食べ物のこと?」

「そうだ。馬はあまり使わないが、豚肉の料理はよく作るよ」

「あんた、牛や豚を殺して、それで料理をつくるの？」

「殺すのは別の人の仕事だが、牛肉や豚肉を切ったり刻んだり、煮たり焼いたりすることはやるよ。バターを使ったりしてね」

「バターって、牛のよだれだっていうじゃないの」

「よだれじゃない。牛乳から取ったあぶらだ」

はじめのうち、ぴったり篤蔵に抱きついていた初花は、だんだん腕の力をゆるめはじめた。顔もすこしそらして、眉をしかめ
「あんた、そんなことを商売にしてるの？　ああ、気持ちが悪い……」

「だって、西洋料理は、みんな食べてるよ。うまいんだぞ」

「あたいは駄目。聞いただけで、胸がムカムカするわ」

「お前さん、国はどこだ？」

「房州《ぼうしゆう》よ」

「田舎だね」

「よけいなお世話だよ……」

女は怒ったらしかった。

「房州じゃ、年中新しい魚を食べてるから、牛や豚まで食べなくたって、ひもじい思いをしないで生きてゆけるんだよ」

素直で、気立てのいい女らしいけれど、国のことをいわれて、カッとなったらしい。篤蔵も腹が立って
「馬鹿だなあ。今どき牛肉や豚肉を気味わるがるなんて、時代おくれだよ。西洋料理を食べるのは、おいしいから食べるので、ひもじいからじゃないんだよ」

女は、いよいよ腹が立ったとみえて
「日本人はむかしから、四つ足を食べないでも生きてこられたんだよ。食べるだけならまだしも、あんなものを煮たり焼いたりする商売なんて、そんなあさましいことを、よくもする気になったもんだ」

「だって、お前さんの姉さんたちの客の、新太郎さんも、辰吉さんも、同じコック仲間だよ」

「姉さんたちが、どんなお客を取ろうと、あたいの知ったことじゃないよ。ただ、あたいは、牛や豚の肉は大きらいだよ」

「お前さんも、わからない人だなあ。今どき牛肉や豚肉をきらうのは、よくよく田舎のじいさん、ばあさんくらいのもんだよ」

「誰が何といったって、あたいはきらいだよ。そういえば、あんた、妙な匂いがするけれど、もしかしたら、それ、バターの匂いじゃない？」

「そうかも知れない。おれのところは、特別上等のバターを、たっぷり使うからね。あ

んないいバターを使うところは、東京じゅう、どこを探してもないんだぞ」

「ああ、胸がムカムカしてきたよ。あんまりそばへ、寄らないでおくれ」

これじゃ駄目だと思っていると、障子の外から、さっきの遣手婆が
「花魁、ときですよ」

と呼んだ。吉原では、女が一晩に何人もの客を取らねばならないので、一人の客にだけへばりついていないように、三十分ごとに拍子木をたたいたり、障子の外から呼んだりする制度があると聞いたが、これだな、と思っていると、初花は
「はい」

と答えて、床をぬけ出すと、身仕舞いをして、部屋を出ていった。

彼女はそのまま部屋へもどって来なかった。

こういうのを「振られる」というのだなと、篤蔵ははじめて知った。

5

三月、奉天で日露両軍の会戦があって、日本は大勝を博した。

知らせが東京へ届くと、市民は狂喜乱舞した。これで、北方の脅威は除かれたわけである。

しかし、戦争はまだ終ったのではなかった。

ロシアの強大な海軍はまだ無傷である。これを倒してはじめて、日本は勝利を占めたということができるだろう。

ロシア皇帝は敵意に燃えて、バルチック艦隊を東洋へ回航させたという話である。これが日本の近海へ現われたとき、はじめて日本の運命がきまるだろう。

大勝の喜びと、重苦しい不安のまざり合った緊張のうちに、東京は春を迎えた。

ある日、グラン・シェフの宇佐美が篤蔵を呼ぶと

「こんどから、お前を野菜係へ回す。シェフのいうことをよく聞いて、せっせと働きな」

といった。

篤蔵はこみあげてくる嬉しさを押さえることができなかった。ともかく、これで彼はコックのはしくれになることができたわけである。

野菜係は、シェフの荒木さんの下に三人いて、篤蔵はそのビリだから、文字通りのはしくれで、コックというのもおこがましいくらいだが、ともかく、これまでのような見習いではなくなったのである。厨房の入り口の壁には、全員の名札がさがっていて、係ごとに上から順に並んでいるが、見習いはその名札さえ下げてもらえなかった。こんどからは野菜係の最後に

「高浜篤蔵」

という名がならぶわけである。

彼は松前屋を家出して東京へやって来たものの、離縁になったわけではないので、戸籍上の姓はまだ坂口なのだが、なんとなくこのまま東京に居ついて、ずるずるに独立してしまいそうな気がして、どこへいっても、生家の名を名乗っていた。だから、名札も高浜にしてもらうつもりである。

篤蔵と同時に、辰吉はスープ係へ回された。

篤蔵と辰吉が宇佐美親方によばれて、それぞれ新しい持ち場を言い渡され、うれしさを包み切れぬ顔で帰って来たとき、新太郎は大様《おおよう》に

「二人ともよかったな。おれは何係だろう？」

といって、腰を浮かしかけたが、宇佐美からの呼び出しは、いつまで待ってもなかった。

「どうしたんだろうな……」

新太郎は、はじめのうち不安そうにつぶやいていたが、だんだん無口になり、沈み込んでいった。辰吉も、なぐさめ顔に

「親方のほうで、考えがきまらないのかも知れないよ」

といっていたが、しまいに何もいわなくなった。

あくる日になっても、新太郎には何の沙汰もなかった。彼は一日じゅう、青い顔をし

て考えこんでいたが、夜になって、通勤の者が皆帰ったあと、黙って自分の荷物を片づけはじめた。

「どうしたんだ、新公？」

辰吉が、わかりきったことを聞いた。新太郎は苦しそうな微笑を口の端に浮かべて
「おれもやっと決心がついたよ。コックの足を洗って、これから出直しの人生だ」

「それが本当の生き方かも知れないね」

辰吉がいうと
「だけど、妙なもんだね。おれはここで働いている間じゅう、いつもうわの空で、ここはおれの本当に生きる場所でないなどと思っていたくせに、おめえたちがそれぞれいい役について、おれ一人、見習いに据え置かれると、何よりも先に、くやしくて、自分がみじめで、いても立ってもいられねえんだよ。いやいや踏み込んだ道なら、どんな仕打ちを受けてもよさそうなもんだがねえ」

「そんなもんかも知れませんねえ……」

篤蔵が口を出した。

「しかし、声がかからなくてくやしいとか、みじめだとかいうのは、まだ仕事に未練がある証拠ではないですか？　そして、親方は親方で、あんたにナゾをかけてるのかも知れませんよ。どうだ、やっぱりいい気持ちがしないだろう……。ひとつ、心を入れ替え

て、やる気はないか、とね。つまり、親方はあんたが詫《わ》びをいれるのを待ってるんじゃないですか？」

「それも、おれは考えたよ」

「それでしたら、どうですか、親方に何もかもぶちまけて、詫びをいれてみませんか？正月、親方の家へいったときの言い草でもわかる通り、親方はあんたのカンのよさと才能を充分認めているんです。内心はきっと、惜しいと思ってるんですよ。だから、あんたの出方を待ってるのかも知れませんよ」

「つまり、おれは試されているわけだ。いやだなあ……」

「いいじゃありませんか、このままやめてしまうと、あんたはせっかくさし出された手を、払いのけるようなことになりませんか？」

新太郎は頭を振って
「今日一日、おれはさんざん考えたよ。お前のいうようなことも、考えてみた。しかし、いまがおれの心をきめなきゃならない時だと思うんだ。このまま、ここに居すわっても、おれはまた、同じことを繰り返すだろう。一年か二年先に、同じことが起るだろう。いまが思い切る時だ。おれはやっぱり、振り出しへ戻って、画描きになる修業をしようと思うよ」

新太郎は、あくる日の朝早く、まだ皆が出勤しないうちに、大きな風呂敷包みを一つ持つと、出ていった。

「おめえ、これからどこへゆく？」

辰吉が聞くと

「わからねえ。おやじの家へのこのこ帰ると、どやされそうだから、当分寄りつかねえことにしよう。そのうち、落ち着く場所がめっかったら、知らせるよ」

そのまま出ていった。

まもなく、三人の見習いが入って来た。二人は、この春小学校を卒業したばかりの少年で、一人は、学校を出てから二年ばかり、浅草あたりの酒屋に奉公していたという若者である。

新太郎がいなくなったけれど、新しく住み込みが三人ふえたので、部屋は急ににぎやかになった。辰吉と篤蔵はもう見習いではないので、外に間借りでもして通勤してもいいのだが、これまでの通り住み込みを続けた。

これまで篤蔵は、毎月一円五十銭ずつもらっていたが、それは給料といえるほどのものではなく、ほんの小遣い銭程度だった。月一円五十銭を三十日に割ると、一日五銭にしかならないが、「明治世相編年辞典」（東京堂出版刊）という本によると、その前年に開通した甲武鉄道（いまの国電中央線）の運賃は、当分のあいだ大割引きという触れ込みで、飯田町《いいだまち》、新宿間二等（いまのグリーン）五銭、三等三銭という定めだったから、二等に片道乗ると消えてしまう額である。

また、有名な団子坂《だんござか》の菊人形は入場料十銭ないし五銭。名人といわれた女義太夫《おんなぎだゆう》の豊竹呂昇《とよたけろしょう》一座が六年ぶりで東京へのぼり、新富座で興行したときの入場料は一等五十銭で、高すぎるという評判だったが、篤蔵の給料の十日分に当った。

だから、月一円五十銭という金は、ほんの鼻クソ程度のものだが、篤蔵は毎月の末に、親方に呼ばれて、これを手渡されるとき、きまりが悪くて困った。はじめて貰《もら》うとき、思わず押し返して
「いえ、けっこうです」

といった。親方が目をむいて
「けっこうだと？　おめえもしゃれたセリフを知ってるな。これじゃすくねえというのか？　飛んだ切られ与三《よさ》だ」

「親方のおっしゃることは、何のことだかわかりませんが、わしはただ、恥ずかしいのです」

「なぜだ？」

「わしは料理のことはなんにも知りませんので、お役に立ちませんし、いろいろ教えていただくことばかりですのに、その上お金までいただいては、お天道《てんと》さまに申しわけないと思うのです」

「ワッハッハ！　お天道さまか？　そりゃよかった……ワッハッハ……」

親方は、ひとしきり哄笑《こうしょう》してから
「この金はお天道さまが下さるのでなくて、おれがやるのだから、恥ずかしがらねえで、受け取っておきな。実をいえば、恥ずかしいのはこっちの方だ。おめえは、国へ帰れば、大きな店の若旦那だそうだから、これっぽっちの金をもらうのは恥ずかしいだろうが、一月さんざん働かせて、これっきりしかやらねえおれだって、恥ずかしくねえわけじゃねえ。しかし、これがこの世界のきまりだから、おれだけそれを崩すわけにもゆかねえ。当分、恥ずかしくても我慢しな。そのうち、いまの百倍もらっても、恥ずかしくねえようになるだろう」

篤蔵がこんなことを言うようになった背景には、わずかな期間だが、郷里の町の山の寺での小僧生活のうちに身につけた、無欲と奉仕の教訓が潜在していたものであろう。彼は師匠の手におえないあばれん坊のいたずら小僧だったが、禅坊主として、教わるべきものはちゃんと教わっていたわけである。

見習い中の月一円五十銭は、野菜係に昇進してから、二円になったが、それだけでは、外に間借りしても、部屋代を払うのがやっとである。

もっとも、篤蔵は国の父親からときどき送金があるから、やれないことはないのだが、辰吉にはとてもそういう余裕がありそうもない。両親が貧しい上に、弟や妹が多くて、わずか二円の給料の中からでも、すこしでも余分が出たら仕送りしたいくらいなのである。

篤蔵は、そういう辰吉を尻目にかけて、自分だけ外へ出て間借りをするのは、不人情なやり方のような気がして、当分辰吉といっしょに、住み込みを続けようと思った。ひとつには、辰吉をさし置いて、自分だけ外へ出ることは、辰吉に自分のみじめな境遇を自覚させ、彼に対する羨望や嫉妬心を起させ、結局は辰吉を敵にまわすことになりかねないという、保身上の配慮もあったのだが、もう一つは、やはり禅寺のきびしい修行時代に叩きこまれたしつけで、自分を苦しめなければ、一つの道を深くきわめることはできないという信念からであろう。

こうして彼は、西洋料理の料理人としての階段の、最初の一段を登ったのである。

このあたりで、日本・西洋料理の発達と普及のあとを概観しておく必要があるだろう。

柴田書店刊「西洋料理」(月刊「専門料理」別冊)所載の「西洋料理を築いた人びと」(織田進氏執筆)によると、こうである。

昭和五十二年五月九日、長崎の観光名所グラバー邸で、一基の石碑の除幕式がおこなわれた。横長の四角な石には、花文字で
「西洋料理発祥の碑」

と刻まれ、そばに立てられた角錐《かくすい》型の石には、フライパンの形が彫られている。

碑の文句は

「わが国西洋料理の歴史は一六世紀中頃、ポルトガル船の来航に始まり、西洋料理の味と技は鎖国時代、唯一の開港地長崎のオランダ屋敷からもたらされた。

一八〇〇年代にいたり、横浜、神戸、函館《はこだて》などが開港され、次第に普及し、更に東京を中心に国内に大きく輪を広げ、日本人の食生活に融和され現在の隆盛となった。ここに西洋料理わが国発祥を記念しこの碑を建てる」

とある。

この碑は全日本司厨士《しちゆうし》協会の発起で建設されたもので、除幕式には協会総本部の会長(当時)斎藤文次郎はじめ、司厨士界の権威が全国から参集し、長崎市長も出席して、にぎやかに、そして華やかに挙行された。

この碑文にもあるように、日本ではじめて西洋料理を作り、また食べたのは、ポルトガルから来航した船の船員、商人、宣教師たちと、そして彼等に接触した日本人の大名、武士、商人、キリシタン宗徒たちであった。

鎖国の後、日本に来たのはオランダ人だけだったが、彼等は長崎の海中に築かれた出《で》島《じま》から一歩も出ることを許されず、料理も、自分たちが日常食べるほかは、公用、あるいは商用で来訪する日本人たちにもてなす程度にすぎなかった。

幕末になると、オランダ人のほかに、各国人が長崎へ来るようになった。はじめ彼等は居留地から外へ出ることを厳禁されていたが、年月がたつうちに、そうも言っていられなくなり、だんだん市中へ出歩くことが黙認された。
出歩けば、自然と飲食店へも立ち寄る。外国人がしばしば来るとなると、店のほうでも、彼等の口に合うようなものを調理して待つようになる。はじめは見よう見まねだったが、そのうち、だんだん研究をかさねて、本場の西洋料理らしいものを作ることもできるようになった。

そういう店の中では、迎陽亭、藤屋などというのが評判だった。藤屋は鶏料理を看板にして

藤屋のあねどん、女中が飛んで出て
オランダ料理もでけまする
上等座敷もござんする

という歌が「長崎本・南蛮紅毛辞典」（寺本界雄氏著）という本に残っているという。

もちろん、これらの店へは、在留の外国人ばかりでなく、新しい西洋の学問を修得するためにやって来た日本人学生も出入りしたことだろう。

グラバー邸の碑は、こういう歴史的事実を記念して建てられたものである。

長崎だけでなく、同時に開港した横浜、神戸にも、新潟、函館にも、同じようなことがおこった。国交が開け、通商がさかんになると、外交官や貿易商人、技術者などという人たちが、つぎつぎとやってくる。公使館、領事館、商館、教会などが設けられ、そこに住む人たちの料理を作る者が必要になってくる。

はじめのうち、彼等は本国から料理人をつれて来たが、必要な人手を全部、本国人で間に合わせるというわけにもゆかない。使い走りや下働きに日本人の若者を使うことになるが、それらの中でも、器用な者は自然に技術をおぼえて、外国人に負けないようなものを作るようになった。

外国人の来日がだんだんふえると、これまでのように、個人の邸宅や事務所の一室に泊らせるわけにはゆかなくなる。彼等のためのホテルや、レストランが必要になってくる。

こうして明治になると、東京、横浜、神戸には、つぎつぎと外国人用のホテル、レストランが建てられることとなった。

6

日本ではじめてホテルというものが開業したのは、明治元年であった。名称は江戸ホテルといい、場所は東京築地の海岸で、旧幕府の軍艦操練所跡であった。現在の場所でいえば、西本願寺別院のうしろ、中央市場のあたりである。石垣の下は海で、露台からは、東京湾を行き来する蒸気船や白帆が見えた。

このホテルは間口四十二間、奥行四十間（それぞれ約八十メートル）という広さで、金に糸目をつけず、善美を尽した建築であった。宿泊料は一泊三両二分で、これも、当時の人にとってはびっくりするような値段だった。

「東京繁華一覧」という本には

「ある人いはく、一泊の価《あたひ》およそ金三両二分に当るべし。膳部美味をつらね、大勢にてこれをもてなす。飲食の間一時ばかりの歓楽にして、寝るに起くるに、十二分の手当てあり。されば三両二分もさのみ高直《かうぢき》にあらず」

とあるという。

続いて明治三年、同じ築地に精養軒ホテルが開業した。今日の精養軒の前身である。このホテルを作った男は北村重威《きたむらしげたけ》といって、もと京都の仏光寺の寺侍だったが、勤王の運動に入って奔走しているうちに、岩倉具視《いわくらともみ》に知られ、その家来になった。維新とともに、北村は岩倉の供をして東京へ出た。

そのうち、岩倉は特命全権大使として欧米へ派遣されることになったので、彼もぜひ同行したいと願ったが、随行の者は五十歳を越えてはならないという規則があって、当時すでに五十三歳になっていた彼は、許されなかった。

　岩倉は気の毒がって
「帰国の上は、その方を京都府知事にしてつかわす」

といった。京都府知事といえば栄職で、一介の寺侍から成り上った男にはもったいないような地位だが、北村は辞退して
「手前は商人になります」

といった。猫も杓子も役人になりたがる時代に、商人になりたいとはふしぎな男だと、岩倉はおどろいたが、北村にはそれなりの理由があった。

　維新のあと、東京が日本の首都になると、外国人がどんどん東京へ来るようになった。ところが、この人たちを御馳走しようにも、泊らせようにも、レストランもなければ、宿泊所もない。どこの国の王室にも、客を接待する設備くらいあるものだが、日本の宮中には、西洋料理の料理人をおいてなかった。そもそも、これまで朝廷は攘夷《じょうい》の総本家で、天皇が洋服を着たり、靴をはいたりすることさえ伝統の破壊だと、やかましくいう石頭の側近がいたから、肉食を中心とする西洋料理の侵入を許すはずがなかった。

　だから外国人が来訪しても、おいそれと西洋料理の饗応《きようおう》ができず、横浜まで早馬をとばして、外国人経営のレストランから取り寄せるという仕末であった。北村重威はそこへ目をつけて、外国人専用のレストランとホテルを建てようとしたわけである。

江戸ホテルも精養軒も、明治五年に火事で焼けてしまったが、精養軒は築地采女ケ原《うねめがはら》の海軍用地を払い下げてもらって、明治六年に再建した。場所は銀座東急ホテルのあった所である。

同年、精養軒は上野公園に支店を出した。以来、精養軒は発展の一路をたどり、日本の西洋料理界の中心となって、幾多の名コックを輩出したが、本編の主人公高浜篤蔵も、のちにこの精養軒で料理人の腕を磨くことになる。

精養軒が発展したのは、北村重威が当時日本で最高の権力者だった岩倉具視の家来で、維新の元勲たちと親しかったからであろう。北村自身、京都府知事にしてやろうといわれるくらいだったから、ただの走り使い専業の小役人ではなかったのだろうが、そういう男が料理屋をはじめるというので、三条実美《さんじようさねとみ》とか、大原重徳《おおはらしげとみ》とか、大久保利通《おおくぼとしみち》とか、後藤象二郎《ごとうしようじろう》、川村純義《かわむらすみよし》など、政界の大物たちがこぞって応援したので、精養軒は政府直属の機関のようになった。

江戸ホテル、精養軒と前後して、日本の各地にホテル、レストランが雨後のタケノコのように生まれた。川副保氏編著、全日本司厨士協会西日本地区本部発行「百味往来」という書物によると、次のようである。

慶応三年　江戸神田橋外に三河屋料理店開業
慶応四年（明治元年）江戸ホテル
明治二年　横浜クラブ・ホテル（後年のセンター・ホテル）
　　　　　大野谷蔵、横浜に外国人相手のレストラン開業、まもなく閉店
明治三年　精養軒
明治四年　大野谷蔵、横浜に開陽亭開業
　　　　　神戸に兵庫ホテル
　　　　　栃木県鉢仁町に鈴木ホテル
明治五年　横浜に崎陽亭、開化亭、西洋亭開業
　　　　　東京に資生堂
明治六年　横浜にグランド・ホテル
　　　　　日光《にっこう》にカッテージ・イン（後の金谷ホテル）
　　　　　築地に日新亭
　　　　　横浜にプレザントン・ホテル
　　　　　日比谷見附《みつけ》に東京ホテル
明治七年　新潟にイタリア軒

　　神戸に水新
　　横浜にオリエンタル・ホテル
　　銀座の凮月堂、はじめてビスケットを製造
明治八年　宮内省十五等出仕松岡立男を、西洋料理修業のため、横浜在住のフランス人ボナン方へ派遣するという命令が出た。（洋風を拒否していた宮中でも、だんだん時勢の流れに抵抗できなくなったと見える――筆者）
明治九年　九段上に富士見軒
明治十年　神戸に外国亭
　　小樽《おたる》に越中屋
　　この年はじめて玉ネギを輸入栽培

以上が明治のはじめ十年の概況だが、以後函館、京都、長崎、箱根《はこね》、名古屋、鎌倉《かまくら》等につぎつぎとホテル、レストランの類が開業し、日本の欧化の早さは、目を見張らせるものがあった。

もっとも、日本全体としてみると、洋風の生活様式を取り入れたのは、ふだん西洋人と接触するごく一部の知識階級で、一般庶民の多くは牛肉、豚肉、牛乳、バターを毛嫌いして、近づこうとしなかった。

だから、新しい教育を受けた若者たちが、仲間を集めて下宿ですきやきパーティなどやろうとしても、主人や主婦がいやがって、部屋の中で煮炊きすることを許さないので、やむをえず、庭先にムシロをしいて、やったものだという。

西洋料理の迎えられる理由の一つは、栄養が豊富だということだった。ギラギラする動物性脂肪と動物蛋白《たんぱく》は、味覚をよろこばせるだけでなく、消化吸収されて体力の根源になるように思われた。だから江戸時代から、獣肉を食うことを薬食いといって、病弱な子供にはむりにでも食べさせたし、好きで食う者も、顔をしかめているまわりの者には、体力の補給のためだと弁解した。

事実、西洋人のあの立派な体格は、ふだん肉食していることによるのだから、日本人もどんどん牛肉を食べて、体格を改善すべしという議論も、しきりにおこなわれて、これも西洋料理普及に役立った。精養軒の「精」は精気、精力、精神の「精」で、つまり、精力を養うという意味と、「精養」は「西洋」と同音で、ハイカラな連想を呼び起すところから、名づけられたものであろう。

前にもいったように、西洋料理はもと日本になかったものだから、諸処にできたホテルやレストランの料理長は、みな西洋人で、日本人は使い走り、下働きのようなことをやらされるにすぎなかったが、年月がたつにつれて、だんだん日本人の中からも料理長が出るようになった。

明治十五年、神戸の海岸に近い居留地に、一軒のホテルが建てられた。場所の名をとって、居留地ホテルと呼ばれたが、のちにオリエンタル・ホテルという名になった。経営者兼支配人、兼料理長はフランス人で、ルイ・ビゴという人だったが、この人が故国へ帰ったのち、経営者も、料理長も、何人か変ったが、明治三十年ころ、黒沢為吉という人が迎えられて、日本人としてははじめての料理長となった。

　黒沢という人の経歴はよくわからないが（そのころの日本人は、公職にある者以外は、経歴をいちいちやかましくいわないのがふつうである）明治のはじめころ、仏領印度支那《インドシナ》のサイゴンへ渡り、そこで料理の腕を磨いた。サイゴンはそのころ仏印の中心都市で、万事パリを手本にして都市計画が作られ、東洋の小パリといわれるほど美しく、住み心地のいい町だったから、料理もまた、パリにおとらぬ本格的なフランス料理だったろう。

　黒沢為吉は日本へ帰ると、長崎のホテルで料理人として働いていたが、やがてオリエンタル・ホテルへ招かれて、日本人としてはじめて、料理長に就任したのである。これが関西における日本人料理人の草分けで、のち黒沢が京都の都ホテルへ招かれて去ったあとは、その弟子の明谷寅之助が継ぎ、明谷のあとは彼が育てた米沢源兵衛が継ぐといった風に、代々日本人の弟子が師匠のあとを継ぐという慣例ができた。

　関西の草分けは神戸だったが、関東では横浜だった。関西が大阪でもなければ、関東が東京でないところが、おもしろい。そのころ横浜オリエンタル・ホテルの料理長恩正長三郎は、横浜に数あるホテル、レストランの料理長がみな英、あるいは仏等の外国人なのに、たった一人の日本人料理長だった。この人が育て上げた多くの日本人コックが、その後、日本じゅうに散らばり、日本人料理人の世界を作り上げてゆくのである。

この恩正長三郎の経歴も、ほとんど知られていない。そのころの日本人の庶民には、経歴などという煩わしいものは、必要がなかったのである。恩正という珍しい姓から、京都の公家《くげ》の落胤《らくいん》だろうという説があるそうだが、あまりあてにならない。魚屋の小僧をしていて、注文取りなどにホテルへ出入りしているうちに、外国人料理長にその素質を見込まれて、弟子にさせられたという言い伝えもあるそうだが、真偽のほどはわからない。

恩正長三郎は明治三十六年、つまり高浜篤蔵が料理人を志して上京する前年に死んだ。

同じころ、横浜にもう一人、名人といわれる料理人がいた。五百木《いおき》熊吉といって、クラブ・ホテルのフランス人チーフの下で働いていた。

五百木熊吉の経歴も、はっきりしない。若いころ、横浜で人力車夫をしていて、股引《ももひき》に地下足袋という恰好《かっこう》で、あちこちの外国人屋敷へ手つだいにいったりしているうちに、自然に料理をおぼえたのだろうといわれている。(レストラン「喜山」会長関塚喜平氏の話)

以上はおよそ織田進氏の記述に拠《よ》ったものだが、この五百木熊吉の弟竹四郎にいたって、高浜篤蔵とのつながりが生ずるのである。

熊吉の弟竹四郎は、兄に劣らぬ料理の名人という評判が高く、英国公使館の料理長をしていた。メキシコ公使館に勤めていたこともあるという。

篤蔵は、この人について、教えを受けたくてたまらない。兄の熊吉は横浜にいるが、そのころ横浜へゆくのは速度のおそい汽車で、本数もすくなく、日帰りはむずかしかったが、英国公使館は宮城のうしろで、すぐそこである。

篤蔵はのこのこ出かけると、竹四郎に会って

「料理を教えて下さい」

といった。竹四郎はジロリと見て

「おれは人に教えるために料理をやってるんじゃねえよ」

「それじゃ、手つだいをさせて下さい。鍋でも洗わせて下さい」

「鍋洗いはいるから、いいよ」

取りつく島もないという返事である。

「それじゃ、アイスクリームでも回させて下さい」

そのころアイスクリームを作るのは、大きな桶の中へ氷と塩をいっぱい入れ、アイス

クリームの材料をいれた缶をその中へ埋めて、グルグル回しながら冷やすというやり方であった。竹四郎はうるさそうに

「アイスクリームなんか、おめえに回してもらわなくたって、うちの若い衆《し》にやらせりゃいいんだ」

「そんなことをおっしゃらずに、あっしにやらせて下さい」

竹四郎はふしぎそうに篤蔵の顔をながめて

「おめえ、どうかしてるんじゃねえか？　アイスクリーム回しなんて、若い者はみんないやがって、逃げ回るのに、自分から進んでやらしてくれなんて、いってえ、どういう了見なんだ？」

「親方が名人でいらっしゃるということを聞きましたので、なんでもいいから、おそばにいて、見習わせていただきたいのです。なんにも教えてくださらなくても結構です。ただ、おそばにいるだけでいいんです。どうぞ、お願いです」

誠意を顔にうかべて、必死に嘆願するので、竹四郎も振り切ることができなくなった。それに、自分を名人と呼んで、こんなにも熱心に教えを受けたがる若者がいるということで、気をよくしたのかも知れない。

「それじゃ、あさってあたり、来てみたらいいだろう。ただし、日当は出ねえよ」

「とんでもございません。ただ名人のおそばにおいていただくだけでいいんです」

やっと許しが出たので、宙を飛ぶようにして帰り、その夜はうれしさの余り、いつまでも眠れなかった。
いよいよ当日になると、篤蔵は朝から眉をしかめて
「どうも、腹をこわしたようだ。なんだかシクシク痛んでいけねえ」
といっているので、まわりじゅうで心配して
「大事にして、寝てろ。医者を呼んでやろうか?」
医者を呼ばれては、仮病がバレるおそれがあるので
「いいえ、お医者さんにかかるほどのことでもねえようです。しばらくじっとさせて下さい。すいません、忙しいのに……」
「いいってことよ。大事にして休んでろ」
みんなで親切にしてくれるのに、悪いと思いながら、いったんは自分の部屋へ帰り、布団にもぐりこんだが、頃合いを見はからって、そっと抜け出すと、一散に英国公使館へ駆けつけた。

堪忍袋

1

篤蔵が顔を出したとき、英国公使館の調理場は、昼食の仕度でいそがしい最中だった。五百木さんは彼の顔を見ると
「おお、ちょうどいいところへ来た。お前はこの間、アイスクリームを回したいといったな。そこに用意してあるから、すぐやってくれ」
この間はたしか、人手はたりているからいいといったはずなのに、と思いながら、彼はさっそくとりかかった。調理場の仕事というものはムラのあるもので、すこし予定外の注文があると、一人で二人分の働きをせねばならず、それに、たえず時間に追いかけられるので、そこいらじゅう火事場のようになるが、篤蔵はちょうど、そういうところへぶつかったのであった。
腰までくらいある大きな桶の中に、ぶっかいた氷と塩をいれ、真ん中に、牛乳や生ク

リームや砂糖を混合した材料の液を入れた缶を埋めて、グルグル回すのだが、氷と塩がとけて水になると、ときどき五百木さんが来て、補充してゆく。その分量と間隔にコツがあるらしいので、篤蔵は油断なく手もとを観察していた。

この調理場が華族会館とちがっているのは、外国人が多いことだった。

一番のシェフは、多分英国人だろうが、縦も横もズバぬけて大きい巨人型の白人で、ひときわ高いコック帽に、白いナプキンのネクタイを小いきにしめた、品のいい男である。立ったりすわったりの動作に、物静かなゆとりがあって、料理人というより、紳士と言いたいような人柄に見える。料理の腕前や人格の内容まではわからないが、見たところだけは、どこへ出しても恥ずかしくない押し出しなので、篤蔵は腹の中で

――さすが英国人はちがったもんだな。日本ではコックというと、どうしても日本料理の板前と同様、職人肌の者が多くて、こんな紳士風の男はいないなあ。これからのコックは、腕だけでなく、人柄から高めてゆかねばならないだろう……。

と思った。ちょうど日露戦争の最中で、英国はひそかに日本に味方して、なにかと力になってくれたし、日本人も英国を友邦と思い、英国のすることなら何でも感心して見習うような気分があったから、篤蔵がこんなふうに思うのも、無理はなかった。

一番のほか、インド人らしいのや、アフリカ系らしい黒人や、日本人らしいのがゴチャゴチャいて、まるで人種展覧会を見るようである。

五百木さんが一番のシェフにむかって、何かいった。多分篤蔵のことでも言ったとみえて、一番シェフはニコニコしながら篤蔵の方を見ていたが、やがてこちらへやって来ると
「ミスター・タカハマ、アリガト」
といった。篤蔵は、自分は技術を教わりに来たので、ありがとうを言いたいのはこちらだと思いながら
「ノウノウ、サンキュー」
といった。フランス語なら、築地の谷川先生のところへ通って勉強しているから、すこしは気のきいたことがしゃべれるのにと思って
「パルレ・ヴー・フランセ？」（フランス語を話せますか？）
と聞いたが、相手は肩をすくめて、ビックリ人形のように両手をひろげてみせたので、篤蔵は黙った。五百木さんがそばから
「お前、いましゃべったのは、フランス語か？」
「そうです」
「どこでおぼえたんだ？」
「先生について、教わってます」
「どうして、そんなものを教わってるんだ？」

篤蔵は

「フランス料理のことをすこしくわしく勉強したいと思ったら、どうしても、むこうの本を読まなければなりませんし、フランス人のコックについて、いろんなことを教わらねばなりません。それに、ゆくゆくはフランスへいって、修業して来たいと思いますので、今のうちから用意しておきませんと……」

「ふうむ、お前も変った男だなあ……」

五百木さんは、何か考えてる風だったが

「すこし聞きてえことがあるが、いまはいそがしいから、あとで暇になったらということにしよう。それから、アイスクリームの缶の回し方だが、そんなに力をいれて、一生懸命やらなくてもいいんだよ。缶は、こっちから力ずくでひきずり回さなくても、自分で回りたがってるんだから、勝手に回らせておいて、人間はそっと手を貸すだけでいいんだ。それに、見てると、お前は肩に力をいれすぎてる。肩の力を抜いて、腰で調子をとるんだ。そのほうが、うしろから見た姿もいいんだ。女の子が惚れるぞ」

「ありがとうございます」

「そのお礼は、女の子に言え」

言い捨てて、むこうへいってしまった。

昼食時のいそがしさが一段落ついて、休憩時間になった。公使館の食堂は町のレストランとちがって、時間をかまわず飛び込むフリの客というものがないから、大きな晩餐会でもないかぎり、間の時間は暇である。篤蔵はアイスクリーム回しのあと、そこいらにいる連中の下働きをさせられて、けっこういそがしかったが、休憩時間になって、隅っこの椅子でボンヤリしていると、五百木さんがやって来て

「ちょっと、こっちへ来い」

といった。ついてゆくと、調理場を出て、赤い絨毯《じゅうたん》をしいた廊下を通り、重い樫《かし》のドアをあけて、小さな部屋へ入った。小人数の宴会に使う部屋だろうが、カーテンやシャンデリア、マントルピースその他、装飾品の豪華な感じが、華族会館のこういう部屋とよく似ている。五百木さんは篤蔵に隅の椅子をすすめて

「お前はフランス語の勉強をしているといったな。おれはこれまで、いろんな若い者の面倒を見てきたが、たいていはその場かぎり、その日暮らしの連中で、先のことまで考えている者なんかいなかった。庖丁一本ふところにねじこんだら、日本じゅうどこへいってても食いっぱぐれがないという渡り職人の根性の者が多くて、それはそれでさっぱりしてて悪くねえが、上の者のすることを見習って、同じことを繰り返すばかりで、それ以上、自分で工夫しようとか、発展させようとかいう気がまるでねえ。おめえのようにフランス語の読み書きから勉強しようというのは、珍しいよ。いってえ、どんな了見な

んだ?」

「さあ……自分でもよくわかりませんが……」

「誰の世話で華族会館へ入った?」

「兄貴の先生に当る、桐塚先生という方です」

「兄さんは、何をしている方だ?」

「大学で法律の勉強をしています」

「ほう。りっぱな方じゃねえか。そんなりっぱな方を兄さんに持ちながら、お前はどうして、コックなんてヤクザな商売をやる気になったのだ?」

「あっしは、コックをヤクザな仕事と思ってはいません。人さまの口に入って、身体の養いになるものを調える、大切な職業だと思ってます」

「理屈はそうだが、実際にその通り考えている者は、ありゃしないよ。みんな、ほかの商売にあぶれて、やむをえずこの世界へ逃げこんだか、親のあとをつぐため、やむをえずやらされたとかいう連中ばかりだ。だから、暇さえあれば、バクチをしたり、女遊びをしたがったりするんだ」

「女遊びは、あっしも大好きです」

「女と遊んで悪いとはいわねえ。それも修業のうちかも知れんからな。ただ、それだけじゃ、しようがねえ。やはり技術の向上に努力しなけりゃなあ。ともかく、おれも永年コックをやってきたが、おめえのように、自分の仕事場を抜け出して、わざわざ教わりに来ようという男は、はじめてだよ」

「五百木さん御兄弟は、いま日本で一番という名人だと聞きましたから」

それをいわれるのが、五百木さんには一番うれしいらしい。

「名人なんて、おれなんかよりもっともっと上の人についていうことだが、まあ、今のところ、まわりを見回しても、あまり大した腕の者がいねえことは、ほんとだな。しかし、おれなんかのやってることも、やはり上の人の見よう見まねで、おめえのように、本を読んだり、西洋の本場へいって、実地に腕を磨いて来ようという気にはならなかったよ」

「本は、まだ読めません。読めるようになろうと、勉強してるところです」

「まあ、その心意気でやってくれ」

「ときどき、教えていただきに来てよろしいですか？」

「いいとも、いつでも来るがいい。しかし、お前も勤めがあるんだろう。しょっちゅう来るわけにもゆくめえ。今日は、仕事のほうはどうして来た？」

「急に腹が痛くなったといって、休んで来ました」

「一度や二度はいいが、たびたびそんなことをやると、いまに困ることがおこるぞ」

「はい、気をつけてやります」

その日、彼が華族会館へ帰ったのは、暗くなってからで、通勤の者はみな家へ帰ったあとだった。

部屋には辰吉と、新しく入った見習いの三人がいたが、辰吉は篤蔵の顔を見ると
「心配してたぞ。気分が悪いというから、寝てるのかと思ったら、いつのまにか、居なくなってたじゃねえか。どこへ行ってた？」

「医者へいってたんです」

「ばかに時間が永かったな。どこの医者だ？」

「神田です。前に兄貴の下宿にいっしょにいた時かかった医者が、とてもいい人で、おれの身体のことは、隅々までよくわかってますから、何かあると、そこへ行くことにきめているんです……」

ついでに、これから先のため、捨て石を打っておく必要があると思って
「おれはときどき腹が痛くなる持病があって、いったん痛みだすと、我慢できなくなるんです。そういうときは、その医者にかかることにしてるんですが、よろしくたのみます」

「よしわかった。しかし、今日はばかに時間が永かったな」

「ええ、ついでに兄貴の下宿へよって、ちょっとおしゃべりをして来たんです。ほかの人たちには、内緒にしてください」

一つ嘘をつくと、その辻褄《つじつま》を合わせるために、つぎからつぎと嘘をかさねてゆかねばならない。篤蔵の兄は、今年大学を卒業する予定だったが、昨年の暮れの休暇に郷里の武生に帰ったあと、身体の調子がよくないので、家でぶらぶらしていて、大学へは出ず、休学の手続を取って、卒業を一年おくらせているのであった。従って、神田の下宿にはいないのだが、篤蔵は兄のところへ寄ったとでもいわなければ、時間のかかった理由が説明できないのである。辰吉は何とも思わない風で

「おめえは大学へゆくような、えらい兄さんがいて、しあわせだな。おめえだって、大学へでもどこへでも上って、勉強したいといえば、いくらでも学資を出してもらえるんだろうに、どうしてこんなつまらねえ商売に足をつっこむ気になったんだ？」

どこへいっても、その話である。それに、辰吉が彼の兄のことを持ち出して、うらやましがるのも、はじめてではない。そういう時の、彼の返事も、きまっている。

「おれはじっとしていて本を読むことが大きらいですから、学問には向かねえのです。それに、おれは料理を作ることが好きでしようがないし、コックという商売を、みんながいうように、しがねえものとも、下等のものとも思いません。世間の人がもし、おれたちをそういう目で見るとすれば、それは、おれたちの努力で、改めさせることができ

ると思うのです」

そういう時の辰吉の言い草もきまっている。

「おめえはやはり、えらい兄さんを持っているだけあって、考え方もハッキリしていて、見上げたもんだよ」

これは皮肉でなく、しんからそう思っているらしいので、自分より立ちまさっていると思う人間に競争心や嫉妬心を抱くかわりに、素直に感心する点が、彼のいいところである。下積みの社会に育った者にありがちの、謙遜な心情というものだろう。

こうして篤蔵は、その日の仮病と、長い時間抜け出していたことについては、もっともらしいアリバイを作って、何とかかとか切り抜けたが、二、三日すると、また五百木さんのところへ行きたくて、しようがなくなった。たびたび仕事に穴をあけると、バレるおそれがあるし、たとえバレなくても、上の人の信用をなくするおそれがあるから、なるべく控え目にしておこうと思うのだが、日本一の名人について、技術の秘密を教わりたいという望みは押さえることができない。

それに、五百木さんが篤蔵に特別目をかけてくれるのも、彼にとってはうれしくてしようのないことである。もちろん、篤蔵は華族会館でも、上の人に気にいられるように、絶えず気を配って、自分でもいやらしいと思うほど、先へ先へと立ち回っているので、誰からもかわいがられ、重宝がられているのだが、人の好みは十人十色で、中には、彼があまりにも気が利きすぎるというので、うさん臭い目で見る者もないではなかった。
「あいつはすこし、チョコマカしすぎるぞ。このあいだも見ていたら、親方の宇佐美さんが出勤するころになると、厨房の入り口のあたりで、なんだかソワソワしながら、待ってるじゃねえか。そして、いよいよ親方が現われると、さっと駆け寄って、足もとへしゃがみこんで、ポケットから小さなブラシとビロードのような布きれの一組になったものを持ち出して、靴の埃を払ったあと、布で磨きはじめたじゃねえか。それはまあ、先輩に対する礼儀という意味では、いいことにきまってるが、あいつ一人がいい子になると、ワリを食うのはおれたちだ。篤蔵は感心な奴だ、目上の者を敬うことを知っているといって、特別にかわいがられるのは、本人の勝手だが、ついでに、ほかの者は何をしてるか、気の利かない野郎共だといって、白い目で見られるのはおれたちだ。いいツラの皮というものさ」

こういって、篤蔵を目の敵《かたき》にする者もないではなかった。そんなのは、特に篤蔵より二、三年、あるいは五、六年上の連中に多くて、ふだんはチャランポランにやりながら、あとから入って来た若い者に、仕事の上で追い越されそうになると、警戒心をはたらかせるのである。

どこの職場にも、仲間同士の連帯感のほかに、かならずそういうトゲのような悪意がある。それに、技術の秘密は、あとから来る奴に教えるだけ損だという、小姑《こじゅうと》的《てき》エゴイズムもある。ところが、五百木さんのところへゆくと、そんなケチ臭い感情のことなんか忘れて、一心に仕事に専念することができる。篤蔵は嘘をついても、でたらめの口実をもうけても、五百木さんのところへ行きたくなる自分を、押さえられなかった。

2

朝夕の寒さがゆるんで、春は忍び足でやって来た。

上野、浅草、飛鳥山と、あちこちの花がつぎつぎに咲きだして、東京の人々の心は浮き立った。

ロシアとの戦いは、これまでのところ、信じられないほどの幸運にめぐまれて、日本は連戦連勝だったが、バルチック艦隊との決戦がすむまでは、何ともいえない。この一戦に敗れたら、これまで苦労して築き上げた戦果がすべて水の泡になると思うと、背筋が寒くなるようだが、こうして何度も危機に瀕《ひん》しながら、何とか乗り越えて来た経験に照らして、今度もまたうまくゆくかも知れないという楽観的な見方をする者もすくなくなかった。

早いもので、篤蔵が上京してから、一年過ぎた。あのときは、あてもなく家を飛び出したのだったが、今日までのことを考えると、まあまあ恵まれていたといわねばならない。華族会館の料理人としての地位は最下級だし、給料も最低だが、いまのうちは技術をおぼえさせてもらうだけでもありがたいと思わねばならない。

　この会館で働いて、しあわせだと思うことは、肉でも魚でも、野菜でも、上等の品を惜しまず使うことができることである。ふつうのレストランでそんなことをしたら、目の玉の飛び出るような値段をつけねばならず、客が寄りつかなくなるが、華族会館はそういう心配をせず、心ゆくまで贅沢ができる。料理人にとって、こんなありがたいことはない。

　宇佐美親方をはじめ、先輩のシェフたちも腕のしっかりした人ばかりだから、この人たちの下で働くことに不足はないが、英国公使館の五百木さんのような人がいる以上、やはり教わりにゆきたい。そのために、仮病を使って仕事をぬけ出すのは、良心がとがめるけれど、なんとかして技術を学びたいという願望は、おさえることができない。悪いと承知しながら、篤蔵はときどきサボって、五百木竹四郎のところへかよった。

　ほんとを言えば、シェフの荒木にことわっておいて出かければいいのだが、言ったって、許してくれるかどうか、わからない。仕事熱心だとほめてくれればいいが、よけいな事をするなと、叱られたら、それきりである。

　料理人というものは、大体天狗《てんぐ》がそろっていて、嫉妬ぶかいものである。自分の腕に誇りを持ち、自分の味つけが天下一品で、ほかのやつは甘すぎるか、辛すぎるかのどちらかで、まともなやつは一人もいないと、自信満々の連中ばかりである。荒木シェフだって、多分そうだろう。五百木竹四郎が日本一だといったって、誰かが気まぐれに言いだしたことに、尾ヒレがついてひろがったことにすぎないので、ほんとはたいしたことはあるまいと思っているにちがいない。そんな人にむかって、五百木に教わりにゆきたいといえば

「おれの弟子では不足だというのか？　日本に五百木のほか、コックはいないというのか？」

とでもいわれるのが落ちだろう。へたをすれば、ゲンコツの一つも食わされないともかぎらない。だから、彼は、悪い悪いと思いながら、無断で五百木のところへ出かけた。

気の早い桜がそろそろ散りはじめた四月中ごろのある夜、篤蔵が何回目かの英国公使館通いから帰ると、郷里の兄から手紙が届いていた。あけてみると、毛筆の達筆で、つぎのような意味のことが書いてある。

――東京の春はどうか？

小生も、郷里へ帰ってから数ケ月になるが、健康状態は依然として思わしくない。自分では大した苦痛も自覚しないけれど、医者は大事をとって、静養につとめるべきだという。

いまこの瞬間も、東京の友人たちは、将来の大成を夢みて、必死で勉強していると思

うと、矢も楯もたまらず、自分も上京したくなるけれど、医者は無茶だといって、許してくれない。そろそろ新学期で、いろいろしなければならぬこともあり、気ばかりあせるが、しばらくは何もかも忘れて、療養に専念するつもりだ。

金に不自由することはないか？　自分は長男で、家を嗣《つ》がねばならない立場だから、先祖代々の財産も引き受けて、管理し、さらに子孫に伝えるつもりだけれど、同じ兄弟で、あまり差があってもよくないと思うから、お前にも充分のことをしてあげたいと思う。そちらはあまり手当ももらっていないようだけれど、男は交際のため、思いがけぬ金がいることもあるものだから、そういうときは遠慮なく言ってほしい。

もっとも、わが家は父上がまだお丈夫で、すべての権利は父上のお手にあるのだが、自分は総領として、父上にお願いしたり、意見を申し上げたりできるのだから、何かあったら、自分まで言ってきたらいいだろう。

それから、おふじさんのことだが、この二月の中ころ、男子を死産したそうだ。当然そちらへ報告があったことと思っていたら、最近聞いたところによると、なんにも知らせていないということだったので、自分から知らせる。坂口家では、どういう考えなのか、自分にはわからないし、口を出す筋合いでもないので、意見はさしひかえるが、これでそちらとしては、将来の方針について、自由に考える権利を与えられたと思ってもいいだろう。

それでは、身体を大切にして、所期の目的にむかって邁進《まいしん》されたい……。

篤蔵にとっては、思いがけないことだった。子供が生まれたことでもなく、それが死産だったことでもなく、おふじから、それについて、何の知らせもなかったことである。もともとおふじは、そのころの田舎育ちの女の常として、文字を読んだり書いたりする習慣がなく、手紙を書くことを億劫《おっくう》がる女だったから、篤蔵のところへもほとんど便りをよこしたことがなかったが、子供が生まれたとか死んだとかいう段になると、話は別である。本人が書くのがいやだったら、誰かに代筆をたのんでも、知らせるのが普通だろう。また、おふじが筆不精なら、松前屋の主人である喜兵衛からでも、知らせてくれてもいいわけである。

それなのに、子供が生まれてから（というより、死んでからといったらいいか）二ケ月にもなるというのに、一片の知らせもないというのは、松前屋では篤蔵を、家族の一員として認めなくなったということなのだろうか？　もともと家出をした養子だから、本人の方で家族の一員であることを辞退しているのだが、戸籍はまだつながっているし、去年の夏はおふじも篤蔵をたずねて上京したくらいだから、先方ではまだ彼をあきらめていないのだろうと思っていたのだが、その後何の便りもないところを見ると、いよいよ篤蔵と縁を切る決意をしたものであろうか。

だとすると、彼はここではじめて、家出の目的を達したことになるわけである。もともと彼が家を出ようと思いついた最初の動機は、喜兵衛夫婦に子供ができそうになり、若夫婦の存在が邪魔になりそうだと気づいたからだった。そこへ彼自身の、このまま田舎に埋もれたくないという野心が結びついて、家を飛び出してしまったのだが、老夫婦にしてみれば、世間体は一応無責任な養子に見捨てられたという形を取りながら、実はこれで安心して自分たちの血のつながった子に財産を譲ることができると、ホッとしているだろう。

それでも世間の義理を守って、急には離縁とかなんとか言い出さないでいるけれど、本心は、篤蔵にこのまま視野の外へ消え去ってほしいので、子の死産を知らせなかったのも、そういう含みがあったのだろう。

篤蔵は篤蔵で、肩の荷を一つおろした気分である。これから料理の世界で、あれこそといわれる男になろうと、鬼のような気持ちになっている彼には、振り捨てたはずの過去から追っかけられるのが、心の負担だった。

気の毒だが、おふじのことも忘れてしまいたい。松前屋のことも、考えたくない。去年の夏、おふじが東京へ来たとき、妊娠していると告げられて以来、ときどき思い出して、重苦しい気分になっていたが、死産という知らせで、ホッとしたというのが、いつわりのない気持ちである。すがりつく子を縁側から蹴落して、歌道修行の旅に出たという西行《さいぎょう》法師に自分をなぞらえるのは、おこがましいが、出世の階段をよじ登ろうと、必死でもがいている男には、当分妻も子も用のないものだった。

──しかし、おふじもかわいそうな女だ。

篤蔵は思わずにいられない。

──こんな娑婆《しやば》っ気の多い、欲の深い、仕事のことばかり考えている男のところへ嫁に来るかわりに、たいした望みも持たず、人を追い越そうとも思わず、日常の生活をたのしみ、妻子をかわいがる、平凡な男のところへいっていたら、安らかな、しあわせな毎日を送ることができたものを……。

そんなことを考えていると、おふじをいじらしく、あわれに思う気持ちがこみあげてきて、目の奥に涙がにじんでくるのであった。妻子を捨てる険しい気持ちと、あわれむ気持ちとの、矛盾する二つが、彼の中に同居しているようだった。

あくる日、辰吉が何気ないような顔で
「おめえの兄さんは、いま国へ帰ってるのか？」

と聞いた。ゆうべの手紙の裏を見られたな、と思って、咄嗟《とつさ》に
「はい、春休みですから」

と答えたが、篤蔵は、内心ヒヤリとした。彼はきのうも五百木さんのところへ行って来たが、例によって、おそくなった言い訳は、神田の兄のところへ寄ったということにするつもりだった。

ところが、誰にも何も聞かれないので、きのうは兄のことを持ち出さずにすんだが、もし持ち出したら

「おや、兄さんから手紙が来てるぞ。見れば、所書きは福井県じゃねえか。神田にいる兄さんが、なぜ福井から手紙をよこすのだ？」

といわれて、返事ができなかったかも知れない。きのうでなくてよかったと、出まかせの思いつきで

「実は、きのうちょっと、兄貴のところへ寄ってみましたら、休みだから国へいってくるといって、帰ったあとでした。知らなかったもんですから……それで、ここまで来て、このまま帰るのもばからしいと思って……」

わざと頭をかいて

「実は、近所の寄席へいって、落語を聞いて来ました。どうも、すいません」

落語家は誰々だったと聞かれたら、何といおうかと、ハラハラしていたが、辰吉はそれ以上問いつめようという気もないらしくて、何も言わなかった。ただ彼の顔には、何となくおかしいぞと思っているらしいことが、ありありと書いてある。篤蔵は、こんどから、神田の兄のことを持ち出すわけにはゆかないと思った。

シェフの荒木という男は、性質に気まぐれなところがあって、機嫌の取りにくい人だ

った。

気分のいいときは、誰とでも冗談を言いあうし、下の者にも親切で、よく面倒を見てくれるが、どうかして調子が崩れると、陰気に黙りこんで、物も言わなくなる。そして、人のやることを意地の悪い目でじっと見て、難癖をつける。それが、日によっていろいろだし、対手《あいて》によっても変るので、下の者はウカウカしていられない。今日は御機嫌がいいと思って、安心していると、急に怒り出し、朝からムッとしているので、ビクビクしていると、急に親切な声をかけられて、びっくりすることもある。陰気と陽気の交替が長期にわたることもあれば、短期に目まぐるしく交替することもあって、これまた一定の法則というものがない。下の者はみんな、彼のことをお天気屋と呼んでいた。

はじめのうち、篤蔵は荒木に目をかけられているようにみえた。

一つには、新太郎、辰吉と篤蔵の三人の見習いのうち、一番若い彼が、一番キビキビして、一番たのもしそうにみえたからであろう。

もう一つは、グラン・シェフの宇佐美が篤蔵の人物を高く買っているらしく見えたからであろう。人に使われる人間の本能は、どこでも同じもので、たとえ自分の部下でも、上役なり経営者なりに目をかけられている男には、一目置くものである。

荒木は機嫌のいいときは、よく若い者をつれて、そこいらの居酒屋を飲みあるいた。

夕方の忙しい時が過ぎて、帰宅の時間になると、そこいらにいる若い者に声をかけて

「おい、ちょっとつきあわないか」

とつれ出すのである。行く先はそこいらの屋台のすし屋や天ぷら屋が主だが、烏森神社の前の丹波屋も、ときどき行く店の一つである。彼ははじめ、丹波屋を知らなかったが、新太郎や辰吉、篤蔵らの見習い連中がときどき行くというので、いつからとなく、彼らをつれて飲み歩くときは、丹波屋へも行くようになった。

ところが、すこし前から、荒木の態度に微妙な変化が出て来た。以前ならば、機嫌のいい時は、篤蔵がむこうを向いていても
「よう、どうだい、近ごろは？」

と声をかけるくらいだったが、なんとなくよそよそしくなって、彼を無視するようなところが見えはじめた。

夕方、そろそろ仕事が終りになりかけて、みんなで散らかったものの跡片づけをしているころ、荒木は
「おい、辰公」

と声をかける。

「はい」

「どうだい、ちょっとそこいらまで、出かけようか？」

「はい」

辰吉はなんとなくいそいそと答える。つぎは自分の番だと、篤蔵が心待ちしていても、荒木は気がつかないのか、忘れたのか、そのまま向うへいってしまう。それとなく気をつけて、見ていると、荒木は、ほかの若い者にも声をかけているらしい。以前はこういう時、まっさきに篤蔵に声がかかったものだが、このごろは相手にしてもらえない。べつにおごってもらいたいわけではないが、自分ひとり、仲間からはずされたことが淋しい。

——何が気にさわったのかしら？

自分では、誰よりも熱心に仕事をやり、誠心誠意を尽しているつもりなのに、どこが荒木の気にさわったのか、どうしてもわからない。篤蔵にとっては、苦しい日の連続であった。

3

五月二十七日、聯合《れんごう》艦隊は対馬《つしま》沖でバルチック艦隊と戦った。

砲声は、福岡、唐津《からつ》の海岸まで、遠雷のように聞こえたが、それが間遠になるころ、わが艦隊の大勝利が伝えられた。

人々は、知る者も知らぬ者も、手を取りあい、抱きあって、狂喜した。

華族会館もいそがしくなった。

これまで華族会館では前線の兵士たちの苦労をしのんで、華やかな宴会を遠慮していたが、つぎつぎと大小の祝勝会、軍人慰労会が催され、そのたびに料理場は活気づいた。しかし、篤蔵にとっては、すこしも楽しくない毎日である。シェフの荒木が、相かわらず不機嫌で、いい顔をしないのである。

日本海の海戦から十日ばかりたったころ、華族会館では、祝勝記念の宴会をやることになった。

「こんどの宴会は、八十人ばかりだが、東郷《とうごう》大将をはじめ、海軍の将官がたくさん出席されるし、皇族殿下も何方《なんかた》かお見えになるから、特別に気をつけて、粗相のないように」

という注意があり、料理場ではみんな緊張して、準備にとりかかった。篤蔵は荒木に呼ばれると
「お前はフィレ・ド・ブーフ・ロチのつけ合わせのジャガ芋を切れ」

といわれた。フィレ・ド・ブーフ・ロチというのは、牛のヒレ肉のまわりに、豚または牛の脂肉（舌肉、ベーコンのこともある）を巻きつけ、糸でくくってあぶり焼きするものである。

つけ合わせのジャガ芋は、いろんな切り方があって、くわしく分ければ、二十五種類くらいになるが、ふだんはそんなに変った切り方をしない。よくやるのは、ポンム・

ド・テール・シャトーといって、棒状に切ったジャガ芋を、バターで黄金色に揚げて、微塵《みじん》に切ったパセリをふりまくのである(うでることもある)。

ポンム・ド・テールというのは、フランス語でジャガ芋という意味だが、ポンムはリンゴ、テールは大地という意味で、直訳すると「地中のリンゴ」ということになる。形が丸くて、リンゴに似ているから、地中のリンゴというのだそうだが、現代日本人の感覚には、リンゴとジャガ芋が似ているというのは、いかにもこじつけらしく聞こえるが、フランス人の感覚では、台所の隅にころがっているのを見ると

「おい、その泥んこのリンゴをよこせ」

と自然に出てくるのだろう。

「シャトー」は「城」、または「屋敷」の意味である。昔話の絵本なんかでよく見るように、フランスの古城には、隅々に高い塔があって、その形に似たように切るから、シャトーというのだが、この切り方がむずかしい。

まず、正しく七角形に切らねばならない。どこを切っても、切り口が七角になっていて、各辺の長さが同じでなければならない。長いのや短いのがあったり、角がとがりすぎたり、広がりすぎたりしていたら、落第である。

さらに、表面が平らで、艶がなくてはならない。それには切り落すとき、庖丁を中途で止めてはならない。止めるとかならず、そこで段になって、表面がゆがむ。そんなの

は落第である。

これはリンゴを切るときも同じである。一気に切らねばならない。遅すぎてもいけない。一気にといったって、庖丁の動きが早すぎてもいけない。

よく成熟した、上等のジャガ芋は、肉に厚みがあって、適当に水分をふくみ、柔らかで、しかもしなやかである。庖丁が入ると、まわりじゅうの肉が刃に吸いつき、からみついて、通すまいとするが、そこを力ずくでなく、適当にあやしながら、刃を進めてゆくのが、切り方のコツである。

庖丁のさばき方がまずいと、切り口は一応平らでも、艶がなかったり、ザラついてみえたりする。どこまでもふっくらと、しかもつやつやして、気品高く仕上げるのが、腕というものである。

篤蔵はジャガ芋をひとつずつ取り上げて、念入りに切りはじめた。

よく粒のそろった、みごとなジャガ芋である。肉質も極上である。

——この中の、どれが東郷大将のお口に入るのだろうなあ……。

そんなことを考えながら、彼は仕事を進めた。いまや東郷大将は国民の英雄である。たった一個のジャガ芋といえども、大将の召し上るものを、いま自分がこしらえているのだと思うと、あだやおろそかにはできない。

もっとも、今夜のお客は東郷大将だけではない。海軍大臣、軍令部長その他の諸将星に、宮様方も幾方《いくかた》か見えるそうだから、どの一粒も念入りにしなければならない。デコボコがあったり、大小不ぞろいだったりしては、会館の恥である。そんなことを思うと、手がふるえそうである。

しかし、ふるえてはいけない。下腹に力をいれ、足を踏みしめて切らねばならない。彼は文字通り精魂をこめ、全身の力を傾けて、仕事を進めた。

篤蔵が八十個のシャトーをほとんど切り終えたころ、荒木シェフが肩越しにのぞいて

「おや、おめえはシャトーにしてるのか？」

「はい」

「なぜだ？」

「シェフが、フィレ・ド・ブーフ・ロチのつけ合わせだとおっしゃいましたから」

「フィレ・ド・ブーフ・ロチのつけ合わせはシャトーだと、いつからきまったんだ？」

「これまで、いつもそうでしたから」

「今日は、おれはジュリアンヌのつもりだったんだ。なぜ勝手なまねをする？」

「はい、すみません」

ジュリアンヌというのは、フランス人の女の名前である。ジャガ芋を細く切ると、女の髪のようになるので、そんな名がついたのだが、日本でいえば大根の千六本が、これに当るだろう。これを揚げると、ちょうど、このごろマーケットなんかでよく売ってい

るポテト・チップスを細くしたような、カリカリしたものになる。荒木は、それを作れという意味だったという。

それならそれで、はじめに一言

「今日はジュリアンヌにしろ」

といってくれればよかったのである。

篤蔵は篤蔵で、はじめに一言聞くべきだったかも知れない。ところが、このところずっと、荒木が篤蔵にそっけない態度をとっているので、なんとなく気おくれがして、聞きそびれたのである。聞けば聞いたで

「そんなこと、きまってるじゃないか。シャトーにしろ」

といったかも知れない。

それに、篤蔵がせっせとシャトーを作っている間、荒木はたびたび彼のそばを通っているから、気がつかないはずはない。

第一、下の者が何をしているか、しょっちゅう気をつけるのが、シェフの仕事のはずだ。篤蔵が八十個のジャガ芋を、不揃いにならぬように、デコボコにならぬように、仕上りが美しくなるようにと、ひとつひとつ精魂こめて切っている間、知らぬ顔をしていて、やっと出来上りというころになって、急にジュリアンヌにしろというのは、まったく意地悪としか思えない。

しかし、相手はシェフである。日本の料理人の社会は、軍人の社会や、禅坊主の社会や、暴力団の社会と同じで、上の者には、絶対服従以外ないのである。篤蔵は「申しわけありませんでした。これからすぐジュリアンヌに切り直します」といったが、目に涙がにじんでくるのを押さえることができなかった。

荒木は意地の悪い男で、人の失敗を見てよろこぶ癖があった。もっとも、料理人というものは、総じて腕自慢で、自分の腕だけが頼みだし、仲間同士でたえずシノギを削っているから、他人の不幸は自分の幸福という考えになりがちだし、そういう気分のなさすぎる男は大きくならないことも事実である。

あるとき荒木は後輩の滝沢という男といっしょに、ある皇族の神奈川県の別荘へ、出張料理に出かけた。

滝沢は晩餐のデザートにババロアを作ることを命ぜられた。ババロアは卵と牛乳と砂糖をゼラチンで固めるものだが、滝沢はゼラチンの用意をしていなかった。そこいらで買おうにも、神奈川県の田舎に、ゼラチンなんて舶来品を売っている店がない。そこで滝沢は寒天を代用に使うことにした。

そのときのババロアは、色のちがうものを三段にかさねてこしらえることになっていた。はじめに卵の黄を流し箱に入れ、かたまったところへチョコレートの黒を流し、最後にストロベリーの赤を流して、冷えたところで出来上りである。

ところが、ゼラチンを使うと、最初の固まった上へ次のを流しても、ピッタリくっつくのだが、寒天だと、くっつかない。滝沢はまだ駆け出しで、そういうことを知らないから、くっついたものと思って、安心していた。

いよいよ流し箱から出す段になると、手のあいているコックやボーイが五、六人、そこいらから集まって来た。

みんなの見ている中で、滝沢は中身をあけた。すると、三段はくっついていないで、ズルズルとすべり出すではないか。滝沢は青くなり、見ている者の中から、失笑の声がきこえた。

滝沢は窮余の手段として、生クリームを泡立てて、三段の間へ入れ、接着剤の役目をさせて、どうやらその場を切り抜けたが、ふしぎでしようがないのは、あのときどうして、用もないのに、コックやボーイが、ぞろぞろ集まって来て、滝沢の失敗を見物したかである。

あとでほかの者から聞いたところでは、そのとき荒木は、彼が失敗することを大体予想していて

「おもしろいことがあるから、見に来いよ」

といって、狩り集めて来たのだった。荒木は日本料理の心得がすこしあって、寒天の性質を知っていたが、滝沢は知らなかったのである。知っていながら教えないのは、料

理の秘伝を大事にする職人根性だから、しかたがないが、わざわざ笑い物にするため、ほかの連中まで呼び集めるとは何事だと、滝沢はくやしがった。

「そういう人なんだよ、あの人は――」

滝沢から聞いて、篤蔵は自分のことのように腹が立った。

荒木は一たん篤蔵を目の敵にしだすと、止めどがなくなった。

篤蔵のそばを通るとき、肘がさわったふりをして、フライパンをひっくりかえし、そこいらじゅう油だらけにする。それを掃除するのは、篤蔵の仕事である。

そうかと思うと、若い者が何人かで、同じテーブルで仕事をしていると、荒木が「篤公、おめえ邪魔だから、むこうのテーブルへ行ってやりな」

といって、隅っこのテーブルへ追いやる。なぜかという理由もなにもない。ただ、行けというだけである。

料理という仕事はチームワークが大切で、みんなといっしょでなくては、できるものではない。一人だけむこうのテーブルへ行けということは、お前を仲間と思わないということである。とっとと出て行けといわれたと同じことである。

しかし、篤蔵には、自分だけ、なぜこんなにいじめられるのか、どうもわからない。

――もしかしたら、ときどき英国公使館の五百木さんのところへ行くのが、バレたのかしら？

そうかも知れないと思う。それなら、しかたがない。仕事をサボって、よそへ習いにゆくなんて、あまり感心したことでないことは、事実である。

しかし、そう簡単にバレるはずはない。帰りに兄の下宿へ寄ってくることになっているし、話の辻褄は合っているはずである。

――結局、おれはあの人と、ウマが合わないのかな。

ウマが合わないということは、たしかにあるものだ。人間の好き嫌いというものは、しようのないもので、咳《せき》の仕方ひとつ、笑い声の立て方ひとつでも、一度神経にさわったら、我慢できないものである。

――ウマが合わないとすれば、ここをやめるしかない。

ここは郷党の大先輩、桐塚先生の紹介で入れてもらったのだし、宇佐美親方もかわいがってくれるけれど、すぐ目の前のシェフからこんなにいじめられるようでは、末の見込みがないと思わなければならない……だんだん、そういう考えの方へ傾きかけた。

梅雨に入って、毎日しとしと雨が降り続いた。

ある朝、篤蔵が廊下の窓から見ていると、グラン・シェフの宇佐美が、ずぶ濡れになって入って来る。いそいで駆けつけて、入り口で迎えると、コウモリ傘を受け取って、つぼめて水を切り

「いいよいいよ」
というのに、むりやりレインコートをぬがせ、手近の椅子に掛けさせて、ポケットからブラシを出すと、靴の泥を落してやった。
ひと通りすんだので、宇佐美が
「いや、いつもありがとう」
といって奥に入るのを見送り、ふり返ると、荒木が立っている。いつもの毒のある笑い顔で
「おれも、たまにはやってもらおうか」
「はい」
神妙に答えて、椅子にかけさせ、その前にしゃがんだが、腹の中では
――宇佐美親方に、あのやさしい、とろけるような笑顔で見られると、どんなことでもしてあげたくなるんです。それにくらべて、あんたは……。
と、声には出さず、つぶやいていると、突然
「篤公、おめえ、このごろ、時々いなくなるようだが、どこへいってるんだ？」
「はい……」
返事ができず、手を休めて、黙っていると
「英国公使館の五百木さんのところで、おめえによく似た男を見たという者がいるぞ」

「…………」

──そうか、バレたのか。それで、機嫌が悪かったのか。

何もかも、わかったような気がした。

しかし、荒木の意地悪さは、それとは別だ。

自分もたしかに悪い。しかし、この間じゅうの、あのいじめ方は、それだけではない。

もうこの男との仲は、取り返しのつかぬところまで来ているのだ。

──こうなりゃあ、親方でもなければ、弟子でもない。

そう自分に言い聞かせると、目の前へ突き出されている相手の右足を、しっかとつかまえて、力いっぱい引いた。

「こら、何をする」

仰向《あおむ》けにのけぞって、椅子からずり落ちるところへ、のしかかっていって、息も止まれとばかり、めったやたらになぐりつけた。

4

物音におどろいた若いコックたちが駆けつけたときは、篤蔵が荒木親方の上に馬乗りになって、ポカポカなぐっている最中だった。

「やめろやめろ」

口々にさけんでも、篤蔵の耳に入らない。永い間の怨《うら》みを、今こそ晴らすのだという必死の思いと、相手がどんな男であるにしろ、仮にも親方と呼んでいた人に刃向うのだという恐怖から、彼は半狂乱になって、殴り続けた。

荒木という男は、身体も篤蔵より一回り大きいし、腕っ節も強いから、はじめから心の準備ができていて殴りあうのだったら、そう簡単に負けなかったかも知れないが、不意を衝《つ》かれた上に、体勢を立て直す隙を与えないように、篤蔵が矢継ぎ早に攻め立てるので、しばらくすると、まったく抵抗力を失って、ぐったりとなってしまった。ようやく篤蔵の攻勢がゆるんだのを見て、若い者が割って入り、二人を引き離したときは、篤蔵も自分の足で立っていられないほど、疲れ果てていた。

喧嘩は篤蔵の一方的な勝ちであった。

喧嘩とさえ言えるかどうか、わからない。篤蔵がはじめから殴りづめ、荒木が殴られづめという状態で、篤蔵はただの一発も反撃を受けていないのだから、これは、ついせんだっての日本海の海戦のような大勝利であった。

しかし、理由は何であれ、仮にも親方と呼んでいる人を殴ったのだから、職場の秩序を破ったという事実は、否定できない。地位が下だということは、人間としても下だとみなされるので、下の者が上の者に暴力をふるうなど、あり得べからざることである。どうせクビだと覚悟して、篤蔵は住み込み部屋へ帰ると、荷物を整理しはじめた。

後を追って、辰吉がやってくると
「おめえ、えれえことをやったなあ。早くいって、荒木さんにあやまって来い」

といった。

「あやまって、すむこととすまぬことがあります。あれだけやってしまったからには、すみませんといって、すむこととも思えません」

「それじゃ、おめえ、どうするつもりだ？」

「ここをやめて、国へ帰ろうかと思います」

「そうか。おめえは帰る家があるから、いいなあ。しかし、せっかく料理人の修業をするつもりで東京へ出て来たのに、国へ帰っちまっちゃ、なんにもならねえなあ」

親切そうに言ってくれるけれど、辰吉が、どこまで彼のことを心配してくれるのか、わかったものではない。この男はきまじめな小心者で、腹に毒はないけれど、ズバぬけて腕が立つというわけでもなく、根性があるわけでもなく、右から風が吹けば左へなびき、左から風が吹けば右へなびくというような男である。だから、篤蔵にむかっては彼の味方のような口をきくけれど、荒木親方にむかっては、篤蔵のことをあしざまに言わないとも限らないと、篤蔵は思っている。

現に、荒木親方が篤蔵に白い目を向けるようになってからも、彼は親方のあとにくっついて、方々飲み歩いていた。その間、おそらく親方から篤蔵について、不服や悪口めいたことを何かと聞いているにちがいないのだが、そんなことについては、彼は一言も篤蔵に言おうとしない。もし友達甲斐があるなら
「荒木さんが、こんなことを言っていたよ」

と教えてくれても、よさそうなものである。

人を疑ってはわるいけれど、荒木親方が篤蔵のことをよく思わないようになった本当の原因は、辰吉あたりが作ったのかも知れないと、篤蔵はひそかに思っている。

というのは、辰吉は篤蔵のすぐ上の先輩だけれど、いろんな点で、篤蔵の方が立ちまさっていて、辰吉は一目置かねばならぬことが多い。元日に、新太郎、辰吉、篤蔵の三人で宇佐美シェフの家へ年賀にいったときも、宇佐美は三人をならべておいて、それぞれの人物を評するうち、それとなく篤蔵を一番高く買っているような口をきいた。何の世界でも、腕の立つ者がノロマな先輩を追い越すのは当然だが、追い越される立場にいる者にとって、おもしろくないことも、事実である。もしかしたら、辰吉は篤蔵に追い越されそうな不安と嫉妬から、それとなく篤蔵の足をひっぱるようなことを、荒木にむかってしゃべっていないとも限らない。辰吉は悪知恵にたけた男ではないから、そんなにあくどい中傷はしないにしても、すくなくも荒木が篤蔵について悪感情を持っているとき、それを打ち消したり、篤蔵のために取りなしたりしないで、けしかけるような口をきいたかも知れないということは、充分考えられることである。

しかし、これは篤蔵が現場で見ていたわけではないから、人前で言えることではない。ただ、辰吉のふだんの行動からして、充分に考えられることだし、おそらく、この想像はまちがっていないだろうと、篤蔵は腹の中で思っているだけである。

だから今、辰吉が親切ごかしに何か言ってくれても、篤蔵としては、素直に聞く気になれない。ほんとうは、邪魔者がいなくなるので、うれしいのだろうと言いたいところをぐっとこらえて、荷物をまとめると

「あとで取りに来ますから、それまであずかって下さい。永々どうも、ありがとうございました」

とだけいって、立ち上った。

外は小止みなく降る細雨である。

あちこち破れた番傘《ばんがさ》をさし、歯のちびた足駄で、ぬかるみを一足ずつ拾いながら、新橋の方へ歩きだしたものの、さて、どこへいっていいかわからない。

そろそろ、そのへんのお役所や会社の出勤時刻で、和服に袴をはき、弁当や書類のふろしき包みを持ったり、洋服にコウモリ傘をさしたりしたお役人、事務員などが、ぞろぞろ通る。

そのおびただしい人の流れをかき分けるようにして、新橋停車場までやって来た篤蔵は、ひとまず三等待合室に入ると、あいているベンチに腰をかけて、思案をめぐらした。

ない。

——さて、これからどうしようか？

辰吉には、いったん国へ帰るといって出て来たが、帰っていいものか、どうか。

東京へ出て来たのは、去年の春だったから、もう一年以上になる。実家の父母や、兄や、養家の人たち、妻おふじにも、久しく会っていないから、なつかしくないわけではない。

今すぐ立って、出札口へゆき、切符一枚買えば、明日の朝は武生に着き、みんなの顔が見られるだろう。

そろそろ日野川で鮎がとれだすころである。塩焼きにして食ったら、うまいだろう。

それを思うと、このまま次の汽車に乗って帰りたいが、さて、帰っていいものか？

国を出るとき、彼は誰にことわったわけでもなかった。養家へも、実家へも……妻にさえも無断で、家を出た。家出といってもいいし、夜逃げといってもいい。誰の見送りも受けず、こっそり出て来た。

そのときの腹の中では、彼は、いまに立派な男になって帰るつもりだった。

あれから、まだ一年にしかならない。

——立派な男になったか？

——いや、とてもとても……。

——それでは、やっぱり帰るわけにはゆかない。

彼は自問自答の末、帰ることをあきらめて、もうひと踏ん張り、東京で踏ん張ってみようと思った。

東京にいる以上、やはり、どこかで働かねばならない。

働くからは、一年以上かかって磨いた料理の腕を生かす場所がいい。

一番手っ取り早い方法は、荒木にあやまって、これまで通り、華族会館で働くことである。

しかし、それは男の意地が許さない。たとえ向うで勘弁してやるといっても、こちらで御免だ。

それに、そろそろ河岸を変えてもいいころである。華族会館にいるかぎり、荒木親方と辰吉を追い越して、先へ出ることはできない。どこかほかのレストランへでも入って腕を磨くのも、わるくないだろう。

英国公使館の五百木さんに相談してみようか?

五百木さんは親切な人で、篤蔵に特別目をかけてくれるし、こんどのことも、もとはといえば、五百木さんから出たことだから、心配してくれるかも知れない。

しかし、五百木さんにはこんなことで心配をかけたくない。五百木さんは、もっと大事なことで相談に乗ってもらいたい。料理の技術の師として、導いてほしいけれど、身の振り方のことなんかで、よけいな面倒をかけたくない。

それよりも、まず、これから先の居どころを定めねばならない。華族会館を追ん出たからといって、まさか、野宿もできまい。早く住所をきめて、荷物を引き取らねばならない。

篤蔵は、まず兄が下宿していた神田の竜雲館へいってみることにした。兄は去年の末に郷里へ帰ったのち、身体の工合が思わしくないので、静養しているが、竜雲館の部屋はそのまま、借りてあるはずである。あすこへいって、兄の部屋に入り、机や布団をそのまま使わせてもらうことにしよう……。

竜雲館へゆくと、顔見知りの女中が玄関へ出て来て

「まあ、珍しい。ほんとに久しぶりですわねえ」

「兄貴の部屋に泊めてくれませんか」

「あら、高浜さんは部屋をあけてしまったのよ」

「あけたって?」

「こんど、いつ東京へ出られるかわからないから、荷物を引き取るとおっしゃるので、まとめてお国へ送ってしまいました。あんた、知らなかったの?」

「それ、いつのこと?」

「ついこの間よ。一週間くらい前かしら。あたし共としても、御本人がいないのに、間代だけ頂いて、部屋をふさいでおくのも、不経済ですしねえ」

それはそうかも知れない。下宿屋は客に部屋を貸すことと、食事を出すことで利益をあげているのだが、部屋の貸し賃だけで、食事の代金が入らないのでは、商売のうま味がなくなるわけである。きっと、兄のほうへやかましく言ってやって、部屋をあけさせたものであろう。

「そいつは知らなかったなあ。兄貴からなんにも言ってこないものだから……あの部屋に泊めてもらうつもりだったんだが……ほかにあいてる部屋、ないかしら？　なんなら、ずっと置いてもらってもいいんだが」

当分宿なしだし、こんど就職するところが（もし就職できればの話だが）住み込みでないなら、どうせどこかに間借りか下宿をしなければならないのだから、当分、竜雲館にいても悪くない。しかし、女中は

「おあいにくさま。いま部屋は全部ふさがってます」

それではしようがない。篤蔵はあきらめて、竜雲館を出た。

さいわい、朝からの雨がやんで、薄日がさして来た。道はまだぬかるんでいて、汁粉を流したようだけれど、頭の方からぬれる心配がないから、篤蔵は水たまりを避けて、一歩一歩拾いながら、須田町《すだちょう》の方角へ歩きだした。

神田は篤蔵が上京当時しばらくいたところで、大体の勝手はわかっている。いつ来ても、やたらと本屋と学校の多い町で、学生でゴッタ返している。

錦町の裏通りをあるいていて、ふと前方を見ると、小さな店の軒下に
「コック入用」
という札が目に入った。長方形のボール紙の表と裏に、同じ大きさの字で書き、真ん中から紐でつるしてあるのが、風に吹かれて、クルクル回っている。両面とも同じ大きさの字なので、一つにみえる。小屋根にはペンキで
「西洋御料理　バンザイ軒」
と横に書いた看板があがっている。西洋御料理にもいろいろあって、精養軒のように、一度に何百人の宴会ができる超一流のレストランも西洋御料理なら、間口一間か二間で、テーブルが三つか四つ、一度に十人も客が来れば満員になるような小さな店でも西洋御料理だが、この店は、どうやら後者に属するほうらしい。料理店とか料亭とかいうより、食堂といったほうがいいような店構えである。
しかし、運がいいといえば、これくらい運のいいことも珍しい。親方を殴って華族会館をおん出た途端に宿なしになり、あてにしていた竜雲館にも部屋はなくて、へたをすると、花の東京のど真ん中で野宿でもしなければならないかと、思案しいしい歩いている目の前へ
「コック入用」
の札である。コックというのは、どの程度の腕のをいうのか……一年やそこいら、鍋

洗いやジャガ芋の皮むきの下働きばかりやらされていた、使い走りの小僧でも、コックという名を使っていいのかどうか、すこしお尻のあたりがムズムズしないでもないが、世の中は強気が大事である。肉の切り方、スープの取り方、野菜をいためるときの火加減など、正式に教わったわけではないけれど、先輩たちのやることを横目で見て、多少のことはおぼえたから、これでもコックのはしくれと、言って言えないこともあるまいと、度胸をきめて、ガタビシするガラス戸をあけて

「ごめん下さい」

といった。入りざまに、さっと目を走らせると、中は表と同じように粗末で、古びて塗りのはげたテーブル四個と、四本の足が不揃いで、腰をかけるとガタガタ揺れそうな椅子、日に焼けて黄いろくなった壁にはライスカレー、カツレツ、ビフテキなどの品名と値段を書いたビラという道具立てである。

しばらく待ったが、返事がないので、もう一度

「ごめん下さい」

というと、デップリ肥って、縦も横も普通より一回り大きい、ガッシリした男が、隅のカーテンをあけて出て来た。

5

篤蔵は

「親方ですか？　入り口の札を見ましたので」

といった。親方は篤蔵の人物をたしかめるような目つきで、ジロジロ見て

「お前さんがコックになりたいというのかね？」

「はい」

「まだ若いようだが、腕は大丈夫かね？」

「あまりむずかしいことはできませんが、一通りのことなら……」

「うちは一通りでいいんだ。これまでどこで働いていた？」

「華族会館の食堂です」

親方はびっくりして

「そりゃまたひどく上等なところにいたもんだな。そういうところだと、いろいろむずかしい料理をこしらえただろうが、うちはそんな注文をする客はないよ。ライスカレーに、カツレツに、エビフライくらいできればいいんだ」

「あっしも、下働きばかりしていましたから、むずかしい料理はできません」

「そりゃ、正直でいい。華族会館は、どうしてやめたんだい？」

「それは……」

すこし口ごもっていたが、思い切って
「上の人をなぐったんです」

親方は笑って
「物騒な男だとみえるね、お前さんは……そんなに腕っぷしが強そうにも見えないが」

「めったに人をなぐるわけじゃ、ありません。よっぽど腹にすえかねた時だけです」

「まあ、いいだろう。男というものは、たまには一発やるくらいの元気があったほうがいいもんだ。もっとも、その相手がおれだというんだったら、考えものだがね」

「大丈夫です。親方はいい人らしいから……」

「おいおい、おれという男をよくも知らないくせに、心安そうなことを言うなよ。もっとも、お前のような小粒の男は、よしんば刃向って来たって、取って押さえるのは、わけのないことだが……」

「これでも、喧嘩となりゃ、強いんですよ」

冗談とも本気ともつかぬ口をききあっているうちに、二人の気持ちにはたがいに通じ合うものが生まれた。親方は
「それじゃ、ひとつうちで働いてもらうか。ところで、お前さん、名前は？」

「高浜篤蔵です。養子にいって、籍はまだむこうの家にありますけれど、いずれ実家に

帰るつもりで、実家の姓を名乗っています。本籍は福井県……」
「越前だね。カニのうまいところだ……」
それから彼は、奥の方へむかって、大きな声で
「おい、お梅、ちょっと来い」
と呼んだ。
「はい」
しばらくして、カーテンをわけて出て来たのは、二十五、六の女である。たっぷりある髪を無造作に櫛巻きにして、抜き加減にした襟から肩のあたりに、婀娜《あだ》っぽい色気がただよっている。親方は
「こんどからこの子に働いてもらうことにした。篤蔵という名だそうだ、面倒をみてやってくれ」
篤蔵が立って、ていねいにお辞儀をすると、軽くうなずいて
「よろしくたのみますよ。ところで篤さんは、住むところはどうなってるの？」
篤蔵は頭をかいて
「実は、これまでのところを追ん出て、目下宿なしです」
お梅が
「うちにいてもらってもいいけど、狭いわねえ」

「狭いところにゴチャゴチャ住むのも、窮屈なもんだ。どうだね、そこいらに間借りでもして、かようことにしないか？　飯はうちで食うことにして。洗濯物やつくろい物は、お梅、お前が見てやれるだろう？」

「それくらいのことはできますから、何でも持ってらっしゃい」

「ところで、親方のお名前をまだうかがいませんでした」

篤蔵がいうと
「おれの名前は森田仙之助だ。ところでお前は、いつから働くか？　いったん華族会館へ帰って、荷物の片づけをしなければなるまい」

「荷物はもう、片づけてありますから、取りにゆくだけでいいんです。それよりも、そろそろお店が忙しくなる時間じゃないですか？」

仙之助は柱時計を見て
「そろそろ十一時だね。うちの客はこのへんの学生たちが多いから、十二時ちかくなると、急にこんでくるんだ。それまでに準備が必要だが、お前が手つだってくれるとありがたい」

いわれて篤蔵は気がついたが、ここは兄のいた下宿のある三崎町から、そんなに離れていないのであった。兄も昼休みに、このへんまで足をのばして、この店のものを食べたことがあったかも知れないと思うと、急になつかしさがこみ上げてきた。

「それじゃ、親方、すぐ仕事に取りかかります。そして、昼のいそがしい時がすぎましたら、ちょっと休みの時間をいただいて、そこいらで貸間をさがし、それから荷物をはこんで、夕方の立てこむ時間には、また駆けつけますから……」

「そんなにしなくてもいいんだよ」

「いいえ、どうせ働かせていただくんですから、すこしでも早い方がいいんです」

やるとなったら、どこまでも誠心誠意をこめて、とことんまでやるのが、彼の持ち前であった。


バンザイ軒は店の造りも粗末だし、装飾もなにもないし、椅子やテーブルも安物で、全体としてパッとしない店だけれど、値段が安くて、学生にも入りやすいのが取り柄だった。

しかし、ときどき素っ頓狂な客が舞いこむこともあった。

篤蔵がここで働くようになってから一週間目くらいのある夕方、山高帽にフロックコートの紳士が、ふらりと入って来た。昼から宴会でもあったものか、相当酔って、足もとがふらふらしているが、帰りに持たされたらしい折詰だけはしっかりかかえている。

紳士は椅子にかけると、壁にかかった品書きをずっとみて
「ははあ、カツレツにコロッケ、オムレツにエビフライか……わが輩の口にあうものは、

何もないな……」

しさいらしく八字髭をひねりながら考えていたが、注文を聞きに来た篤蔵に
「どうじゃね、アイス・フライはできるかね？」

「アイス・フライって、どんなものでしょうか？　手前共でできますものは、あそこに書いてあるものだけでございますが」

紳士はおどろいた風で
「ホホウ、アイス・フライを知らんとや？　いま食通の間で、もっぱら愛好されちょるんじゃが、その方どもは知らんとや？」

「はい、まことにお恥ずかしいことですが、存じませんでございます」

「その方どもは、ちと勉強せんといかんばい。昨今、華族会館の食堂なんどでは、一番人気のある料理じゃよ」

嘘つきやがれ、その華族会館に、ついこの間まで働いていた男が、ここにいるということを知らないのかと、ちょっと啖呵《たんか》を切りたくなったが、まああと、胸をさすって
「そのアイス・フライと申しますのは、どういうものでございますか？」

「日本語でいえば、氷の天ぷらじゃよ、ワッハッハ……つまり、アイスをフライにしたもんじゃよ、ワッハッハ……」

無邪気に笑いこけているので

「ハハア、氷の天ぷらのことでございましたか。もし、旦那様、それでしたら、手前共でもできないこともございませんが……」

「ほほう、できるとや？　それは面白い。ぜひとも賞味したいもんじゃ」

「かしこまりました。ただ、手前共ではすこしく特殊の材料を用いまするので、お値段がいささか高くなりますが、よろしうござりますか？」

「値段？　値段はいくら高《たこ》うなっても苦しうない。この松原五位は、値段のことなんど、気にする男ではない」

五位というのは、どのくらいの身分なのか、篤蔵はよく知らない。おそらく、役人としては上の方なのだろう。ただ、華族会館へは、二位とか三位とかいうような人がしょっちゅう来るので、五位なんか、一向珍しくない……珍しくないどころか、何位でもない人のほうが珍しいのだから、本人が五位などと、得意そうにいうのが、おかしいくらいである。

「それでは、これからアイス・フライを調製いたしますけれど、これはすこしく、むずかしい技術を要しまするので、いささか時間がかかりますが、お待ちいただけましょうか？」

「ウム、こんな小ぎたない店で、アイス・フライができるとは、感心の至りじゃから、いくらでも待とう。ゆっくり吟味して、調製いたせ」

「かしこまりましてござります」

小ぎたない店とは、よくも言いやがったなと思ったが、まああと自分を押さえて、奥へ入った。

「親方、氷の天ぷらを作れというヒョウロク玉が来ましたよ」

「うん、おれもここで聞いていたが、お前、そんなものを引き受けて、どうする気だ？」

「なあに、わけはありませんよ。細工は流々だ。いまに、あの馬鹿の目の玉を、デングリ返らせてやるから！……まず一服と……」

近ごろ吸いはじめた巻きタバコを一本、ポケットから出すと、悠々とふかしはじめた。

しかし、篤蔵は一向に氷の天ぷらに取りかかろうとしない。

あとから来た客の注文のチキンライスやビーフカツはどんどんこしらえても、氷の天ぷらには取りかからない。親方が心配して
「おい、アイス・フライの客は、待たせてもいいのか？」

「ええ、時間はいくらかかってもいいから、吟味して調製いたせなんて、えらそうなことをぬかしましたから、当分待たせてやります」

「大丈夫か？」

「スレスレのところで、間に合わせてやりましょう」

「まあ、いいようにやれ」
山高帽の客は、待ち切れなくなったとみえて
「コレコレ、時間がかかりすぎるようじゃが、アイス・フライはまだか？」
と叫ぶが、そのたびごとに篤蔵は店へすっ飛んで出て
「はい。今しばらくお待ち下さい。この品は最高の技術と細心の注意を必要といたしますので、下ごしらえの段階の諸準備が、並たいていではございません。料理人一同、総力を結集いたしまして、各員一層奮励努力つかまつり……」
「なんだか、どこかで聞いたような文句じゃのう……」
どこかで聞いたにも聞かないにも、これは日本海大海戦に、東郷司令長官が艦隊に下した戦闘開始の命令の文句である。
カーテンのうしろで聞いていた親方がふきだして
「総力を結集だの、各員一層だなんて、あの野郎とおれと、二人きりいないのに、よくもほざいたもんだ」
お梅と顔を見合わせて、笑いこけているところへ、篤蔵がひっこんで来て
「さあ、そろそろ取りかかるべえか」
そこいらを見まわして、客の食い残した皿の中から、手のついていないビーフカツを一つ取りあげると、器用に庖丁の先をいれて、中の牛肉をえぐり出した。あとに残るの

は、カツレツのコロモでできた財布状の袋である。

つぎに彼は冷蔵庫の中から、手ごろな氷の塊を取り出すと、ノミでコツコツ削って、薄い一片にした。それをカツレツのコロモの財布の中へ押しこみ、ピッタリ合うように押さえると、出来あがりである。

店では客がまた待ちきれなくなったとみえて
「コレコレ、まだか？　あまりおそいと、わが輩は帰るぞ」

と叫んでいる。

「はい、ただいま……ただいま……」

氷の天ぷらのそばに、つけ合わせの玉菜（キャベツのことを、はじめは玉菜といった。世間ではだんだんキャベツというようになったが、バンザイ軒ではまだ玉菜といっていた）を大げさに盛り上げて、うやうやしく捧げながら、篤蔵は客の前に運んだ。

「お待ち遠さまです。どうやらできました」

客はフォークを取り上げて、氷の天ぷらにグイと突き刺すと、天ぷらはツルリとすべって、皿の外へはみ出した。下からジロリと見上げて
「これがアイス・フライじゃというのか？」

「はい、さようでございます」

「これは、ただ、フライのコロモの中へ、氷を押しこんだだけのものではないか？」

「素人の方には、そのようにしかお見えにならないかも知れませんが、手前どもといたしましては、苦心に苦心をかさね、工夫に工夫をこらして、調製したものにございます」

「うそをつけ！」

「旦那様は、どうして、うそだとおっしゃいますか？　調理の現場をごらんにならなくて、どうして、そんなことがおっしゃられますか？」

「客をコケにするのも、いいかげんにせい。わが輩は内務省参事官補の近藤為兼じゃ。こんどだけは見のがしてつかわすから、以後注意せよ」

「ありがとう存じます。どうぞ、お代をお支払い下さい」

「いくらじゃ？」

「三十円いただきます」

「なんじゃと？　三十円じゃと！　わが輩の月給の半月分ではないか！」

「五位の旦那様は、もっとたくさんお取りかと思いました」

「許せん！　かかるまやかし物を客に出して、三十円払えとは、何事ぞ！」

「もし、旦那様、旦那様は先ほど、何とおっしゃいましたか？　値段はいくら高うなっても苦しうない、とおっしゃいませんでしたか？」

「………」

「おっしゃいましたか？　おっしゃいませんでしたか？」

「ウーム、言うたような気も、せんではないわい。しかし、それは、正当なる方法によって、良心的に作製されたるアイス・フライを提供された時の話じゃ。かかるまやかし物には、断じて金を払う必要はない」

「それじゃ、旦那、おうかがいいたしますが、正当なる方法によって作られたアイス・フライというものが、どういうものか、御存じでいらっしゃいますか？」

「そんなものは知らん」

「知らないものを、なぜ注文なさいました？」

「許せ。冗談にいうてみたまでじゃ」

「許せというんなら、仕方がない。こちらも冗談に氷の天ぷらを作ってみたまでだ。しかし、金はいただきましょうよ」

「すまん、持ち合わせておらん」

「そいじゃ、警察へ突き出すべえか。内務省のお役人が、警察へ突き出されたら、さぞかし、新聞がおもしろがるだろうよ……しかし、旦那、御安心なさいまし。これも冗談にいってみただけだ。さあ、足もとのあかるいうちに……といっても、大分夜もふけたが、まだ人通りのあるうちに、とっとと帰りなせえよ」

新ジャガ

1

バンザイ軒はけっこう繁昌していた。店の構えが粗末で、中の設備も殺風景だけれど、あまりきれいに飾り立てて、高級めかした料理店よりも、かえって入りやすいとみえて、近くの学生や商店員、会社員などが、昼飯や晩飯を食べに来た。

明治初年以来、洋食というものはずっと一部特権階級のものとされ、一般大衆にはなじみが薄かったが、日本の発展と生活の欧風化にしたがって、しだいに普及して、誰の口にでも入るようになったのだが、バンザイ軒などは、その尖兵《せんぺい》をうけたまわっているといっていいだろう。店のきたないのは、洋食が庶民のものになった証拠のようなものである。

もっとも、落語でいわゆる「できますもの」の種類はすくない。カツレツ、オムレツ、フライ、コロッケ、ビフテキ、ライスカレーなど、きまったものばかりで、すこしむずかしい物の注文には応じられない。

もっとも、客の方でも、洋食といえばそれくらいしか知らないし、それ以上高級の要求を持っている客は、名の通った一流レストランへいってしまうから、はじめからこちらを困らせるつもりでアイス・フライなどという突拍子もない注文を出すのは別として、ふつうの客は「できますもの」の範囲内で満足して食べていた。

庶民相手の料理は、値段の安いことが条件だから、材料の肉や魚や野菜にあまり金をかけるわけにゆかない。一級品は目の玉が飛び出るほど高いから、二級、三級の品で間に合わせる。

ことに魚は鮮度がやかましい。同じ魚でも、一時間ごとに値段がちがうから、河岸がひらいたばかりのころの、鮮度のいいやつは、高級料理店の買い出しにまかせておいて、すこし値が落ちてきたころ、買いにゆく。

また、同じ店でも、傷のあるものや、大小不揃いのものは安いから、そういうのを買って来るのも、料理人の腕である。

料理人の心得のもう一つは、客の好みを見わけることである。小さな店で、常連は大体きまっているから、ひとりひとりの好ききらいをおぼえるのは、それほどむずかしいことではない。

ひどく肥っているくせに、わりと小食の男もいれば、やせっぽちのくせに、大食の者もいる。いつもすこし残す客もあれば、皿までねぶるようにして、きれいにたいらげるのもいる。一食の分量はおよそきまっているし、いくら小食の客だからといって、ほかの客のとくらべてみて、ガクンと差のつくほどすくなく盛るわけにもゆかないが、多少の手加減はできなくもない。

はじめての客で、好みがわからないときは、仙之助は

「どんな客だ？」

と聞く。篤蔵はカーテンの蔭からちょっとのぞいてみて

「若くて、意地悪そうな顔をした男です。あれはきっと、力仕事をしている男ですね」

「よし、わかった。辛くして、分量はたっぷりにしよう」

ふだん肉体労働をしている者は辛ずきで、畳の上の生活をしている者はあっさりした味をよろこぶというのは、珍しいことではないらしい。

同じ肉でも、やわらかで脂肪の多い部分もあれば、筋ばかり多くて、固くて、嚙み切れない部分もある。ただし、固い肉がまずい肉だとはきめられない。歯さえ丈夫なら、固い肉を根気よく嚙むうちに、柔らかい肉にないようなうまさを味わうことができる。日本人がアメリカのビフテキが固すぎると不平をいうのは、体格が貧弱で、顎のバネが弱いから、米人ならバリバリ嚙み砕く肉が、嚙み切れないのであろう。筆者なども、まだ歯が丈夫だった子供のころ、わが家でたまにしてくれるスキヤキを、何よりのたのし

みにしていたが、今考えても、あの肉は霜降りでもなければロースでもなく、やたらに固かったから、並肉だったにちがいないが、牛肉というものはこういうものと思って、平気で嚙みこなしていたものである。

そういうわけで、柔らかい肉を老人に出し、固い肉を若い人に出すのも、料理人の腕であり、フリの客のくせに、えらそうな顔をしたり、いばったような口をきく男には、わざと端のほうの、筋ばかりの肉を出して、相手の悪戦苦闘するのを見るのも、料理人のひそかなたのしみである。

もっとも、この場合、へたをすると客から文句が出ることもあるから、そういうとき下手に出てあやまるか、高飛車に出て

「旦那はこの店を、どこだと思ってるんだね？　そういう文句は、精養軒へでもいって、一枚一円もするビフテキを食ったとき、言うもんじゃねえのかな。こんな小ぎたない店で、たかが五銭の焼き肉が、トロリとするほどやわらかでないって開き直るのは、どういうもんかね」

と逆《さか》ねじをくわせるかのどちらにするかは、咄嗟のうちに客の身分、職業、背後関係（たとえば警察、ヤクザ組織等）、腕力などの総合戦力を見て取って、こちらのそれと比較した上で、きめることである。

しかし篤蔵はときどき、これはいかんと思うことがある。華族会館を飛び出しはした

ものの、前途のあてもなくうろつき歩いているところを、「コック入用」の札で拾われたのだから、親方はいわば救いの神で、一宿一飯の恩人だけれど、いまやらされていることは、店へ出て客の注文を聞き、勘定を受け取ることと、料理場の手伝いと、出前を届けることなど、つまり何でも屋の使い走りで、コックとしての腕を発揮する機会はまったくない。親方の「コック入用」という札はまちがいで、ほんとは「小僧入用」と書くべきだったろう。

それに「できますもの」の種類がすくなすぎる。来る客も来る客も、ライスカレー、カツレツ、コロッケ、エビフライばかりで、変ったものの注文というものがまるでないし、第一、変ったものを注文されたって、材料の用意がないから、できようはずがない。これではコックの修業にまったくならない。

篤蔵は、せっかく見つけたねぐらだが、ここは永い間足を留めるところではないと思いはじめた。

おかみさんのお梅さんは、ちょっとないくらいのいい女だった。

白いというよりも、青みがかった皮膚は、うっすらと黄いろい脂肪がすけて見えて、いつもしっとり湿りを帯びている。

どちらかというと痩せぎすで、肉づきのいい方ではないが、全身の力をぬいて、しどけない横ずわりになり、長ギセルで刻みをふかしているときなど、腰のあたりにふしぎな色気がにじみ出る。

青く澄んだ目の切れに険があって、心持ち血の色をしているのは、紅をさしたのか、それとも生まれつきのものか知らないが、それでじっと見つめられると、男の心は深淵《しんえん》の中へひきずりこまれるような気分になるのである。

親方はときどき、おかみさんといっしょに二階へあがって、部屋にとじこもったまま出て来ないことがある。この家は、下が店と調理場（というより、台所といった方がいい程度だが）で、二階の六畳と八畳が夫婦の住居になっている。奥の方の六畳が寝間らしいのだが、そこへ入ったが最後、一時間くらいは出て来ない。

ここに雇われたばかりのころのある日、近所の人が急いで話したいことがあるといって訪ねて来たので、篤蔵が下から呼んだけれど、返事がない。ハシゴ段の途中まで上って、二度、三度と呼んだけれど、ウンともスンとも返事がない。いることはわかっているし、聞こえないはずがないのに、返事をしないのは、いま取り込みの最中だから、あとにしてくれという意味だろう。

それ以来篤蔵は、夫婦が二階へあがったら、どんないそがしいことがあっても、声をかけないことにしているが、彼も短期間ながら夫婦生活の経験があるので、二階でどんなことがおこなわれているか、想像に浮かばなくもない。よその子がアメをなめているのをみてヨダレをたらす子供のように、なんとなく胸をはずませることもある。世に貰い泣きという言葉があるが、こんなのは、貰い何というのだろう。

この貰い何とかがたびかさなると、さすがに家を捨て、妻子も捨てたつもりの篤蔵も、女の肌が恋しくなって、心は大門の中の歓楽郷吉原の方へ向うのだが、はじめての日に敵娼《あいかた》から、西洋料理はきらいだといわれて挫折感を味わった記憶が、なかなか払拭できなくて、いざとなると足がすくむのであった。

親方の仙之助は、ちょっとないほど美人のかみさんを持っていて、昼もタンスの環《かん》を鳴らすほどの打ち込み方だが、一汁一菜では物たらず、二の膳三の膳がほしい性質らしく、ときどき出かけると、二晩、三晩と家をあけた。飲む、打つ、買うの三拍子と、むかしからよくいうが、そのどれも嫌いでないらしく、また相当の腕で、仲間ではいい顔らしいので、おもしろくて、やめられないのであろう。

篤蔵がはじめてこの店へ来たとき、外見がひどく荒れ果てていて、店の中も、壁紙は破れ、椅子、テーブルも粗末な印象を受けたので、この店ははやっていないのかと思ったが、それはまちがいで、客はすくなくないのに、主人が遊び好きで、売り上げを全部持ちだして、酒とバクチと女に注ぎこんでしまうためと、しばらくしてからわかった。

旧盆がすぎると、いろんな学校が夏休みになって、学生相手の神田界隈はひっそりとしてきた。バンザイ軒も暇になったが、主人の仙之助はそれをいいことのように、外へ出かけることが多くなった。仕事が暇になったということは、売り上げがすくなくなったということなのだが、そのすくない中から、遊びの金だけはキチンキチンと持ち出すので、お梅さんもいい顔ばかりしていられない。嫌味の一つもいうと、仙之助はけぶたがって、なおさら外へ出かけようとする……そんなイタチごっこの毎日である。

主人がいない時は、篤蔵がチーフ・コックである。もっとも、下に家来が一人もいないチーフだから、ボーイの代りに客の注文も聞かねばならず、出前も届けにゆかねばならぬという三面六臂《さんめんろっぴ》の大活躍である。いくら夏休みで、学生がいないといっても、商店や会社は休みではないから、常連の勤め人の客はやってくるし、飛び入りの客もあるから、なかなかのうのうとしていられない。

いそがしくて、篤蔵の手が回りかねるときは、おかみさんも調理場へ出て、応援してくれる。ライスカレーにいれる玉ねぎやニンジンを刻んだり、フライの付け合わせにする玉菜を切ったり、なかなか役に立ってくれる。

順序からいえば、おかみさんは主人側で、篤蔵は雇われている側だから、おかみさんが命令する立場だが、調理場では篤蔵が専門家で、勝手を知っているから、おかみさんの方がいちいち篤蔵の指図によって動くという形になる。主人のおかみさんをアゴで使って申しわけないという感情と、女性を支配し、意志の通りに動かすことに快感を抱く男性本能とが微妙にいりまじって、うれしいような、恥ずかしいような、へんに倒錯した気分が篤蔵の中にしだいに積みかさなってきた。

お梅さんはお梅さんで、はじめから篤蔵に好意を見せていた。十八という年は子供と大人の間のようなもので、本人は大人のつもりでいても、年上の者からみれば、まだ子供である。篤蔵は国へ帰れば、形だけでも妻というものがあり、死産したけれど、生きていたとすれば当歳の子もあって、立派な大人なのだが、お梅さんからみれば、コック入用の札を見て飛びこんで来た子供である。

子供であるから、大人の男性に対するような警戒心や遠慮は必要でない。

「まあ、あんた、きれいな肌をしてるんだねえ。まるで、うでたての新ジャガみたいだよ。ちょいと触らせておくれ」

などといいながら、平気で頬をつついたりする。篤蔵の肌がきれいで、新ジャガみたいだという賞《ほ》め言葉は、たびたび聞かされて、まるで篤蔵のキャッチフレーズのようになってしまったが、誰だって、ケナされるよりほめられる方がうれしいにきまっているから、何度聞いても篤蔵は悪い気はしない。

親方の仙之助のいない時、調理場で働いていると、ときどき、お梅さんの腕や肘が篤蔵の身体にちょっと触れることがある。狭い調理場の中で、たえずフライパンや庖丁を振り回して動いているのだから、触れまいと思ってもできない相談だが、三度に一度は、触れる必然性がないのに触れたのではないかという気がすることもある。

——今のは、まったく無意識なのか——何かのはずみだったのか？　それとも、何か考えがあってのことなのか？

考えてもわからないので、お梅さんの顔をソッと盗み見ても、むこうを向いて、知らぬ顔をしている。

——こっちの思いすごしなんだろう。

そう思って、仕事に打ち込んでいると、お梅さんも、何事もなかったように、次の仕事にむかっている。

暑さの盛りがすぎて、朝夕の風がようやく肌にさわやかに感じられるようになると、仙之助の遊び歩きが激しくなった。うちにこんな美人のかみさんがいるのに、ほかの女にうつつをぬかすなんて、富士山の麓に住んでいながら、変った景色を見に旅をするようなものだといいたくなるが、仙之助は仙之助で、鯛の刺身も三度三度ではげんなりだとでも思っているのであろう。何しろ気の多い男らしい。

その日も、例によって仙之助は外泊りで、篤蔵は朝からひとりで働いていた。

お梅さんは、今日はなんだか頭が重いといって、二階で寝たまま、起きて来ようとしない。昼ころになってもおりて来ないので、ふすまの外から

「おなかがおすきになりませんか？　何かお作りしましょうか？」

と声をかけても

「いいよ」

といったきりである。

昼飯どきのいそがしさが一段落して、ほっとした篤蔵が、調理場の隅の椅子で巻きタバコをすっていると、階段に足音がして、お梅さんがゆっくりおりて来た。寝くたれた浴衣の寝巻が、身体の線をはっきり見せて、すこし乱れた髪が、なんともなまめかしい。

「なんだか、熱があるらしいのよ。篤さん、ちょっと見てくれない？」

いわれるままに、額に手を当ててみたが、熱というほどの熱でもない。

「熱はないようですよ」

「そう？」

額に当てられた篤蔵の手首をにぎると、彼の目を正面から見つめながら、はだけた胸の中へ引き入れた。

「額じゃ、わからないよ。こっちの方はどう？」

もう一方の手も持ち添えて、肌へ押しつける。やわらかくて、温かい。

「そう……こっちの方が、熱っぽいかしら」

声が喉にからまる。久しく女体に飢えていた全身の血が、一度に燃え上る。

もう、どうなってもいいと思う。

「こっちは？」

もっと奥へ誘い込んで、腕の付け根でしめつける。篤蔵は
「なんだか、モシャモシャして、よくわからない。やっぱり熱があるみたいだ……」

「大きな体温器……でも、ほんとは熱なんか、どうでもいいの」

「いいって？」

「そうよ、わかってるじゃないの！　じれったいわねえ」

お梅さんは光る目で、すくい上げるように篤蔵の顔をみつめる。

「それじゃ……」

そのまま二人はもつれながら、二階へ上ると、二匹の獣のように、のたうちまわった。

2

バンザイ軒の主人夫婦は、世間なみとはすこし変った夫婦であった。

仙之助は、美人のおかみさんを持ちながら、ほったらかしにして、外であそび歩いているが、それでは彼女を嫌っているのかといえば、そうでもないらしい。

おかみさんはおかみさんで、亭主にほったらかしにされ、外で女をこしらえられても、ヤキモチを焼いたり、恨んだりする様子もなく、別れるのどうのと、騒ぎ立てることもなかった。

それどころか、二晩も三晩も家をあけていた仙之助が帰ってくると、いそいそと出迎

えて、嬉しそうにしなだれかかったり、まつわりついたりする。そして、昼間でも、二人で二階の部屋へ入ってしまって、しばらくは出て来ようとしない。

篤蔵は調理場でいそがしく働きながら、二階のことが気になって、しようがない。

どうかすると二階から、けだるそうなおかみさんの声で
「篤蔵や。すまないが、おひやを持って来ておくれでないか」

と注文がかかる。

「へイ」

と答えて、水さしとコップをのせた盆を持って上ってゆくが、襖《ふすま》をあけるのは遠慮して、閾際《しきいぎわ》において、おりようとすると
「かまわないんだよ。ここまで持って来ておくれ」

という。おそるおそる部屋に入ると、土用のさなかだというのに、二人とも厚い布団に首までもぐりこんでいる。

中はどうなっているのか、外からではわからないが、二人とも真っ赤な顔をして、汗をタラタラ流しているのは、暑さのためだけではあるまい。

「御苦労さん、悪かったわね」

という声をあとにして、階段をおりながら、篤蔵は
「ちきしょう！　どういう気なんだ？　おれだって、子供じゃないんだぞ」

と、舌打ちするのである。

まったく、彼等は篤蔵をなめているとしか思えない。ふつうなら、二人いるところを見られるだけでも、恥ずかしいと思いそうなものだ。二人で布団にくるまっていて、こちらが遠慮するのに、入って来いとは何事だ。

もしかしたら、彼等は篤蔵に、見せびらかしたいのかも知れない。ときどき、そんな男女がいるという話だ。二人だけで楽しむのは物たりなくて、ほかの者に見せて、喜びを二倍にも三倍にもしようというのがいるそうだ。この二人は、そういう種類の連中かも知れない……。

そんなことを思うと、篤蔵は胸がムカムカして、お梅さんをひっぱたいてやりたいような気がする。おれとの間に、あんなことがあったのに、おかみさんは一体、何と思っているのかと、思いきり面罵してやりたくなる。

そのうちに、親方の仙之助が帰らない日がある。おかみさんは急に篤蔵にやさしくなり、篤蔵の御機嫌をとろうとする。

篤蔵のほうでは、この間からムシャクシャが忘れられず、おかみさんなんか二度と相手にしてやるもんかと思うのだが、目の前でとろけるような笑顔を見せて
「篤さん、熱があるらしいんだよ」

といわれると、ついグニャリとなって

「体温器ですか？」

といってしまうのである。腹の中では

——この性悪女め！　つまるところ、相手は誰でもいいということなんだな。親方とおれと、どっちでなければならないということはないんだから、ひどいもんだ！　おれはただ、親方がいないときだけ代りをつとめる、間に合わせの男にすぎないのだ。つまり、オモチャなんだ！

そうは思うのだけれど、彼女の強い流し目の一撃にあうと、身も心も骨抜きになり、酔っぱらったように、抵抗力を失ってしまうのだった。

九月になった。

日中はまだ暑いけれど、朝夕の風はひんやりと冷気を帯びて、肌に快く感じられるようになった。

食い物をあつかっていて、季節の移り変りがはっきり感じられるのは、材料がいたまなくなったことである。魚にしろ、野菜にしろ、夏のうちは、どんなに気をつけていても、一晩おくとグッタリして、使えなくなることが多いが、盆が過ぎると、日中はカンカン照りでも、夜になると、まわりじゅうの空気が冷えこんで、腐敗をふせぐのである。

食い物の材料はもともと生きている物だということを、これくらいハッキリ思い出させることはない。

魚や野菜がいたまないばかりでなく、うまくなるのも、秋である。ひとつには、夏は味わうほうの人間の身体そのものが暑気にまいっていて、脂肪の多すぎるものや、味の濃すぎるものを受けつけないということもあるが、魚や野菜そのものに滋味が乏しいということも否定できないだろう。ところが秋は、物もうまくなり、味覚も肥えてくる。

肉類については、あまり季節のことをやかましくいわないけれど、それは、牛や豚や羊の身体が大きくて、強靭《きようじん》な繊維が複雑に組み合わさっていて、外界の温度の影響を受けることがすくないからだろうが、もしここに非常に敏感な舌を持っている人がいるとすれば、やはり季節の相違を味わいわけるかも知れない。

もっとも、バンザイ軒は大衆食堂だから、材料の質や鮮度をそんなにやかましく言う客はいないし、扱っている品も、カツレツの付け合わせの玉菜や、ライスカレーにいれるジャガイモ、ニンジン、玉ネギ程度のものだから、季節の変化をそれほど気にする必要はなかった。

むしろ、問題があるとすれば値段のほうで、暑いうちは、どうしても野菜の出回りがすくないから、同じ分量でも高くなり、その分、材料費の方へ響いた。

やがて新学期がはじまると、休暇で郷里へ帰っていた学生が、ポツポツ東京へ出てくるので、バンザイ軒はふたたび活況を呈してきた。篤蔵はまだ、雇われたてだから、知らない顔ばかりだが、親方の仙之助にとっては、しばらくぶりで来てくれる得意客ばかりである。

客同士でも、常連はみなおたがいに顔見知りだから、なつかしがって、話がはずむ。飯を食い終っても、午後の講義がない者は、そのまますわり込んで、古ぼけた将棋盤にむかったり、政治問題や国際問題について議論を戦わせたりする。

議論の沸騰するのは、なんといっても、当面の日露講和条約の問題である。

日本の国民はロシアに大勝を博して、狂喜乱舞したけれど、ポーツマスで開かれた講和談判の結果には、失望落胆した。外相小村寿太郎《こむらじゅたろう》が全権として出発するときは、莫大《ばくだい》な償金と、広い領土の割譲を獲得して帰るものと期待して、一同歓呼して送ったのに、もたらされたのは、樺太《からふと》の南半の割譲だけである。血の気の多い学生たちにとっては、これほど腹立たしいことはない。

「なんということだ！　多数の若者の鮮血を流し、重税の負担に堪え、国民一同火の玉となって戦ったというのに、その代償がわずか、樺太の半分にしか過ぎないとは！　あんな寒冷の地で、米も野菜もできないところを、ありがたく頂戴に及んで帰るなんて、小村という男は、いったい日本人か！」

一人がテーブルをたたいて憤慨すると、別の一人が

「そうだそうだ。国籍は日本でも、おそらく彼は日本人の魂を失っているにちがいある

まい。彼は外国駐在が永かったそうだが、その間に外国かぶれをして、日本人の誇りを忘れてしまったのだろう。だから外交官というのは危険なんだ」

「ちょっと待ってくれ……」

もう一人が異議をとなえた。七三にわけた髪をポマードで固め、きれいに櫛目をいれた好男子である。

「わが輩も外交官志望だが、外交官がみなあんな風だと思われては困る。一部にはあんなのもいるが、全部の外交官が、外国かぶれしているとは限らない。職業柄、相手に不愉快を与えない程度に、社交の技術を身につけたり、身だしなみに心を配ったりするが、国益を忘れるようなことはないはずだ」

「なんじゃと？　相手に不愉快を与えるじゃと？　不愉快を与えて、何が悪いか！」

もう一人が目を怒らせ、毛むくじゃらの腕をまくり上げて、牡牛《おうし》の吼《ほ》えるような声を出した。髪はいつ刈ったか、風呂へはいつはいったか、おそらく本人もおぼえていないだろうと思われるような、いわゆる蓬頭垢面《ほうとうくめん》の蛮カラ書生である。

「なぜ日本人は、西洋人に不愉快を与えることばかり気にするのじゃ？　彼奴等《きやつら》はわれわれに、不愉快を与えなかったか？　ペリー来航以来の彼等の日本に対する仕打ちは、不愉快ではなかったか？　いいや、不愉快なんぞというものではない。息の根を止めるか否かという瀬戸際まで、われわれを追い詰めて来よったんじゃぞ。それをようやくハネ返したのが、今次の戦争ではなかったか？　問題の根本がここにあることを忘れて、相手に与える気分がどうの、愉快の不愉快のということを論ずるなど、沙汰の限りじゃ」

彼は、トンボの目玉のようにツヤツヤと光る相手の頭を、憎悪をもって睨みつけながら、言い放ったが、そこには、自分のむさくるしい東洋豪傑風の蓬頭垢面が、人に不愉快を与えると、当てこすりをいわれたかのように受け取った腹立ちがこめられているようにみえた。

「まあまあ、お待ちなさい……」

第四の男が割って入った。思慮深そうな、落ち着いた男である。

「両君の議論は、問題の中心をはずれている。外交官が日本人の魂を忘れているかいないかなどということは、軽々しく論じられるべきことではない。郷に入っては郷に従えだ。たまたま海外生活の習慣から、すこしばかり身ぎれいにしているといって、あたかも男子の鉄腸を腐らせてしまったかのようにいわれては、外交官も立つ瀬があるまい。聞くところによると、小村寿太郎という男は、現代には珍しい硬骨の士で、外国人の威圧に屈するような意気地のない男ではないということだ……」

「それならば、なぜ彼は、あのような屈辱的な条件を呑んだのだ？」

最初の男が、不服そうに言った。

「さあ……そこには、なかなか一口には説明できない事情があるのではないかな。彼我の国力の差ということもあるし、われわれを取り巻く国際的諸勢力の微妙なバランスということもあるし……」

「しかし、現にわが国は勝っているではないか。満州（現、中国東北部）の露軍は蹴散らされ、バルチック艦隊は海の藻屑《もくず》となってしまったではないか。これ以上に明々白々たる事実はない。なぜこの事実の上に立って、どこまでもわが方の要求を貫こうとしないのか？」

「ちょっと、わたしにも言わせて下さい」

さっきから皆のそばで聞いていた篤蔵が口を出した。ちょうど昼休みの客の立て混む時間がすんで、仕事の手があいたので、彼は店へ出て、皆の話に聞き耳を立てていたのである。

「みんな、日本は勝った勝ったといって、有頂天になっていますけれど、どんな勝ち方か、皆さん御承知でしょうか？　満州の露軍は蹴散らされたといいますけれど、戦線を後退させただけで、有力な援軍が続々シベリア鉄道で送られて来ています。ところが日本は、兵器も弾薬も使い果して、補給しようにも、余力がないのです。兵隊も、ヘトヘトになっています。

ここで充分に力を養ったロシア軍に反撃に出られたら、ひとたまりもないだろうというのが、実際の姿だと思いますけれど、そこのところを、皆さんはどうお考えですか？国民も軍も、意気だけはますますさかんで、天をも衝かんばかりですけれど、ほんとうのところ、日本は体力を消耗しつくして、立ち上る余力をなくしているのです。それを知っているのは、ごく一部の政治家だけですけれど、実情はこうだと、国民に知らせるわけにゆかず、苦しいところじゃないのですか？　国民に知らせるということは、交渉相手のロシアにも知られるということで、たちまち手の内を読まれてしまいますからね。それで、どこまでも強気の発言をしているのですが、先方も薄々そのことに気づいていて、なかなか折れて出なかったのでしょう。小村全権のつらいところですよ、きっと……」

一気にまくし立てたが、誰も反論する者がない。篤蔵が言うようなことは、誰も薄々考えないでもないのだが、人前で勇気のありそうなことを言わなければ軽蔑される日本人独特の風習から、誰も口にしないのである。東洋豪傑はいやな顔をして

「お前はふだん見かけぬ顔だが、何者じゃね？」

「すこし前からこの店に雇われているコックです」

「コックとな？　コックなら、もうすこし控えていたらどうじゃ？　コック風情に天下国家を論ずる資格はない！」

篤蔵はグッと押し殺した声で

「コックというものは、国政について意見をのべてはならないものでしょうか？」

「いうまでもないことじゃ」

「それなら伺いますが、こんどの戦争に、コック風情は従軍してはならぬというお布令《ふれ》でも出ましたでしょうか？」

「そのようなことは、聞いておらん」

「それでは、コックといえども、帝国臣民たる以上、従軍を許されたのでございましょうね？」

「いうまでもないことじゃ」

豪傑の顔が、すこしばかり青くなってきた。

「もうひとつ伺います。コックは戦死することも許されたのでしょうか？」

「それは、許すの許さぬのという問題ではないはずじゃ」

「それはそうかも知れませんね。戦場へ出たからには、許可がなくたって、弾はむこうから飛んで来ますからね。しかし、そうなると、コックというものは、情ないものですねえ。国民の一人である以上、戦場へ出るのは苦しうない。弾に当って死ぬのも苦しうない。しかし、国政に口を出すのは差し控えろというのでは、浮かぶ瀬がないじゃないですか？　かしこくも天皇陛下は、五箇条の御誓文の中で、上下心《しょうか》を一《いつ》にせよと仰せられましたが、こういうことでは、どうして心を一にすることができましょうかねえ」

豪傑は唇をぶるぶるふるわせながら、しばらく黙っていたが、突然テーブルに両手をついて、頭を下げると

「許してくれい！　わが輩はまちがっていた。コックじゃとて、ひとしく国民の一員である以上、国政を論議するに、誰に遠慮のいろうはずはない。そこのところへ考え至らなかったのは、わが輩が迂闊《うかつ》じゃった。こうして詫びる」

彼はもう一度、深々と頭を下げた。

あくる日の朝、篤蔵は主人に呼ばれると

「お前の言ったことが正しかったか、まちがっていたか、おれは知らねえ。ただ、うちでは、お客に手をついてあやまらせるような雇い人をおいとくわけにはいかんから、とっとと出ていってくれ」

と申し渡された。

3

篤蔵は急に郷里へ帰りたくなった。

去年の四月、誰にも告げずに東京へ出てから、かれこれ一年半になる。久しぶりで親兄弟の顔も見たいし、おふじにも会いたい。

志した道でひとかどの男といわれるようになるまで、帰らないつもりだったが、それ

には、五年や十年はかかるだろう。意地を立て通すということは立派かも知れないが、文明開化の今日、無用のことだということもいえるだろう。

むかしは交通不便だったから、江戸と越前の間は、行くのも帰るのも大仕事だったが、いまは一晩汽車に揺られていれば、着いてしまう。

勤めを持っていれば、正月でもなかなか帰ることはできないが、バンザイ軒をクビになったいまは、誰にも遠慮しないで、すきな時に帰ることができるし、何日までに東京へ出なければならないという制限もない。今すぐ、帰ろうと思ったら帰れるし、明日にも親兄弟の顔が見られると思うと、矢も楯もたまらず、篤蔵は新橋駅から汽車に乗った。

あくる朝、米原で北陸線に乗り換えて、長いトンネルを通ると、もう福井県である。武生まで、あといくつと、駅の数をかぞえるもどかしさ。

やっと着いた武生の駅の前へ出てみると、これが去年まで住んでいたのと同じ町かと、自分の目を疑うほど、狭く、小さく、人通りもすくなく、さびしい町である。いつのまにか、東京の繁華に馴れて、その標準であらゆる物を見るくせがついたのであろう。

広場にならんでいる人力車の一台に乗って、国高村の父の家へむかう。篤蔵は法律上は坂口喜兵衛（松前屋）の養子だから、まず坂口の家へゆくべきなのかも知れないのだが、去年の家出以来、事実上は坂口家から離縁になったも同然と思っているし、いまヒョッコリ坂口家へ現われると、かえって財産の分け前を主張しに来たかとさえ疑われないとも限らないので、わざと素通りして、実家へ向ったのであった。

日野川も、記憶にあるより狭い川であった。

東京で、そんな広い川をたびたび見たわけでもないのに、故郷の川が小さく見えるというのは、すべてのものを見る尺度が大きくなったのであろう。

古い長屋門と白壁にかこまれた邸《やしき》の中では、父も母も、兄弟たちも、以前と変りなく住んでいた。一年半という歳月は、人の身の上に激しい変化を及ぼすほどのものでないということを、物語るものであろう。

兄周太郎は、八畳の離れに寝起きしていた。ほとんど床を敷きっぱなしにして、寝ながら本を読んでいる時間が多いのは、彼の病状が楽観を許さないことを物語るのであろう。本人にははっきり言ってないが、病気は結核性のもので、離れに一人で寝起きしているのも、幼い弟や妹たちに感染させないようにという、医者の注意によるものだった。もっとも、本人もうすうす承知していて、むしろ自分のほうから、家族と接触することを避けるようにしていた。

離れは母屋《おもや》と短い渡り廊下でつながれていた。そのころ地方の農村の大きな家では、どこでもこのような離れを持っていて、遠方からの来客を泊らせたり、病人を看護したりするために使っていた。農村では訪ねて来る人がすくなく、旅館を経営しても成り立たないので、手を出す者がない。しかしそれでは遠方から来た者が困るので、客の多い家では、自分の邸内に宿泊させる設備を持つ必要があった。

こういう離れをあてにして来る旅の絵師や書家もすくなくなかった。彼らは半月、一月と長逗留《ながとうりゅう》して、村人の注文に応じて、床の間の掛軸にする絵や字を書いたり、襖の画を描いたりする。離れの宿泊費は、多くは彼等の作品によって支払われる。一応その村の需要を満たして、注文が跡絶《とだ》えると、次の村へ向うという段取りになる。

こういう絵師、書家のうちには、有名なのもあれば、無名の者もある。泊ったときは無名だったが、のちに有名になり、一代の巨匠と仰がれるようになって、なぐり書きの反故《ほご》同然に思われていたものが、国宝級の傑作に昇格して、その家の宝物となることもないではない。こういう宝物も、日に三度、あり合わせの魚や野菜で調えられた客膳と、晩飯につくお銚子一本で購われたものだと思うと、離れの効用もまんざらではないといわねばなるまい。

もっとも、旅回りの芸術家にも当り外れがあって、皆が皆、国宝級の傑作を書いてくれるわけではなく、たいていは紙屑になってしまうことも、いうまでもないことである。

高浜家の離れは、いまは周太郎の病室として使われていた。篤蔵が顔を出すと、周太郎は読みさしの雑誌を伏せて、床の上に起き上り、なつかしさを顔じゅうに見せて

「やあ、よく帰って来たね」

といった。しかし、その顔は以前にくらべて、一回りも二回りも小さくなり、肩は尖《とが》

り、胸は薄くなって、すこしの風にもゆらゆら揺れそうなほど力なく見えるのは、病状がかんばしくないのであろう。

しかし、こういう病人の常で、気力だけはすこしも衰えていないとみえて
「どうだね、大分修業を積んだろう」

という声には、相変らず張りがあった。

「はい。実は……」

篤蔵が華族会館に住み込んで以来の話をすると、面白そうに聞いていたが、荒木シェフをなぐって飛び出したいきさつに及ぶと、兄は
「ところで、桐塚先生には、そのへんのことをどのように御報告したのかね？」

と聞いた。

「はい。先生にはまだ申し上げてありません」

兄は
「まだというのは、これから申し上げようというのかね？」

「そこまで、考えていませんでした」

「考えていなかったというのは、これから先も、先生に御報告申し上げるつもりはないということだね？」

「………」

「そう思っていいね？」

兄はだんだんいらだってくる自分を、つとめて押さえようとしているようである。追いつめられた篤蔵は、やむをえず

「はい。気がつきませんでした」

「気がつかなかったとね……子供の遊びなら、気がつかなかったですむが、大人の社会では、それではすまないと思うが、どうだろう？」

「おっしゃる通りです。うっかりしておりました」

「華族会館へは、お前は桐塚先生のお口添えで入ったのだ。ということは、この男をよろしく頼むとおっしゃって下さったということだ。そこに何か気にいらぬことがあったら、まず先生に申し上げて、これこれかくかくの事情で、私は勤めを続けられませんから、身を引かせていただきたいと、お願いするのが順序ではなかったか？」

「はい……」

「お前のいうことがもっともだと、先生がお考えになったら、よろしい、お前はあそこをやめろとおっしゃって、また別のところへ御紹介下さったかも知れない。あるいは、会館の責任者へ談じ込まれて、お前が働きやすいような処置を取らせて下さったかも知れない。いずれにしろ、まず先生に申し上げて、お前の進退について御指示を仰ぐのが、順序というものではないか？」

「ほんとに、そうでした」

「ついでに言えば、おれにも一言、相談してほしかった。桐塚先生はお前を、おれの弟だというので、華族会館へ紹介して下さったのだ。いってみれば、おれの保証があるので、お前の面倒を見ようという気になられたのだ。ここでお前が、先生に無断でやめたとあっては、お前はおれの先生に対する保証も踏みにじったことになる。わかるかね？」

「はい……」

「兄弟の関係は特殊のものだから、他人同士のように、いちいち貸しだの借りだの、権利だの義務だのと、目くじら立ててやかましく言う必要はない。おれはお前のためになることなら、甘んじて踏み台になってやってもいいし、顔をつぶされてもいい。しかし、それは万《ばん》やむをえない時のことで、単なるお前の世間的無知のためとか、配慮の不足のためだったら、やはりいい気持ちはしないよ」

「はい」

「それに、今後のこともある。顔をつぶした相手がおれだったから、まだしもよかったようなものの、これから先、どこへいってもこんな調子で、他人の紹介や保証は遠慮しないで受ける、さて都合のわるいことができた時は、どんどん踏みにじるでは、しまいには誰も相手にしなくなるよ」

「よくわかりました。兄さんには、おわびします。ところで、桐塚先生にはどんな風にしたらいいでしょうか？」

「お邸へ参上して、心からおわび申し上げるのが一番だと思うが、形はどうでもいい。要は、こちらの誠意の通ずることだ。お前も一時は禅寺の飯を食ったことがあるから、知らないこともないだろうが、あのほうでは、一宿一飯の恩を忘れるなという教えがあるそうだ。世間で嫌われているやくざ者の間でさえ、一宿一飯の仁義は堅く守られているということだが、ましてわれわれが踏みにじっていいという法はない」

これだけ言うのに、周太郎は全身の力を使い尽したとみえて、床にグッタリ倒れこむと、目をつぶって荒い息をした。それを見ながら、篤蔵は心の中で、この兄はもう永くないかも知れないと思わないではいられなかった。

久しぶりで帰った郷里には、会いたい人が何人かいた。

一人は鯖江連隊の田辺軍曹である。篤蔵が料理人の道を選んだのは、この人の手引きによるものだから、それこそ彼の人生を決定した人だといっていい。田辺軍曹がはじめて彼に御馳走してくれた豚のカツレツや、オムレツ、エスカルゴ（実はデンデン虫）のうまさは、いまもあざやかに記憶の中に残っている。篤蔵はその後、華族会館で、いろんな高級料理の調理を手伝い、味わってもみたけれど、田辺軍曹に食べさせてもらった時のような、身も心もとろけるような、うっとりするようなおいしさを経験したことは一度もなかった。

実家へ帰ったあくる日、彼はさっそく連隊へ出かけてみた。正門の受付けで、面会を申し込むと、いかつい顔をした係の上等兵が、ぶっきらぼうに
「田辺軍曹？　将校集会所には、そのような人はおらん」

「そんなことはありません。去年の春ころまで、あっしは毎日のように、ここへ訪ねて来て会っています」

「去年のことは知らん。いま、将校集会所にそのような人がおらんことは、わしが知っとる。第一、名簿にも載っておらん」

「それでは、どなたか、田辺さんを知っている人に会わせて下さい。そして、田辺さんが今どこにいらっしゃるか、聞かせて下さい」

上等兵は見かけによらぬ親切者だとみえて
「それでは、聞いてやるから、しばらく待っておれ」

中へはいっていったが、しばらくすると出て来て
「田辺軍曹は、今次の戦争に従軍されたが、旅順攻略戦において、壮烈な戦死をとげられたそうだ。その功によって、位一級を進めて曹長に叙せられ、金鵄勲章《きんしくんしょう》を賜わったそうだが、知っとる人はみな、惜しい人を失ったと言っているぞ」

「そうですか。ありがとうございました」

しょんぼり立ち去るしかなかった。

もう一人、会いたい人があった。妻のおふじである。去年の八月、暑いさかりの日に東京まで出て来て、新橋の宿屋で一夜を共にすごしたのが最後であった。

そのとき妊娠していた子を死産したと、あとで知って、ホロリと涙を落したことは事実だが、死んでくれてよかったと、ホッとしたことも、うそではなかった。生きていれば、知らないとはいえず、自分では思い切りよく捨てたつもりの坂口家との縁をつなぐ糸ともなって、あとあと厄介の種として残っただろうからである。

それはそれとして、薄い縁ではあったが、仮にも妻と呼んだ仲のおふじが、なつかしくないこともなく、いじらしくないこともない。坂口家に新しく子が生まれる可能性ができて、血筋の絶えないことがわかると共に、自分たち夫婦が邪魔になる見通しがはっきりしたから、身を引いたといえば、話の筋は通り、篤蔵は美談の主にさえなりかねないが、本心の底をいえば、草深い田舎に埋もれるのがいやで、花の都へ出て、一旗揚げたいという、男の功名心――言い換えればエゴイズムから出たことである。おふじはその犠牲になったわけだから、篤蔵にしてみれば、ただ気の毒で、あわれで、いじらしいばかりだが、それだけに、不用意に会えば、どんなことでヨリが戻らないとも限らない、会いたいが、しかし会いたくもないというのが、本音であった。

しかし、案ずることはなかった。篤蔵が帰ってから二、三日すぎたある夜、夕食のあ

とのお茶を飲みながら、篤蔵と母と二人で、これまでのことや、これからのことを話しているうち、母は
「そういえば、おふじさんに縁談が起っているらしいよ」

といった。何気なく口をすべらしたというような言い方だが、もしかしたら、切り出すきっかけを探した揚句なのかも知れない。

「へえ、おもしろいことがあるもんだねえ。亭主持ちの女に縁談とは……」

冗談めかした言い方で受けたものの、篤蔵も居ずまいを正す心地である。

「その亭主が、いっこうに頼りにならないから、見切りをつけて、ほかの馬に乗り換えようという気らしいけれど、いざというときになって、亭主から苦情が出はしないかという心配があるのじゃないかしら」

「おっかさん。それ、ただのうわさ話なの？　それとも、こう言ってくれと、先方から言われたの？」

「さあ……どっちかねえ」

篤蔵は
「おっかさん。心配はいりませんよ。わしはなにもかも、丸くおさまってくれれば、何よりなんです。わしはおふじが嫌いではないけれど、当分ひとりでジタバタするためには、いてくれない方がいいと思うこともあるんです。もともと、家出してほったらかし

にした女房なんだ。よそから話があるといって、急にヤキモチを焼いたりしませんよ。どうか、気にしないで、どこへでもいってくれとおっしゃって下さい」

「それで、あたしも安心したよ」

「わしも、これでさっぱりした。連隊の田辺さんも死んだというし、武生にわしを繋《つな》ぎ留めるものは、なんにもなくなった……いや、ある。日野川の落ち鮎が、そろそろうまくなっているはずだ。これをたらふく食ってから、東京へ出て、兄貴にいわれた通り、桐塚先生におわび申し上げ、もう一度西洋料理道探究の道を歩き続けることにしよう」

4

郷里に四、五日いるうちに、篤蔵は退屈してきた。

会いたいと思っていた田辺軍曹は戦死したというし、おふじに再縁の話が起きているという。おふじにはちょっと会って、別れの言葉をかけたくもあるが、このまま知らぬ顔をしている方が、双方のためだという気がしないでもない。

東京では、篤蔵が帰郷してまもなく、大きな騒ぎが起った。

日露講和条約に不満の民衆が、九月五日、日比谷公園で条約反対の国民大会をひらき、終了ののちに街頭に流れ出て、暴動化したのである。

指導者の煽動《せんどう》に乗った民衆は、唯一の政府支持派と目された国民新聞社に押しかけて、投石、破壊を繰り返し、内部に乱入して、活字箱をひっくり返し、印刷機械を運転不能にするなど、乱暴の限りを尽した。

民衆はさらに市中の各所に散って、巡査派出所を焼き、あるいは顚覆《てんぷく》させ、市内電車を焼き払い、内相官邸を襲って、門扉、ガラス窓等に損害を与えた。

全国の新聞はあくる日から、事件の記事をのせはじめた。武生へ帰ったばかりの篤蔵はそれを読みながら、バンザイ軒で政府の弱腰を非難し、篤蔵にやりこめられた例の東洋豪傑風の書生は、あのときどうしていたろうかと思った。やはり屈辱的な講和に憤激して国民大会に押しかけ、群集にまじって、喚声をあげたり、交番の焼き打ちに参加したりしたことだろう。

こんな記事を読んでいると、篤蔵は東京へ帰りたくなる。東京というところは、物騒なところだが、ともかく、そこには「現代」がある。

いつも、何かしら「事件」が起り「問題」が起る。

そこでは、人々は激しく生き、激しく動いている。

そこには、一歩足をすべらせると、千仭《せんじん》の谷底へ転落するような危険がいっぱいだが、すくなくも、退屈するということはない。そこには、若い生命を燃焼させて惜しくないだけのものがある。

篤蔵はもう一度東京へ出て、自分の運を試そうと思った。

まず、兄の忠告に従って、桐塚先生におわびをしなければならない。彼は日野川の落ち鮎を買ってくると、一晩汽車に揺られても融《と》けてしまわないように、山のような氷の中へ箱詰めにして、ほかの荷は何も持たずに、東京ゆきの汽車に乗った。

翌朝新橋停車場へ着くと、すぐ赤坂の桐塚邸へ人力車を走らせた。

桐塚弁護士は在宅で、さっそく応接間へ通された。ポタポタ水の垂れる箱を見ると、相好をくずしてよろこんで

「こんな大きな箱、重かったろう」

といった。

「いえ、大方は氷ですが、途中で融けてしまいまして、軽くなりました」

「いや、御苦労だった。日野川の鮎が、新鮮なままで食べられるとは、夢のようだ」

鮎のききめというわけでもあるまいが、桐塚弁護士は篤蔵が華族会館を勝手にやめたことについて、まったく気に留めている風はなかった。もともと、まだ一人前ともいえない見習いコックの一人が、半分はむこうの責任でやめたからといって、紹介した者の面目をつぶしたの、つぶされたのといって騒ぐことでもないということなのだろう。それでも、やめたあと手紙一本来ず、何の挨拶もなければ、今どきの若い者は、などと文句の種にでもしたかも知れないが、おくればせながら、ちゃんと手土産を持って、挨拶に来た以上、怒る筋合いではないというわけなのだろう。桐塚はかえって、そんな働き

にくいところへ紹介したのは、自分の手落ちだったといわんばかりで
「気に食わぬところで、辛抱して勤めることもないだろう。ところで、神田の洋食店は解雇されたということだが、これから先、どうするつもりかね？」

「はい。まだ考えておりませぬが、しばらくぶらぶらしながら、働くところを探そうかと思います。こんなことをお願いできる義理ではございませぬが、またどこか、私にでも働けるところがございましたら、お世話下さいませんでしょうか？」

「うむ、考えておこう」

とはいったものの、桐塚弁護士だって口入れ業をやっているわけではなし、コックの雇い入れの相談だって、しょっちゅう受けるわけでもないとみえて、あまりあてにできそうにもみえなかった。


篤蔵が次に訪ねたのは、英国公使館の五百木竹四郎である。五百木は篤蔵の顔を見ると
「ヨウ、しばらく顔を見せなかったが、どうかしたのか？」

と聞いた。篤蔵は華族会館をやめて以来、彼のところへいっていないのである。

「はい、あすこはやめました」

篤蔵の話を聞いて、竹四郎は

「もとはといえば、持ち場をはなれて、ちょくちょくおれのところへ来たのが、その荒木とかいう男に憎まれる原因だったというわけだね？」

「そればかりではありませんが……もともとあっしという男は、生まれつき気が強くて、出しゃばりで、ガムシャラにやる方ですから、人によっては目ざわりな男だと思うのでしょうね」

「うん、することなすことに角があるから、敵も多いだろうね」

「もう一軒、追い出されました」

「なんだと？」

バンザイ軒雇い入れからクビまでの顚末《てんまつ》を話すと、竹四郎は笑いこけて
「しばらく来ないうちに、そんな波瀾万丈《はらんばんじょう》をやらかしてたのか。しかし、そんなきりようよしのおかみさんのところを追い出されるなんて、惜しいことをしたねえ」

「はい、ちょっと惜しいと思いましたけれど、身の毒ですから」

「そりゃそうだ。修業中はやはり、あまりシャレたことはしないほうがいいよ」

篤蔵は言いにくそうに、モジモジしていたが
「親方のところで、使って下さいませんか？」

「それは、おれもさっきから、考えていたんだ。ちょうど、いい幸いだとね。しかし、それはよした方がいいかも知れないよ」

「なぜですか？」

「おめえがおれの所で働いていると、また誰かが華族会館へいって、告げ口するだろう。すると向うのシェフの——何とかいったね？　荒木か？　その荒木という男は、面当てをされたような気がするだろう。コック仲間にも仁義のようなものがあって、一箇所で不始末をした男は、ほかでは使うことを遠慮するのが常だ。日本料理なんかの料理人の間では、そういう網の目が日本中にびっしり張りめぐらされていて、これこれの男を相手にするなというお触れ書きがまわると、日本じゅうどこへいっても、使ってもらえねえ。むかしのさむらいも、一つの藩を浪人すると、ほかへ行けないようになっていたそうだが、それと同じことだ。西洋料理のほうは、日本料理にくらべて、歴史が浅いから、そんなにきびしいわけでもないが、おれたちの場合は、近すぎる。おめえが正式におれのところで働きだしたら、すぐに先方に知れるだろう。先方は文句を言いに来るかどうか知らねえが、いい気持ちがしねえにちがいない。自分のところで乱暴を働いて、追ん出た男を、面当てがましく目と鼻の間のところで使うことはないだろうと思うだろ。そんなことがシコリになって、あとあとまで気まずくなるのは、あまり感心しねえな」

「それじゃ、あっしはもう、どこへいってもコックとして使ってもらえねえんでしょうか？」

「いや、それほどのこともあるまい。おれたちの世界は、乱暴な奴が多いから、なぐったり、蹴飛ばしたりは、そう珍しいことではない。一年か二年たつうちには、みな忘れてしまって、誰も気にしなくなってしまう。ただ、いますぐというのは――それに、相手にもよりけりで、問題のそもそもの種になったおれのところで、おめえがシャアシャアと働くというのは、いかにも相手をナメてるようで、面白くねえというのだ。しばらくどこか、あまり人目のつかねえところに、そっと隠れていて、そのうちホトボリがさめたら、そろりそろりとはい出してくるんだね」

「かしこまりました」

「まあ、しばらく下宿でぶらぶらしてるんだな。そのうち、何か変ったことでもあったら、知らせてやるから」

「よろしくお願いします。しかし、勤めるところがなくて、ボンヤリしていてもしようがありませんから、退屈したときは、こちらへお手伝いにあがってもよろしいですか?」

「しょうがねえなあ……しょっちゅう来て、大きな顔をしていられたんじゃ、今言ったように、向うへ知れたとき、困るじゃないか。あまり人目につかねえようにするなら、たまにはいいがね」

「なるべく、気をつけます」

篤蔵は華族会館を追ん出て、バンザイ軒に雇われたとき越して来た神田の貸間にぶらぶらしながら、ときどき英国公使館へ出かけて、五百木竹四郎の手伝いをしたり、近くのうまい物屋を食べ歩いたりして、のんきな日々をすごした。

秋も深まったある日、篤蔵が英国公使館へ顔を出すと、五百木さんが

「今日あたり来るかと思って、待ってたんだ。働き口があるんだが、いってみるかい？」

といった。

「はい。どこでしょうか？」

「精養軒だ」

「それは、ありがとうございます。願ってもないところですが、華族会館のほうは、大丈夫でしょうか？」

「もう大分日がたっているから、先方も忘れているだろうよ。まだ覚えていて、ぐずぐず言ったら、言う方が馬鹿というものだ。人間は忘れるという能力を、天から授かっている。それを適当に行使することで、世の中がなめらかに動いてゆくのだ。いいから、安心して精養軒へいってみろよ」

上述したように、精養軒は明治三年、岩倉具視の家来だった北村重威という人が、日本へ来る西洋人の食事や宴会の場所として創設したもので、政府の高官たちの支援もあり、ほとんど国家機関のように運営されたもので、どこからみても日本で最高のレスト

ランであった。

この精養軒について、服部撫松《はつとりぶしよう》の「東京新繁昌記」は次のように記している。（今日の読者には、すこし難解かも知れないが、平易な現代文に直すと、原文の妙味も失われてしまうので、敢《あ》えて改めなかった）

精養軒は、往年一巨閣を築地入船坊《いりふね》（入船町のこと）に起し、層楼巍峩《ぎが》、器物整斉、最も其《そ》の巨擘《きよはく》となす。

楼数巨室を設け、室の中央に一大食机を安じて、蓋《おほ》ふに白綾布を以《もつ》てす。机心また一大花瓶を置き、百花を合挿して四時春を貯《たくは》ふ。その四囲に数脚の瑱瓷《びん》を星列す。或《あるい》は清泉を盛り、或は香液を儲《たくわ》へ、或は凝塩《やきしほ》、或は氷糖、客の儘《ほしいまま》に嘗《な》むるに任す。

客、一食机を囲んで、胡床《いす》に凭《よ》る。厨奴（ボーイのこと）忽《たちま》ち来《きた》つて白磁碟《シロザラ》と高脚《コッ》盃《プ》とを毎客に供し、又三尖箸（フォーク）と小片匙（スプーン）とを列して菜刀《ハウチヤウ》これに副《そ》ふ。

席定まれば、則《すなは》ち先《ま》づ麵包《パン》を出し、麵包より肉汁《ソップ》を出し、肉汁より油羹を出し、次に焼臠、次に烹魚、随つて食へば随つて出し、箸を閣《お》くに遑《いとま》あらず。

その残物の如きは、新送物と換へて忽ち之《これ》を撤し、業半《じやつぱん》宴席の百味を陳列するの混雑の如きあらざるなり。

食啜《しょくてつ》、またその法を異《こと》にす。肉を喰《くら》ふものは、左手に箸を持ち、右手に刀を把《と》り、刀以て肉を切り、箸刺して之を喰《くら》ふ。汁を吸ふものは、啄《ついば》んで以て碟唇《サラノフチ》に及ぼして之を啜《すす》り、曾《かつ》て手を用ゐず。これ洋宴の概況なり。

以上はほかの西洋料理店にも当てはまる食事の一般的な方法を述べたものだが、精養軒だけについていえば、次のような記述もある。

凡《およ》そここに来る者は、皆世界を併呑《へいどん》するの大才子にして、もと我が酒食を以て蛮物となし、敢《あへ》て之を食はず。腹全く洋腸を蓄へ、頭すでに洋脳を貯へ、衣服飲食より言語応対に至るまで、一も洋ならざるはなし。

故に自《おのづか》らその風致を異にす。拿破侖（ナポレオン）鬚《ひげ》を撚《ひね》つて喋々《てふてふ》と君主擅制《せんせい》の非を談ずるものは民権家なり。彼得爾（ペートル）眼を嗔《いか》らして呶々《どど》と立君独裁の利を話するものは圧制家なり。密爾（ミル）氏の偽舌《こわいろ》を鼓して論ずるものは、経済家なり。弗蘭格林（フランクリン）の余咄を嘗めて説くものは窮理家なり。

大体こんな調子だから、つまり精養軒なるものは、明治大正の日本の貴顕紳士、代表的な学者、政客の集まる社交機関であったと思っていいだろう。

従って、代金も相当のもので、一人前三円、五円、十円、十五円と等級があり、十円以上も出さないと、オール・ドゥーブルからデザートまで完全にそろった食事ができるとはいえなかった。篤蔵がはじめて華族会館に見習いとして住み込んだとき、一月目にもらった給料が一円五十銭だったというから、そのころ精養軒で食事をする紳士淑女が、日本ではどれほど特権的な階層の人たちであったかがわかるだろう。

もっとも、精養軒にかぎらず、そのころのレストランは、店へ来る客だけを相手にするのではなかった。皇族、華族や政治家、実業家の私邸で催される宴会、招待会、会食等に仕出しの注文を受けることが多かったので、その方の収益もすくなくなかった。

明治九年の早春、精養軒の創立者北村重威は、内務卿《ないむきょう》大久保利通に呼ばれて

「このたび、上野山内を公園とすることになったが、西洋料理店の営業を一軒だけ許すからお受けせよ。桜の咲くころ開園式をおこなうから、至急、工事に取り掛るように」

と命ぜられた。北村は、築地の精養軒一店だけでも経営が苦しいのに、もう一軒持つのはやりきれないと、辞退したが、許されない。

そこへ岩倉具視の切なる勧告もあったので、ことわりきれなくなった北村は、しぶしぶお受けした。それが上野精養軒だが、いざ開業してみると、なんとかやってゆけた上

に、日清戦争のあとは、外国人の日本を訪れる者がめっきりふえたので、精養軒は日本のホテル、レストラン業界でいよいよ重きを加えることになった。築地の本店はホテルが主で、料理は従、上野の支店は料理が主だがホテルを兼ねないでもなかった。しかしどちらかというと、場所の関係から、上野は美術家、弁護士、医者などの客が多く、築地は官吏、実業家が多かった。篤蔵が新しく働くことになったのは、このようなところだった。（池田文痴菴著「日本洋菓子史」による）

5

明治も終りに近くなると、日本人の舌もようやく西洋料理に馴れて、東京のあちこちに洋風レストランがふえてきた。

有名なのは、築地の精養軒、三田《みた》の東洋軒、丸の内の中央亭、富士見軒、宝亭などだったが、中でも精養軒が、格式からいっても、規模からいっても、第一等であった。

高浜篤蔵は華族会館をしくじったお蔭で、精養軒へ入れてもらうことができて、かえって得をしたような工合だったが、身分は皿洗いの見習い小僧に逆戻りである。華族会館では一年以上の経験があり、野菜係まで昇進したのだといったって、そんなことは通用しない。一年や二年、地方のホテルで修業したとか、ほかのレストランで働いていたなどという触れ込みで入ってくる者は無数にいて、そんなのをいちいち聞いていては、順序が乱れるばかりだから、はじめはみんな見習いからやり直しである。一つの散髪屋で順番が待ち切れないからといって、ほかの散髪屋へいってみても、こんでいれば、やはり後回しにされるというようなものだろう。

見習いのことを、ここではペテ公といった。ペテというのは、フランス語のプチ(petit)から来たものであろう。小さいという意味である。チビ助というようなものだろう。

ふつうペテ公は、小学校を出るとすぐ入って来るのが多いから、篤蔵からみると、ほんとのチビ助ばかりである。そんな中にまじって、半分大人になりかけた身体で、ペテ公ペテ公と呼ばれながら、皿洗いをしたり、兄弟子たちの使い走りをしたりするのは、いまいましいと思うこともないではないが、篤蔵は何事も修業のためと、自分に言い聞かせて辛抱していた。

グラン・シェフ(料理長)は西尾益吉という人だった。精養軒は日本で一番のレストランという定評があり、その精養軒の料理長といえば、日本で一番の料理人ということに自然となるので、どこへいっても、西尾益吉は日本最高の料理人としての待遇を受けた。

西尾自身も、そのことはよく心得ていて、やたらに謙遜したり、へりくだったりせず、自分の地位にふさわしく、威厳に満ちた、堂々とした態度で人に接していた。見識ぶっ

ているとか、高慢チキだとかいって、毛嫌いする者もあったが、彼自身は

「料理は芸術である。したがって、最高の料理人は最高の芸術家である。われわれは自分の才能と技術に誇りを持ち、ふだんの行動もそれにふさわしい、品位あるものとするように、努めねばならぬ」

といっていた。

ふつう料理人は、料理長のことを親方と呼ぶ習慣だったが、西尾は親方といわれることを好まず、シェフと呼ばれるとニコニコした。

西尾益吉は、当時としては珍しく、フランスで料理の勉強をして来た人であった。日本の洋食は、もともと西洋人から教わったものにちがいないが、前にも述べたように、長崎、神戸、横浜などの外国領事館、公使館、外国商社のコックの下働きをしているうちにおぼえたものが大部分で、わざわざヨーロッパまで出かけて勉強して来たという者は、ほとんどなかった。西尾はどういう事情でフランスへいったのか知らないが、帰るときは、当時としては、最新の、そして正統派といわれたエスコフィエの料理を身につけていた。

今日のように、十数時間でフランスへ行くことができ、誰でも彼でもフランスへ行く時代とちがって、洋行帰りといえば、月の世界からでも帰って来たかのように持てはやす時代だったので、フランスで腕を磨いて来たというだけで、人々の西尾益吉を見る目

はちがっていたのである。

もちろん、ペテ公の篤蔵にとって、グラン・シェフの西尾は雲の上の存在であった。西尾にとっても、六、七十人いるコックのうち、ペテ公の中でもビリの篤蔵など、いるかいないかわからぬ存在だった。

廊下をあるいていても、むこうから西尾がやってくると、粗相のないように、身体をちぢめて隅の方へよけ、首をたれて、やりすごす。

西尾は西尾で、篤蔵なんか、道ばたに落ちているゴミほどにも目に入らぬ風で、悠々と通りすぎる。その後姿を見送りながら、篤蔵は溜息をついて

「えらいもんだなあ……精養軒の料理長で、フランスで修業していたとなると、あんなにもいばっていられるものかなあ……わしもコックの道で身を立てるからには、あのような人になりたいもんだ。それには、勉強しなけりゃ……」

彼はしばらくフランス語の勉強を休んでいたことを思い出した。華族会館を飛び出し、バンザイ軒をクビになって、郷里へ帰ったりしたゴタゴタの間、気になりながら、何となく築地明石町の谷川さんのところへフランス語の勉強にかようことを怠っていたのである。

さいわい、こんどの勤め先の精養軒は、同じ築地で、谷川さんの家は近かった。篤蔵はまた谷川さんの家へかよいはじめた。

料理の修業に欠くことのできないことは、メニューの研究である。いつまでもペテ公か、人に使われる下っ端のコックばかりやっているならともかく、いまに一流のコックといわれるようになり、大きな晩餐会でもやらされるとき、必要なのは、献立てをどう作るかということである。

料理は綜合《そうごう》芸術である。ひとつひとつの料理がよくできていても、取り合わせがまちがっていては、完璧とはいえない。必要なのは、変化とバランスである。

献立ての作製に熟達するには、ほかの人の作った料理をよく研究することが大事である。それには、あらゆる宴会に出かけて、食べてみるのが一番いいのだろうけれど、招かれもしない場所へノコノコ出かけるわけにゆかないし、人間の胃袋の大きさには限りがあって、あらゆる料理をつめ込むわけにはゆかない。

もっとも、料理人もいい加減場数を踏めば、いちいち食ってみなくても、名前を聞いただけで、大体の想像がつくのだけれど、献立て全体の構成は、現場の者には、なかなかわからない。

現場のシェフへは、スープなら、こんなのを作れとか、魚はこれこれ、肉はこれこれを作れという命令が来て、それをさらに、何人かの部下が、分担してこしらえるのだが、それがどういう風に組み合わされ、どういう順序で食卓へ出されるのか、わからない。

たとえば、現場は機械の部品を作るようなもので、自分の作っている丸いものが、スイッチになるのか、ネジになるのか、ただの飾りになるのかわからないようなものである。

わからなくても、いわれた通りに作っていれば、現場のコックとして、その日その日の役目はつとまるから、気楽なものだということもできようが、いまにえらいコックになろうと思っている者——篤蔵のように、探究心と向上心のさかんな者にとっては、それだけではつまらないのである。

そこで彼は、どこかのお邸から出張料理の注文でもあると、スープなり、肉なり、野菜なりのシェフのところへいって
「今日の○○様の献立ては、どんな風ですか?」

と聞かないでいられない。相手の機嫌のよくないときは、目をむいて
「ペテ公のくせに、そんなことを聞いて、どうしようというんだ?」

とか
「うるせえガキだ。おめえたちの知ったことじゃねえ」

とかいわれて、へたをすると、拳固でも見舞われるのが落ちだが、親切な親方だと、知っているかぎりのことは教えてくれる。それをしっかりおぼえておいて、頭の中で繰り返し繰り返し考えてみるのが、いい勉強になった。

篤蔵が見たくてたまらないのに、どうしても見せてもらえないものがあった。

グラン・シェフの西尾益吉のノートである。

そこには、フランス語でいろんなメニューが、ぎっしり書きこんである。おそらく、古今東西の歴史的な宴会のメニューなのだろう。

西尾はこれを自分の事務室において、ときどきのぞいている。自分のメニューを作るときの参考にするのだろうが、用がすむと、机の引出しの奥深くにしまいこんで、誰にも見せない。むかし話でいう、秘伝の一巻というところだろう。

西尾が大事にすればするほど、篤蔵は見たくてしようがない。あれを見ないうちは、料理の修業をする甲斐がないという気がする。

――じかにぶつかって、見せてほしいとお願いしようか？　感心な小僧だといって、見せてくれればいいが、とんでもないことを言う奴だと、ことわられたら、おしまいだ。あの人のふだんのやり方からみて、後の方の可能性が多い。あの帳面は、あの人にとって、職業上の秘密で、いわば虎の巻なんだから、そう簡単に、人に見せられるものではない。へたをすると、油断のならない奴だというので、クビにされないともかぎらない。華族会館をクビになって、バンザイ軒をクビになって、もうクビはこりごりだ……あぶない橋を渡るのは、やめよう……。

いったん思い切ったものの、どうしても忘れることができない。執念のかたまりのような男である。

――いっそ、盗み出してやろうか？

考えるだけでも、空おそろしいことだ。盗みは大罪である。

しかし……。

金銭や財物を盗むのとはちがう。世間には花盗人《はなぬすびと》という言葉もある。風流の盗みは盗みでないという。芸はもともと盗むものである。修業のためなら、神仏も許してくださるのではないか？

ここまで考えると、気が楽になった。

ある夜ふけ、篤蔵はシェフの事務室へ忍びこんだ。ドアには厳重に鍵がかかっているので、廊下に面したガラス戸をはずして入った。

帳面を自分の部屋へ持って帰り、一晩かかって写し取ったところまではよかったが、写し終った途端に、彼は安心して、床にもぐりこむと、ぐっすり寝入ってしまった。

ハッと気がつくと、夜は明けはなれていて、出勤時間におくれそうである。

——しまった！

篤蔵の最初の考えでは、彼は帳面を写してしまったら、もとの事務室へ返し、ガラス戸も元へもどして、何くわぬ顔をしているつもりだったのである。

ところが、返さないうちに夜が明けて、早出の連中がポツポツ出勤する時間になってしまった。

いそいで料理場に行ってみると、ゆうべ事務所へ忍びこんだ奴があるというので、みんな大さわぎをしている。

こうなっては、帳面を返すわけにはゆかない。

篤蔵はふだんまじめなので、誰も彼を疑う者もなく、ふしぎだふしぎだ、誰がやったのだろうと、言いあうばかりである。篤蔵もいっしょになって、ふしぎだふしぎだといっているものの、腹の中は苦しくてしようがない。

――いっそのこと、あの帳面を焼き捨てようか、それとも築地川へでも流してしまおうか。そうすれば、証拠はなくなり、自分も疑われずにすむ。今でさえ疑う者がいないのだから、ますます安心というものだ。

そうも思ってみるのだが、篤蔵も料理人のはしくれであるからには、この帳面が西尾にとって、どれくらい大切なものか、わからなくもない。永年の労苦のにじんだもので、命より大事なものだとわかっているだけに、むざむざ焼き捨てるわけにもゆかない。さんざん悩んだあげく、彼はいさぎよく、自分が盗んだと白状し、帳面を西尾に返そうと決心した。そうしないと、良心が安まらないのである。

数日後、篤蔵は身も世もあらぬ思いで、西尾の前へ出ると
「申しわけございません。お借りした帳面です」

西尾は
「お前だったのか？　わしはお前に貸したおぼえはない。無断で持ち出すのは、借りる

とはいわない。泥棒だ」

「はい。泥棒いたしました。どのようなお仕置きでもお受けいたします」

「一つ二つ聞きたいことがある。わしは引出しの中に、帳面のほか、三十円ばかりの金をいれておいたが、お前は気がつかなかったか？」

「はい、気がつきました」

「なぜ、金をとらなかった？」

「お金が目当てではございませんでした。それに、このお金は、シェフの奥様に内緒のものにちがいないから、なくなるとお困りになるかも知れないと思いまして……」

「よけいなことを申すな。……それでは聞くが、何のために、帳面を盗んだ？」

「どうしても、シェフがお集めになった献立ての中身が知りたかったのです。お願いしても、多分お許しいただけないだろうと思いまして」

「多分、うんと言わなかったろう。その点、お前の読みは正しかったといっていいだろう。……ところで、なぜ今になって、返しに来た？」

「実は、もっと早くお返しするつもりでした。お借りして……」

「貸したおぼえはないというのに！　お前は盗んだのだぞ」

「はい。盗んですぐ、写し取ると、誰も気がつかないうちに、元のところへ戻しておくつもりでした。それが寝すごしまして、気がついたときは騒ぎが大きくなっていましたものですから、お返しできませんでした」

「うむ」

「それで、いっそのこと焼いてしまおうか、築地川へでも投げ捨てようかとも考えてみましたが、シェフの永年の御苦心の積み重ねだと思いますと、どうしても、それができませんでした。そんなことをすれば、自分は極悪人の烙印《らくいん》を押されて、一生良心の呵《か》責《しゃく》に苦しまねばならぬと思いまして……」

「お前のいうことは、すこしおかしいぞ。あのままお前がこの帳面を焼き捨てれば、お前の罪は誰にも知られず、お前はケロリとした顔で生きてゆくことができたはずだ。ところが、こうしてわしにむかって白状したことによって、逆に罪の烙印を押されて、肩身の狭い思いをしなければならないのではないか？」

「そういう考え方もできますけれど、私は心に押される烙印のほうを恐れます」

「わかった。わしはまず、お前がこの帳面を焼きもせず、川へ捨てもしなかったことに礼を言うことにしよう」

「はい」

「それから、三十円の金に目もくれなかったことも、感心だと思うぞ」

「はい」

「わしはこのノートを、やっぱりお前のいう通り、貸したのだと思うことにする」

「ありがとうございます」

「さいわい、ほかに聞いている者もいない。この話は、われわれだけの秘密として、あとは一切、忘れることにしよう。さあ、話はすんだから、仕事に帰れ」

西尾は晴れ晴れした顔で、立ち上った。

6

精養軒は日本で最大を誇るレストランだった。

歴史が古いという点では、ほかにもあったけれど、岩倉内大臣のお声がかりで、維新の元勲たちがこぞって応援したという由緒があって、格式という点でも日本一だった。

まだ洋風建築が五階、十階という高さを競う習慣のないころだったから、階数は三階にすぎなかったけれど、敷地いっぱいに、ゆったりと部屋をとり、外観も内装も、贅を尽し、善美をきわめたものであった。現在の銀座東急ホテルが、ほぼその位置に当る。

はじめ岩倉具視が北村重威を京都府知事にしてやろうといったとき、北村が辞退して、ホテルをやりたいといったことは、前にも書いたが、場所をどこにしようという段になったとき、北村はやはり築地近辺がいいでしょうといった。このへんは西洋人の居留地があり、外国商館、外国人の教会、学校なんかもチラホラあって、東京で一番ハイカラな地域だから、ホテルやレストランを開くのにふさわしい場所だろうと思ったのである。

岩倉は地図をのぞいて
「うむ。築地川に沿った采女町《うねめちょう》というあたり一帯が、空き地になっている。むかしは松平《まつだいら》采女正の邸だったらしいが、享保九年の火事のあと、采女は麹町《こうじまち》へ移り、あとは幕府の馬場となったが、むかしの縁で采女ケ原と呼ばれ、講釈師、浄瑠璃《じょうるり》、曲芸、見世物の小屋がならんで、庶民の歓楽場になっているようだ。これらを取り払って、ホテル兼用のレストランを作ったら、どうだ？」

「ありがとうございます」

「采女町は、采女橋から万年橋までちょうど一区画になっている。これを全部、その方に下げ渡そうと思うが、どうだ？」

「はい……」

地図を見ると、今日でいえば東急ホテルと歌舞伎座が対角線の両端になるような、広大な四角の地面である。北村は
「たかがホテル一軒作るのに、こんな大きな地所はいりません。ほんの片隅でけっこうです」

「さようか。いまに役に立つことはないか？　このへんは、もともと旧幕府の土地で、新政府で召し上げて、一応官有地にしているが、将来発展の見込みもないではないと思う。いまのうちに払い下げを受けておいた方がよくはないか？」

「はい。将来は将来としまして、さし当りあんな広いところを頂きましても、小屋掛けしている芸人どもを追い出したり、そのあとの取り片づけ、掃除など考えますと、とても、われわれの手に負えません。さし当り必要な分でけっこうでございます」

「さようか？　あとで後悔いたすな」

岩倉のいった通り、その後、銀座界隈の発展で、このあたりは土一升金一升のところとなり、北村の子孫は、あのときもらっておいたら、と残念がった。

精養軒は、ふつう築地精養軒といったけれど、正確にいえば采女町で、築地川をはさんだ対岸からが築地である。

その築地川も埋め立てられて、いまは高速道路になったが、もと川——というより、海を埋め立てた地面の間の水路であった。

築地というのは、名前のとおり、築き上げた土地という意味だろうが、コンクリートの護岸という技術が進んでいなかったころ、岸はすべて石を積み上げたものであった。

時代はすこし後になるが、大正のはじめころ築地の精養軒で働いていた関塚喜平氏（現存の旧精養軒関係者の中では最長老の一人）の思い出の中の精養軒は、つぎのようであった。

「あのあたりは、川が曲っていて、すこし先にゆくと、対岸に水交社がありました。今のがんセンターの場所です。水交社というのは、陸軍の偕行社《かいこうしや》と同じような海軍士官のクラブでしたが、そこの食堂にも、友達が一人働いていました。午後の休憩時間など、その友達をたずねるのに、歩くのは面倒だというので、夏なんか、築地川を泳いでいったものです。泳ぎながら、ふと見ると、石垣の穴に、青大将がたくさんいて、這《は》いまわっています。青大将というものは、食ったことはないけれど、どんな味がするだろうと思って、大きな奴を一匹つかまえて帰り、いいかげんに切って、焼いてみました。料理はお手のものですからね。焼くと、いい匂いがするのですけれど、蛇なんか気味がわるいといって、怒るやつもいました。さて、焼き上げて、一口食べてみると、とても駄目です。堅くて、パサパサして、食べられたものではありません。それきり青大将はためしてみませんが、あれはもうすこし工夫して、はじめに蒸してみるとか、手をかけると、うまく食べられるかも知れません。それに、つかまえるとき、なるべくうまそうな奴をと思って、肥った大きなやつをつかまえて来たんですが、小さいやつだったら、やわらかくて、うまく食べられたかも知れません」

関塚氏は、本人のいうところによれば、精養軒の三乱暴の一人にあげられたそうで、腕力も度胸も相当なものだったらしい。その回想記「関塚家三代」には、こうある。

「当時はコックと申せば遊び人みたいなもので、若いコックまで、博打《ばくち》をするやら遊廓《ゆうかく》に行くのも当然の如く、宴会の残り酒を飲み、喧嘩口論などは毎日のことで、腕力の強い者、仕事のできる者は王者気取りで、品物が無くなっても取られた者が阿呆《あほう》だということになっておりました。私などは、姉が古河鉱業の小島様より米国土産に頂いた金側の時計を持っておりましたが、ある日棚に入れて、夕方見たらもうなくなっており、驚いたことがありました。しかも、自然とこんな空気にもなれてしまい、おとなしくしていては損と、後輩をおどしたり、同僚ならば腕の力の強い者が勝ちということで、私も田舎で鍛えた剣道、柔道、相撲などが役に立ち、築地の乱暴者の一人にいつかなってしまいました」

これで見ると、料理人の社会も、日本のあらゆる社会と同様、力のすぐれた者が勝ちを制するようにできているらしいが、関塚氏が「腕力の強い者」とならべて「仕事のできる者」をあげていることは、注目に値しよう。どちらか一方だけでは駄目なのである。

同じ本の中に、次のような挿話ものべられている。

毎年正月は、みんな元旦に出勤することをいやがるので、くじ引きで何人か出ることにしていた。ある年の正月、関塚が当ったので、くそ面白くもないと思ったが、仕事は大事だからと、自分に言い聞かせて、早くから出かけると、まじめに働いていた。

元旦は、どこの旅館でもホテルでも、屠蘇に雑煮の和食を出す例になっていて、客もそのほうをよろこぶのだけれど、精養軒では洋食しか作らないので、東京駅のステーションホテルから仕出しをしてもらうことにしていた。ステーションホテルも精養軒が経営していたから、つまり支店である。精養軒はそのころ上野支店、ステーションホテルのほかに、歌舞伎座、新富座、如水会館などの食堂も経営して、一大チェーンを形成していた。

時間になると、ステーションホテルの氷配達係の、良さんという四十近い大男が、御前籠に人数分の和食をいれて、天秤棒《てんびんぼう》でかついで、持って来た。

ちょうど運び込んだところへ、高野という上役が来合わせた。高野はコック長の鈴本敏雄のお気に入りで、鈴本の家の一室に間借りして、精養軒へ通勤していた。つまり、高野はコック長のふところ刀で、なかなか睨みのきく存在である。本人はそれを承知していて、若い者をいじめたり、適当にいばったりして、なかなか羽振りをきかせている。今日は元日だというので、黒羽二重の紋付羽織、仙台平《せんだいひら》の袴という、リュウとしたいでたちだが、多分、鈴本コック長の奥様の配慮であろう。高野は運びこまれた和食に目をつけると

「おい、関塚君。その日本料理、なかなかうまくできているようだが、おれにもちょっと、食べさせてくれないか」

といった。料理の仕出しは、余裕を見て、お客に出したあとも二人分くらいは残るように用意してあるので、飛び入りがあっても困ることはない。関塚は愛想よく

「さあさあ、どうぞ、ゆっくり召し上って下さい。ステーションホテルの連中も、高野さんに腕を見ていただけて、光栄だと思うでしょう」

といって、準備室の続きの部屋の、後段というところへ案内して、日本酒までつけて、食べさせた。
いいかげんしたころ、ステーションホテルの良さんが恐る恐る
「関塚さん。今日は元日ですから、道具を早く下げていただけませんか？　うちでは、若い連中が待ってますから、早く渡して、帰らせてやりたいんです。ほかのお客さまの食器も、みんな下りましたし、あとは高野さんだけなんですが、みると、高野さんはまだ飲んでらっしゃいますけれど、食べるものはもう召し上ってしまったようですから、食器だけ下げていただいて、よろしいでしょうか？」
関塚は
「ああ、いいとも。今日は元日だもの、当然のことだよ。高野さんはそこで飲んでるから、早く下げてもらって、帰ったらいいよ」
「へい、すみません」
良さんが部屋へ入るとまもなく、高野の何かわめく声がして、皿や鉢の割れる音がきこえた。つづいて良さんが飛び出して来て
「関塚さん、申しわけありません。高野さんに叱られました……」
「どうして？」
言っているところへ、高野が飛び出して来て

「けしからん奴だ。人がいい気持ちで酒を飲んでいるところへ、道具を下げにくるとは何事だ。そんな失礼なことを見のがすから、近ごろの若い者が増長するのだ！　こんな奴はクビにしてしまえ」

酒の勢いもあって、言うことが荒々しい。関塚は

「すみませんが、高野さん。今日は元日で、おめでたい日です。ステーションホテルの若い人たちは、すこしでも早く仕事をすませて、うちへ帰りたがってるだろうというので、良さんが気をきかせて、お願いしたのです。お気にさわったかも知れませんが、許してやって下さい」

「いや、許せん。人が飲んでいるときに、盃を取り上げようなんて無作法は、聞いたことがない。これだから、今どきの若い奴は駄目になるばかりだ。わしは、絶対に許さんぞ！　関塚、お前もなぜ、こんな奴等の肩を持つのだ？」

相手は酔っぱらいだと承知しながら、関塚は我慢できなくなってきた。胸の中に、熱い大きな塊《かたまり》ができて、グングン喉の方へ上ってくる。押さえようとしても、押さえきれない。

――一発、やってやろうか！

そう思うと、ますます我慢できなくなってきた。

「やい、やい、やい！」

仁王立ちになって、どなりだした。

「悪いのは、どっちの方なんだ！　わずかばかりの正月酒に食らい酔って、なにをえらそうに、いばってやがるんだ！　ステーションホテルの若い人たちが、早くうちへ帰って、正月の骨休めがしたい。そのいじらしい気持ちをくんで、道具を下げてやることが、おめえにには、どうしてできねえんだ！　酒をやめろといったわけじゃねえ。ただ、道具を下げさせてほしいといっただけじゃねえか。それでそんなに腹を立てるなんて、犬畜生にも劣った野郎だ、おめえは！」

高野は目をパチクリさせながら聞いていたが、このへんで気を取り直して
「おめえは、おれが誰だか、わかってるだろうな」

「わかってらあ！　高野というトンチキ野郎の大馬鹿野郎で、血も涙もねえ男だあ！」

「その高野にさからったら、どんなことになるか、承知で言ったことだろうな、さっきからの寝言は？」

「どっちのいうことが寝言か、頭をひやして考えてみろ！」

「おめえのような奴は、クビだ！」

「おもしれえ。クビにしてもらおうじゃねえか。ただし、クビになる前に、こっちでもすることがあるんだ！」

カッとなった関塚は、大手をひろげて高野に詰め寄ると、やにわに胸をドンと衝いて、

押し倒した。

高野が押し倒されたうしろは、調理用ストーブに使う石炭の山である。そこで赤ん坊のように手足をもがいて、ジタバタしているところを、手近にあったスコップで、めったやたらに殴りつけた。

それでもたりず、関塚は馬乗りになって、拳固でなぐりつけた。

「これでもか！　これでもか！」

しまいに、こっちの手が痛くなってきたので、関塚は立ち上ると、こんどは土足で蹴飛ばした。

「まあまあ、関塚さん……」

若い連中が見かねて、中へ入ろうとするけれど、彼は振り切って
「エエイ、邪魔立てするな。おめえらのためだぞ。こんな奴がいばっているから、世間の若い者が苦労するんだ。こいつの息の根を止めるまで、おれはやめんぞ！」

そのうち、高野は抵抗力を失って、大声で泣きはじめた。

せっかくの晴れ着の紋付も、袴も、ボロボロである。

ここまでくると、関塚も興奮がさめてきた。あんまりやると、人命の問題になりかねない。高野を引き起すと、埃をはらってやり
「ひとりで歩けますか？」

「歩けるけれど、このなりじゃ……」

「人力車を呼びましょう」

加害者から、急に看護人にかわって、握手なんかして、人なみに仲直りして別れた。

しかし、彼はいよいよクビだと覚悟をきめた。コック長のお気に入りで、コック長の家に間借りまでしている上役を、半死半生のめに遭わせた乱暴者が、そのまま勤めおおせようなど、世間の常識に反している。

正月三ケ日、さすがに関塚は寝覚めの悪い気持ちで過ごした。悪かったのは先方で、自分は当然のことをしたのだと、自分に言い聞かせはしたものの、あんなにまでひどくやる必要があったかどうかとなると、やはり考え込まないわけにはゆかない。

「結局クビだな。人生、振り出しからやり直すことにするか」

すっかり覚悟をきめた。

三ケ日の休みがあけて、鈴本コック長が出勤した。

いよいよ呼び出されて、クビの言い渡しがあるかと待っているのに、何の音沙汰もない。

廊下をあるいていると、鈴本が向うからやって来る。すれちがうとき、挨拶をしたら、にっこり笑って挨拶を返した。その顔はたしかに
「いいんだよ」

といっていた。

彼はそのまま精養軒に居すわり、高野とも、二人とない親友になった。

（下巻へつづく）

この作品は、一九八二年十二月に集英社文庫として
刊行されたものを再編集しました。

単行本　一九七九年十二月、読売新聞社刊

初出誌　「週刊読売」一九七八年十月一日〜
一九七九年十一月二十五日

集英社文庫　目録（日本文学）

朱川湊人　鏡の偽乙女　薄紅雪華紋様《うすべにせっかもんよう》
庄司圭太　地獄沢　観相師南龍覚え書き
庄司圭太　孤剣　観相師南龍覚え書き
庄司圭太　謀殺の矢　花奉行幻之介始末
庄司圭太　闇の鴆毒《ちんどく》　花奉行幻之介始末
庄司圭太　逢魔《おうま》の刻《とき》　花奉行幻之介始末
庄司圭太　修羅の風　花奉行幻之介始末
庄司圭太　暗闇坂　花奉行幻之介始末
庄司圭太　獄門花暦《ごくもんはなごよみ》　花奉行幻之介始末
庄司圭太　火札　十次郎江戸陰働き
庄司圭太　紅毛　十次郎江戸陰働き
庄司圭太　死神記　十次郎江戸陰働き
庄司圭太　斬《ざん》奸《かん》ノ剣
庄司圭太　斬《ざん》奸《かん》ノ剣　其ノ二
庄司圭太　斬《ざん》奸《かん》ノ剣　終撃
小路幸也　東京バンドワゴン

小路幸也　シー・ラブズ・ユー　東京バンドワゴン
小路幸也　スタンド・バイ・ミー　東京バンドワゴン
小路幸也　マイ・ブルー・ヘブン　東京バンドワゴン
小路幸也　オール・マイ・ラビング　東京バンドワゴン
小路幸也　オブ・ラ・ディ　オブ・ラ・ダ　東京バンドワゴン
小路幸也　レディ・マドンナ　東京バンドワゴン
小路幸也　フロム・ミー・トゥ・ユー　東京バンドワゴン
城島明彦　新版　ソニーを踏み台にした男たち
城島明彦　新版　ソニー燃ゆ
白石一郎　南海放浪記
白河三兎　私を知らないで
白河三兎　もしもし、還る。
白澤卓二　100歳までずっと若く生きる食べ方
城山三郎　臨3311に乗れ
辛永清　安閑園の食卓　私の台南物語
新宮正春　陰の絵図(上)(下)

新宮正春　島原軍記　海鳴りの城(上)(下)
辛酸なめ子　消費セラピー
新庄耕　狭小邸宅
神埜明美　相棒はドM刑事《デカ》　～女刑事・海月の受難～
神埜明美　相棒はドM刑事《デカ》2　～事件はいつもアブノーマル～
真保裕一　ボーダーライン
真保裕一　誘拐ノ果実(上)(下)
真保裕一　エーゲ海の頂に立つ
水晶玉子　自分がわかる、他人がわかる　昆虫&花占い
周防正行　シコふんじゃった。
杉本苑子　春日局
杉森久英　天皇の料理番(上)(下)
鈴木遥　ミドリさんとカラクリ屋敷
瀬尾まいこ　おしまいのデート
瀬川貴次　波に舞ふ舞ふ　平清盛
瀬川貴次　ばけもの好む中将　平安不思議めぐり

集英社文庫　目録（日本文学）

瀬川貴次　闇に歌えば　文化庁特殊文化財課事件ファイル
瀬川貴次　ばけもの好む中将　弐　姑獲鳥《うぶめ》と牛鬼
瀬川貴次　ばけもの好む中将　参　天狗の神隠し
関川夏央　昭和時代回想
関川夏央　石ころだって役に立つ
関川夏央　新装版　ソウルの練習問題
関川夏央　「世界」とはいやなものである　東アジア現代史の旅
関川夏央　現代短歌そのこころみ
関川夏央　女　流　林芙美子と有吉佐和子
関川夏央　おじさんはなぜ時代小説が好きか
関口尚　プリズムの夏
関口尚　君に舞い降りる白
関口尚　空をつかむまで
関口尚　ナツイロ
関口尚　はとの神様
瀬戸内寂聴　私　小　説

瀬戸内寂聴　女人源氏物語全5巻
瀬戸内寂聴　あきらめない人生
瀬戸内寂聴　愛のまわりに
瀬戸内寂聴　寂聴　生きる知恵
瀬戸内寂聴　いま、愛と自由を
瀬戸内寂聴　一　筋　の　道
瀬戸内寂聴　寂　庵　浄　福
瀬戸内寂聴　寂　聴　巡　礼
瀬戸内寂聴　晴美と寂聴のすべて1（一九二二～一九七五年）
瀬戸内寂聴　晴美と寂聴のすべて2（一九七六～一九九八年）
瀬戸内寂聴　わたしの源氏物語
瀬戸内寂聴　寂聴源氏塾
瀬戸内寂聴　寂聴仏教塾
瀬戸内寂聴　まだもっと、もっと　晴美と寂聴のすべて・続
瀬戸内寂聴　わたしの蜻蛉日記
瀬戸内寂聴　寂　聴　辻　説　法

瀬戸内寂聴　ひとりでも生きられる
曽野綾子　アラブのこころ
曽野綾子　人びとの中の私
曽野綾子　辛うじて「私」である日々
曽野綾子　狂王ヘロデ
曽野綾子　観　月　観　世　或る世紀末の物語
デビット・ゾペティ　いちげんさん
平安寿子　恋　愛　嫌　い
平安寿子　風に顔をあげて
髙樹のぶ子　ゆめぐに影法師
高倉健　あなたに褒《ほ》められたくて
高倉健　南極のペンギン
高嶋哲夫　トルーマン・レター
高嶋哲夫　M8エムエイト
高嶋哲夫　TSUNAMI　津波
高嶋哲夫　原発クライシス

集英社文庫　目録（日本文学）

集英社文庫　目録（日本文学）

集英社文庫　目録（日本文学）

集英社文庫

天皇《てんのう》の料理番《りょうりばん》 上《じょう》

2015年3月25日　第1刷
2015年6月20日　第4刷

定価はカバーに表示してあります。

著　者　杉森久英《すぎもりひさひで》

発行者　加藤　潤

発行所　株式会社　集英社
東京都千代田区一ツ橋2-5-10　〒101-8050
電話　【編集部】03-3230-6095
【読者係】03-3230-6080
【販売部】03-3230-6393（書店専用）

印　刷　凸版印刷株式会社

製　本　凸版印刷株式会社

フォーマットデザイン　アリヤマデザインストア　　マークデザイン　居山浩二

ISBN978-4-08-745293-8 C0193